GEHEIMAKTE CÍBOLA

ANDRÉ MILEWSKI

André Milewski

Geheimakte Cíbola

Roman

http://www.andre-milewski.de
Verlag: André Milewski
% Papyrus Autoren-Club
Pettenkoferstr. 16-18
10247 Berlin
Tel.: 030 / 49997373

Coverillustration/Umschlaggestaltung:
© Giessel Design
www.giessel-desgin.de
unter Verwendung von Stockbildern von Shutterstock

Karten, soweit nicht anders angegeben © André Milewski

Korrektorat: SKS Heinen
Satz: André Milewski

1. Auflage

»Gold ist eine Kostbarkeit. Jedem, der es besitzt, erfüllt es alle Wünsche dieser Welt und verhilft den Seelen ins Paradies.«

CHRISTOPH KOLUMBUS (*~1451 – †1506), SEEFAHRER UND ENTDECKER

PROLOG

CULIACÁN, 15. MAI 1539

»DIE SIEBEN STÄDTE! Ist euch klar, was das bedeutet, mein Herr? Wir werden reich sein, reicher als der König selbst! Wir werden …«

»Schweig still!«

Mit dröhnender Stimme brachte der Gouverneur seinen aufgeregten Hauptmann García López de Cárdenas zum Schweigen. Dann erhob sich Francisco Vásquez de Coronado von seinem Stuhl und schritt durch das Zimmer zum Fenster, von wo aus er in den Innenhof seines kleinen Rathauses blicken konnte. Er erblickte die abgewetzte, schmutzige Robe des Mönchs, der ihnen soeben von seiner Reise und seinen Entdeckungen berichtet hatte und nun wie ein geprügelter Hund mit nackten Füßen über den Hof schlich.

»Glaubt Ihr Bruder de Niza denn nicht? Bischof Zumáraga selbst hat sich für diesen Mönch verbürgt. Er war schon mit Francisco Pizarro in Peru unterwegs und sogar der Vizekönig hält große Stücke auf diesen Mann Gottes.«

»Ich weiß all dies«, fauchte Coronado und drehte sich zu seinem Hauptmann herum. »Aber trotzdem – irgendetwas sagt mir, dass dieser fromme Mönch uns nicht die ganze Wahrheit gesagt hat.«

»Was meint Ihr, Herr?«

»Dieser Mohr, von dem er sprach ...«

»Estebán.«

»Sein Name ist mir egal. Aber er war bereits mit de Vaca und den anderen in diesem unbekannten Land unterwegs. Viele Jahre, in denen er viele Stämme dieser Wilden besucht hat. Er hatte sich den Respekt dieser Stämme erworben, nun nannten sie ihn den schwarzen Mexikaner.«

»Ich verstehe nicht, worauf Ihr hinauswollt, Herr.«

»Natürlich nicht, mein armer minderbemittelter Freund. Nun, ich will es dir erklären. Dieser Estebán war der Führer dieser kleinen Expedition von Bruder de Niza. Er kannte die Gebräuche und wie mir zugetragen wurde, haben diese Wilden ihn aufgrund seiner dunklen Haut verehrt wie einen Gott.«

»Das ist richtig. Er verstand sich außerdem auf das Heilen kleinerer körperlicher Gebrechen.«

»So ist es. Und so einen Mann haben die Bewohner der Goldenen Stadt getötet?« Francisco de Coronado schüttelte den Kopf. »Nein, da stimmt etwas nicht. Der Mönch hat uns nicht die volle Wahrheit erzählt.«

»Was soll ich tun, Herr?«

Coronado blickte wieder zum Fenster hinaus.

»Statte ihm nachher einen Besuch in seiner Kammer

ab. Aber pass auf, dass dich niemand dabei sieht.« Er wandte sein Gesicht vom Fenster ab und lächelte seinen Hauptmann spöttisch an. »Ich will, dass du die ganze Wahrheit aus diesem frommen Lamm Gottes herausholst!«

Aber Gouverneur Francisco Vásquez de Coronado war nicht der Einzige, der dem Mönch Marcos de Niza hinterhersah, wie dieser erschöpft über den Hof des Rathauses stolperte. Zwei weitere Augenpaare, im Halbschatten eines Pferdestalls im Hof des Rathauses verborgen, legten ihre Blicke auf den Franziskanerpater und verfolgten seinen Weg genau, bis er um die Ecke verschwand.

»Und du bist dir wirklich sicher darüber, was dieser Mönch dem Gouverneur berichtet hat?«

»Selbstverständlich. Meine Ohren mögen nicht die schönsten sein, aber dafür entgeht ihnen nichts, vor allem wenn von Gold die Rede ist.«

»Wenn es wirklich wahr ist, was dieser Mönch geschildert hat, dann werde ich deine hässlichen Ohren mit Gold behängen, bis sie dir vom Schädel fallen.« Ein lautes Lachen folgte dieser Verkündigung.

»Ssscht! Nicht so laut, Hernando! Oder willst du, dass sie dich entdecken? Wenn Coronado erfährt, dass du immer noch hier bist ...«

»Ich habe keine Angst vor diesem Emporkömmling, Melchior! Ohne meinen Vater würde dieser Wicht immer noch in Salamanca hocken und die Stiefel seiner

Mutter lecken! Kein Spanier hätte je dieses Land betreten!« Die Stimme Hernandos steigerte ihre Lautstärke mit jedem Wort mehr, sodass er die letzten Worte beinahe herausschrie.

Ängstlich blickte Melchior Diaz sich um, aber sie waren allein in dem stinkenden Pferdestall, in dem er und Hernando Colón sich getroffen hatten.

»Ist ja schon gut! Du weißt, dass ich auf deiner Seite stehe, was auch passiert. Aber was hast du jetzt vor?«

»Was glaubst du? Ich werde mit Bruder de Niza sprechen und ihm erklären, wie die Dinge liegen. Dass er dafür sorgen muss, dass weder Coronado noch irgendein anderer Byzantiner des Königs jemals vor mir die Sieben Städte betreten darf.«

»Dieser Pater wird schwer zu überzeugen sein. Er gilt als einer der frömmsten Männer seines Ordens. In Peru hat er sich gegen Pizarro aufgelehnt und hat darauf bestanden, dass dieser die Indianer weniger hart behandelt.«

»Ha, so ein Narr. Pizarro würde seine eigene Mutter dem Teufel verkaufen für eine Unze Gold.« Hernando lachte gehässig. »Kein Wunder, dass er den Mönch fortgejagt hat. Aber das ist vielleicht unser Glück.«

»Was überlegst du, Hernando? Ich kenne diesen Ausdruck in deinen Augen, du heckst doch etwas aus.«

»Ich werde mit Bruder de Niza sprechen. Jetzt sofort.«

»Bist du des Wahnsinns? Wenn sie dich bei ihm in der Kammer antreffen, bist du des Todes!«

Hernando lächelte und legte seine rechte Hand auf Melchiors Schulter. »Deswegen brauche ich dich, mein

Freund. Sei du wachsam und gib mir sofort Meldung, wenn sich Coronado oder einer seiner Handlanger der Kammer des Paters nähern sollte!«

Melchior nickte seinem Freund zu. Dann zog sich Hernando die Kapuze seines Bettlergewandes über den Kopf und huschte schnell über den Innenhof in Richtung des Quartiers, wo der Mönch seine Kammer hatte. Mit dem Rücken drückte sich Hernando gegen eine Wand, die im Schatten lag, und beobachtete die Tür eine Weile. Als er sich sicher war, dass niemand ihn sah, ging er entschlossen darauf zu und öffnete die Tür, ohne anzuklopfen.

Marcos de Niza kauerte auf den Knien vor seiner Schlafstatt und fuhr erschrocken herum, als er die karge Kammer betrat. Außer dem mit Stroh ausgelegten Bett befand sich nur noch ein kleiner Holzschemel mit einem Tonkrug darauf in der kühlen Kammer. Durch einen schmalen Durchlass drangen einige Sonnenstrahlen hinein. Der Mönch musterte ihn eingehend und als er die Kapuze nach hinten schlug, weiteten sich die Augen des Kirchenmannes.

»Ihr!«

»Es freut mich, dass Ihr mich erkennt, Pater. Das erspart uns unnötige Vorreden«, sagte Hernando mit schneidender Stimme.

»Was wollt Ihr von mir?«

»Mir ist zu Ohren gekommen, was Ihr Gouverneur Coronado berichtet habt. Da Ihr wisst, wer ich bin, könnt Ihr Euch sicher vorstellen, was ich von Euch möchte.« Hernando entblößte einige Zähne, als er den Mönch angrinste.

»Geht! Ich habe Euch nichts zu sagen.« Mit stoischer Miene wandte sich der Franziskaner wieder dem Gebet zu.

»Oh nein, Ihr dreht mir nicht einfach den Rücken zu«, fauchte Hernando, packte de Niza an der Schulter und riss ihn zu sich herum. »Ihr werdet mir jetzt alles erzählen, was Ihr über die Sieben Städte wisst!«

Der mitleidige Blick, mit dem der Mönch ihn ansah, überraschte Hernando Colón. Er erkannte auch eine gewisse Trauer darin.

»Hat Euch das Schicksal Eures Vater nicht gelehrt, dass es Wichtigeres gibt, als das Trachten nach Gold?«, fragte de Niza mit milder Stimme.

»Mein Vater hätte reich sein müssen! Ihm allein gebühren die Schätze dieses Landes«, erwiderte Hernando mit scharfer Stimme. »Aber nun, da er schon lange tot ist, bin ich es, der darauf Anspruch erhebt!«

»Ihr werdet diesen Anspruch niemals umsetzen können, mein armer, verblendeter Freund. Alles, was Euer Vater entdeckt hat, war ein Weg zu diesem wunderbarem Land Gottes. Daraus leitet sich kein Anspruch auf den Besitz dieses Landes ab, das schon seit Jahrhunderten von anderen Menschen bewohnt wird und die wahre Wunder geschaffen haben!«

»Die Sieben Städte – Ihr habt sie gesehen!«

»Nur eine«, antwortete der Mönch. Seine Augen legten sich auf den schmalen Mauerdurchbruch, der als Fenster diente. Mit ehrfürchtiger Stimme sprach er weiter. »Cíbola. Eine wundervolle Stadt, nein, mehr als das. Ein Königreich.«

»Mein Königreich. Sagt mir, wie ich dorthin gelangen

kann!« Hernando sprach mit harter Stimme, aber er konnte ein Zittern vor Aufregung nicht verbergen.

»Es wäre Euer sicherer Tod, solltet Ihr versuchen, dort Einlass zu finden.« Der Mönch blickte ihn ernst an und schwieg einen Augenblick, bevor er fortfuhr. »Hört meine Worte, Hernando Colón, lasst ab von Eurem verblendeten Vorhaben. Verlasst dieses Land und kehrt zurück in Eure Heimat. Wie ich weiß, kümmerst Ihr Euch um die Schriften Eures Vaters und um etliche andere Werke von hoher Bedeutung. Eure Sammlung ist schon jetzt hoch gerühmt. Setzt dieses Werk fort. Damit tragt Ihr mehr zur Ehre Eures Vaters bei, als es alles Gold dieser Welt je könnte!«

Für einen Augenblick spürte Hernando, wie ihn der Blick des Mönches in der Seele berührte. Aber das Verlangen nach dem Gold der Sieben Städte war stärker. Brutal packte er de Niza mit beiden Händen an den Schultern und schüttelte ihn.

»Haltet mir keine frommen Reden. Sagt mir jetzt alles, was ich wissen muss, um dieses Cíbola zu finden oder, ich schwöre bei Gott, ich werde es aus Euch herausprügeln!«

Marcos de Niza lächelte, als ob ihm gerade der Sohn Gottes persönlich erschienen wäre.

»Ich habe ein Gelübde abgelegt, Hernando Colón. Kein Mensch, der auf Gottes Erde wandelt, ist imstande, mich dazu zu bringen, es zu brechen.«

»Ihr lasst mir keine Wahl, Mönch!« Hernando zitterte vor Wut. Dann entlud sich seine Erregung in einem mächtigen Faustschlag. Der Kopf des Mönchs wurde nach hinten geschleudert. Blut schoss ihm aus der Nase, die nun schief in seinem Gesicht saß. Marcos de Niza richtete sich wieder auf und sah ihn traurig an.

»Dieser Weg wird Euch kein Glück bescheren. Ihr wandelt dem Abgrund entgegen. Noch ist es nicht zu spät umzukehren!«

»Ich will die Wahrheit von Euch hören! Wo liegt Cíbola?« Er hob die rechte Hand erneut.

»Quid est Veritas«, gab der Mönch mit sanfter Stimme zur Antwort.

Hernando hielt in der Bewegung inne. Er sah auf seine Faust, an der das Blut des Franziskanerpaters klebte. Die Worte des Mönchs hallten in seinem Kopf wider. Auf einmal fühlte er sich schuldig. Er hatte alles verraten, woran er immer geglaubt hatte. *Quid est Veritas – Was ist Wahrheit.* Eine Woge der Trauer stieg in ihm auf und eine Träne lief ihm über die Wange.

»*Est vir, Qui Adest*«, stieß er schluchzend hervor und fiel weinend auf die Knie. Sein Gesicht verbarg er in seinen Händen.

»Aber Ihr habt zurück auf den rechten Pfad gefunden, Hernando Colón.« Die Hand des Paters legte sich auf seinen Kopf und streichelte Trost spendend durch seine Haare. »Ihr werdet ins Paradies einziehen. Doch vorher ich will Euch geben, wonach es Euch verlangt.« Der Mönch umfasste sein rechtes Handgelenk und zog sanft daran. Das von Tränen überströmte Gesicht Hernandos kam wieder zum Vorschein. Wie vom Donner gerührt blickte er den grauhaarigen, kleinen Mann an.

»Ihr wollt mir den Weg nach Cíbola sagen? Aber warum?«

Marcos de Niza machte einen Schritt zur Seite und

setzte sich auf seine Bettstatt. Aus traurigen Augen heraus sah er ihn an.

»Glaubt Ihr denn, Ihr wäret der Einzige, den die Gier in ihren Bann geschlagen hat? Ich bin seit Jahren in dieser Neuen Welt unterwegs und was ich an Grausamkeiten mit ansehen musste, übertrifft jegliches Maß an Vorstellungskraft, die ein Mensch aufbringen kann. Und das Schlimmste ist, all diese Taten wurden von Männern begangen, die unserem Herrgott die Treue geschworen haben. Aber das Gold hat ihre Seelen für sich eingenommen. Niemals mehr können sie gerettet werden.«

»Ich verstehe den Sinn Eurer Worte nicht.«

»Das werdet Ihr. Denn nicht das Gold ist der wahre Schatz von Cíbola!« Marcos de Niza zog einen zerknitterten Zettel aus seinem Gewand und reichte ihn Hernando. »Damit findest Ihr den Weg nach Cíbola – wenn es Euch noch dorthin zieht.«

Mit zitternder Hand nahm Hernando das Papier entgegen und starrte einen Moment lang darauf.

»Ich … ich wollte nie …« Er schluchzte erneut.

Dann ertönte der Hahnenschrei.

Das Signal von Melchior.

Sie kommen, schoss es ihm durch den Kopf.

Hernando zögerte, warf einen letzten Blick auf den Mönch, als ein weiterer Schrei ertönte und er seine Entscheidung traf. Dann wandte er sich blitzschnell um und stürmte aus der Kammer. Er gelangte ins Freie, wandte sich nach rechts und verschwand rechtzeitig hinter einer Mauer. Dort packte ihn die Hand Melchiors am Arm und zog ihn mit sich mit, zurück über den Hof in den Stall.

»Das war verdammt knapp, Hernando. Beinahe hätte der Hauptmann dich gesehen. Hast du bekommen, was du wolltest?«

»Ja – und Nein.«

»Was soll das bedeuten?« Melchior sah ihn verständnislos an.

»Wir müssen Geduld haben, Melchior. Sehr viel Geduld. Bestimmt wird Coronado bald eine Expedition ausrüsten und sich auf die Suche nach den Sieben Städten begeben. Er wird sie niemals finden, da bin ich sicher. Aber erst, wenn unsere Landsleute die Suche aufgeben, schlägt unsere Stunde.« Er legte Melchior die Hand auf die Schulter. »Du musst so lange hierbleiben. Coronado vertraut dir. Er wird dich sicherlich mit auf seine Expedition nehmen. Es steht in deiner Macht, ihn dazu zu bringen, die Suche früher aufzugeben.«

»Ich werde mein Bestes tun.«

»Das weiß ich, Melchior.«

»Was hast du jetzt vor?«

»Ich werde nach Sevilla zurückkehren und mich um meine Bibliothek kümmern, bis der Tag der Wahrheit gekommen ist.«

Noch am Abend des selben Tages schiffte sich Hernando Colón auf einer Karavelle ein, die ihn zurück nach Spanien bringen sollte. Er sah weder seinen Freund Melchior noch den Mönch je wieder und er kehrte niemals nach Neuspanien zurück.

»Was ist mit Euch geschehen?«, fragte Hauptmann

Garcia López de Cárdenas, als er die Kammer des Mönchs betrat und dessen blutende Nase sah. Marcos de Niza stand von seinem Lager auf und lächelte.

»Ich glaube, ich bin gestürzt, Hauptmann.« Er sah mit wissendem Blick in die Augen von Cárdenas. »Aber Eure Anwesenheit wird mir sicherlich noch mehr Schmerzen zufügen, habe ich nicht recht?«

»Ihr habt dem Gouverneur nicht die volle Wahrheit über die Sieben Städte erzählt, Pater. Wenn Ihr jetzt sprecht, vermeidet Ihr unnötige Qualen.«

»Und wenn Ihr jetzt geht, erhaltet Ihr Euch den Segen Gottes. Aber ich fürchte, Euch und Eurem Gouverneur bedeutet das Gold mehr, als der Segen des Herrn.«

Ohne zu antworten, schloss Hauptmann Cárdenas die Tür von innen hinter sich.

EINS
DIE MAPPE
BOSTON, 16. OKTOBER 1961

MIT SCHWITZIGEN HÄNDEN stand Max Falkenburg vor der Tür. Unsicher rieb er seine Fingerspitzen aneinander und legte seinen Blick erst auf das seit Langem geschlossene Portal und sah dann zur Seite, wo sein Freund Joseph Carter ähnlich nervös neben ihm stand. Auch Joe war die Anspannung deutlich ins Gesicht geschrieben. Sie blickten einander an. Keiner sagte etwas und doch war die unausgesprochene Wahrheit an der Situation ihnen beiden klar.

Sie hatten Angst.

Angst davor, den Raum zu betreten, der hinter dieser Tür lag. Obwohl sie zusammen schon in zahllosen Gräbern und Gruften, Pyramiden und Tempeln, Folterkellern und anderen dunklen Orten gewesen waren, traute sich keiner von ihnen, nun den ersten Schritt zu tun. Max wusste nicht genau, wie lange sie schon vor dieser Tür standen, als hinter ihnen die helle Stimme seiner Freundin Jody Wellesley erklang.

»Geht ihr jetzt endlich da rein oder muss ich das für euch machen?«

»Das ist nicht so einfach«, setzte Max mit leicht stockender Stimme an, aber da drängte sich Jody auch schon zwischen ihm und Joe hindurch, drückte die Türklinke herunter, drehte den Schlüssel im Schloss herum und betrat das verwaiste Büro, das in einem entlegenen Flügel im Hauptgebäude des Elliott Colleges lag.

Max seufzte kurz, warf Joe einen traurigen Blick zu und folgte seiner Freundin in das kleine vollgestellte Büro. Eine bedrückende Stille empfing sie. Jody ging zum einzigen Fenster in dem Raum und öffnete es.

»Ziemlich stickig hier drinnen.«

»Kein Wunder. Seit Pats Tod hat niemand mehr diesen Raum betreten«, sagte Max leise und blickte auf das Namensschild, das am Rand auf der blank gescheuerten Schreibtischplatte stand. *»Dr. Patrick O'Malley«* war darauf zu lesen. Daneben stand noch ein leeres Wasserglas und es lagen einige Bücher auf dem Tisch verteilt herum. Alles wirkte so, als ob ihr Freund nur kurz den Raum verlassen hätte und jeden Augenblick wieder durch die Tür zurückkommen würde. Dann würde er sie mit erfreuter Stimme begrüßen, sich kurz mit Joe kabbeln und schließlich laut lachen. Aber Max wusste, dass dies nie wieder passieren würde. Ihr gemeinsamer Freund Patrick lag tot und begraben in den Ruinen von Uxmal, der alten Mayastadt in Yucatán. Er hatte sein Leben gegeben, um seines zu retten. Die Traurigkeit, die Max schon vor der Tür verspürt hatte, stieg jetzt noch stärker in ihm auf.

»Wo wollt ihr anfangen?«, fragte Jody und riss ihn damit aus den trübsinnigen Gedanken.

Max blickte zu Joe hinüber, der ein Bild an der Wand betrachtete und dieses schließlich in die Hand nahm.

»Schau mal, das war 1952, auf Island, kurz nachdem wir uns kennengelernt haben.« Er reichte Max die Fotografie, die Patrick gerahmt hatte. Max machte einen Schritt auf Joe zu und nahm ihm das Bild aus der Hand. Es zeigte Joe, Patrick und ihn, wie sie auf ihrer ersten gemeinsamen Ausgrabung auf Island nach dem Hof Eriks des Roten gesucht hatten. Sie posierten neben einem Schlauchboot. Jody stellte sich neben ihn und warf einen interessierten Blick auf das Bild.

»Ihr seht ja alle so jung aus«, sagte sie im scherzhaften Tonfall. »Und sogar Ike ist dabei!« Sie tippte auf den kleinen Dachshund, der neben Max auf dem Boden hockte.

Max lächelte etwas wehmütig und ließ das Bild sinken. Dann räusperte er sich, bevor er sagte: »Ich glaube, wir sollten mit dem Schreibtisch beginnen. Die meisten Bücher, die Pat in seinem Regal stehen hat, sind wahrscheinlich eh alle aus der Bibliothek des Colleges.«

»Ja.« Joe nickte ihm zu. »Pat hat immer vergessen, die Bücher zurückzubringen.«

Sie gingen zum Schreibtisch, einem wuchtigen Modell, das eigentlich viel zu groß für das kleine Büro war und das auf beiden Seiten über große Schubkästen verfügte. Max stellte sich an die linke Seite, während Joe sich um den Schubkasten auf der rechten Seite kümmerte. Schweigend zogen sie die Schubladen auf, nahmen den Inhalt heraus und legten alles auf der

Arbeitsplatte des Tisches ab. Jody hatte derweil einen leeren Karton neben dem Regal entdeckt und reichte ihn Max, der bereits die drei Schubfächer geleert hatte. Es war nicht viel darin enthalten, nur einige leere Mappen, Stifte, Lineale und zwei alte, zusammengefaltete Landkarten.

»Oh Mann, jetzt weiß ich, was der Kerl immer hier getrieben hat, wenn er sich zu seinen Studien oder Vorlesungsvorbereitungen zurückgezogen hat«, sagte Joe und hob grinsend einen Stapel alter Comichefte aus dem untersten Schubfach hoch. Max erkannte Donald Duck auf dem Titel des obersten Hefts. Joe legte den Stapel auf dem Schreibtisch ab. »Aber sonst ist hier nichts mehr drin.«

»Wir sind wohl schneller fertig als gedacht«, erwiderte Max.

»Das freut mich zu hören«, erklang eine Stimme aus Richtung der Tür. Sie wandten ihre Blicke dorthin und sahen einen grauhaarigen Mann im Rollstuhl. Dekan Alexander Harris, der Leiter des Elliott Colleges und seit den Geschehnissen rund um die Mayastadt Uxmal vor sechs Wochen auf den Rollstuhl angewiesen. »Denn morgen früh zieht ein neuer Kollege in das Büro ein.« Hinter Harris tauchte ein großgewachsener Mann mit einem schmalen Gesicht und einer Nickelbrille auf der Nase auf. Er hatte mittellanges schwarzes Haar, das er mit reichlich Pomade wie einen Helm auf seinem Schädel fixiert hatte. Mit missbilligendem Blick beäugte der Unbekannte das kleine Büro.

»Ich habe mir eigentlich ein etwas größeres Arbeitszimmer erhofft, Professor Harris.«

»Es ist das einzige, das momentan frei ist, Dr. Haywood«, erwiderte der Dekan ungerührt.

»Nun, es wird seinen Zweck erfüllen. Schaffen Sie es vielleicht noch, die Wände neu zu streichen?«, fragte der Mann namens Haywood an Joe gerichtet. »Und das hässliche Regal dort an der Wand brauche ich auch nicht. Das können Sie gerne geschenkt haben. Sehen Sie es als kleinen Bonus für Ihre Mühen an.« Er blickte Joe großmütig an, der seinerseits mit leicht säuerlicher Miene zu Max sah. Bevor einer der beiden jedoch etwas antworten konnte, kam ihnen Dekan Harris zuvor.

»Das wird wohl nichts werden, Dr. Haywood. Die beiden Herren sind die Doktoren Falkenburg und Carter und die bezaubernde junge Dame dort ist Dr. Jody Wellesley. Sie waren Freunde des kürzlich verstorbenen Dr. O'Malley, der vor Ihnen in diesem Büro saß, und kümmern sich jetzt nur um dessen Nachlass. Meine Dame, meine Herren, darf ich Ihnen Dr. Jonathan Haywood vorstellen. Er ist Experte für Amerikanische Geschichte und wird sich ab sofort auch um einige Aufgaben von Dr. O'Malley kümmern.«

»Oh, dann entschuldigen Sie bitte meine Worte«, sagte Haywood mit verschämter Miene zu Joe. Dann wandte er sich schnell an Max. »Falkenburg, wie? Ich habe schon von Ihnen gehört und noch mehr natürlich von Ihrem Vater. Es freut mich sehr, dass wir ab jetzt Kollegen sein werden.« Er grinste Max an und seine dünnen Lippen bogen sich dabei nur leicht noch oben. »Ich freue mich auf unsere Zusammenarbeit.«

»Danke, ich freue mich auch schon«, gab Max knapp zurück.

»In Ordnung. Dann lassen wir Sie mal wieder alleine«, sagte Harris und nickte ihnen mit trauriger Miene zu. »Kommen Sie, Dr. Haywood. Ich zeige Ihnen den Rest der Fakultät.«

Der Dekan wendete seinen Rollstuhl etwas unbeholfen und fuhr dann den langen Gang entlang, gefolgt von dem schlaksigen Haywood.

»Was für ein Arschloch, dieser Haywood«, raunte Joe, als die beiden verschwunden waren.

»Ja, ein sehr sympathischer Kerl«, pflichtete Jody ihm sarkastisch bei.

»Vergesst ihn. Lasst uns lieber schnell die paar Sachen hier zusammenpacken und dann gehen wir. Ich fühle mich hier drinnen etwas unwohl«, sagte Max und begann damit, den Karton mit einigen Gegenständen von Patricks Schreibtisch vollzupacken.

»Du hast recht«, sagte Joe und nahm sich den Stapel mit den Comicheften. Als er diesen ebenfalls in den Karton legen wollte, kamen die oberen Hefte ins Rutschen und fielen zu Boden. »Ach verdammt.« Joe legte den restlichen Stapel auf dem Schreibtisch ab und bückte sich, um die Comics aufzuheben.

»Hey, das ist aber kein Comicheft«, sagte Jody und deutete auf eine Mappe, die zwischen dem Heftstapel gesteckt hatte und jetzt offen obenauf lag.

»Nein, ist es nicht«, sagte Max und nahm die Mappe in die Hand. Stirnrunzelnd blickte er auf den Deckel der schmalen Akte. In Patricks krakeliger Handschrift waren dort die Worte *»Geheim«* und *»Finger weg!«* zu lesen.

»Was ist das? Hat Patrick etwa Geheimnisse vor uns

gehabt? Das wäre ja was ganz Neues«, sagte Joe, der die aufgehobenen Hefte zu den anderen auf den Stapel legte.

»Keine Ahnung.« Max zögerte, die Mappe aufzuschlagen.

»Was ist, willst du nicht wissen, was für Patrick so geheim gewesen ist? Ist mit Sicherheit nur sein üblicher Kram gewesen.«

Max schlug die Mappe auf. Gleich der Blick auf das oberste Blatt, das hinter dem Aktendeckel zum Vorschein kam, ließ ihn stutzen. Es war eine alte Buchseite, handschriftlich beschrieben in spanischer Sprache. Aber es war auch eine Zeichnung darauf zu sehen, die mehrere Städte auf einer Landkarte darstellte. Darunter stand ein Wort, welches Max gut bekannt war.

Cíbola.

»Was ist?«, fragte Jody, der nicht entgangen war, wie Max' Gesichtsausdruck sich verändert hatte.

Aber Max gab keine Antwort, sondern blätterte mit der rechten Hand durch die Unterlagen, die Patrick zusammengesammelt hatte. Nach der alten Buchseite waren noch einige vergilbte Briefe, ebenfalls in Spanisch in der Mappe. Und immer wieder tauchte der Name der legendären Stadt Cíbola dort auf.

»Wie es aussieht«, setzte Max langsam an, während er weiter durch die Unterlagen blätterte, »hat unser Freund Patrick sich mit der Legende um Cíbola und den Sieben goldenen Städten befasst.« Er zog ein Blatt Papier mit Patricks Handschrift aus der Mappe hervor, das dem Anschein nach eine Übersetzung der spanischen Texte enthielt.

»Ich sag's doch, nur das Übliche. Jeder weiß doch,

dass es sich bei den Sieben Städten von Cíbola nur um kleine, schmutzige Indianerdörfer gehandelt hat. Cíbola ist nur eine gut ausgeschmückte Legende gewesen, nichts weiter«, sagte Joe und zuckte mit den Schultern.

»Ja, das steht hier bei Patrick auch. Aber er hat scheinbar irgendetwas entdeckt, das ihn hat glauben lassen, dass dem nicht so war.« Max überflog den Text von Patrick. Es handelte sich nicht nur um eine Übersetzung von spanischen Texten, es war vielmehr in der Art eines Tagebucheintrags geschrieben. Als Max die letzten Sätze auf dem Blatt las, verspürte er einen kleinen Stich ins Herz. Mit traurigem Blick ließ er das Stück Papier sinken.

»Was ist denn los?« Jody griff sich entschlossen den Zettel.

»Lies den letzten Absatz«, forderte Max seine Freundin auf, ging zu dem offenen Fenster und blickte hinaus.

Jody las die letzten Zeilen auf der Seite, sah von dem Blatt auf und blickte betroffen zu Max.

»Das ... er meinte es sicher nicht so«, sagte sie leise.

»Was steht denn da?«, fragte Joe ungeduldig und nahm Jody das Blatt Papier aus der Hand. Er sprach den Text leise vor sich hin, als er den letzten Absatz erreichte, las er laut weiter. »*Die ganzen Hinweise lassen nur einen Schluss zu: Cíbola, die Goldene Stadt, existierte wirklich! Wie gehe ich nun weiter vor? Soll ich Max und Joe einweihen und sie um Hilfe bitten?*« Joe stoppte beim Lesen und ließ das Blatt sinken.

»*Nein*«, sagte Max und setzte damit den letzten Satz auf der Seite fort. »*Diesmal werde ich mich nicht von*

Max in den Schatten stellen lassen! Ich möchte auch endlich einmal einen Erfolg vorweisen, der mit meinem Namen verbunden ist!«

Mehrere Minuten lang standen Max, Jody und Joe schweigend in Patricks altem Büro. Es war Jody, die als Erste ihre Stimme wiederfand.

»Ihr dürft das nicht falsch verstehen. Mit Sicherheit hätte Patrick es euch noch erzählt, aber er wollte wohl erst mal alleine den Dingen auf den Grund gehen.«

»Er hat geglaubt, dass ich ihn übervorteile. Ihn nur ausnutze und ihm keinen eigenen Erfolg gönne.«

»Das steht da aber nicht«, wandte Jody ein und legte Max eine Hand auf seinen Rücken.

»Aber er meinte es so. Er hatte das Gefühl, dass er mir nicht zu hundert Prozent vertrauen kann«, sagte Max bitter.

»Oh doch, das hat er«, erwiderte Jody entschieden. »Pat hat sein Leben in Uxmal für dich geopfert! Er hat dich geliebt wie einen Bruder. Vergiss das nicht!«

»Das macht die Sache nur umso schlimmer. Ich habe meinen Freund enttäuscht«, sagte Max leise, während ihm eine Träne die Wange hinunterlief.

ZWEI
ERFOLGE

BOSTON, SECHS MONATE ZUVOR, 17. APRIL 1961

MIT SCHWUNG SCHMETTERTE Joe sein leeres Glas auf den Tisch. Aber kaum jemand nahm Notiz davon, denn die Lautstärke im PURPLE STAR, der Bar, die Joes Bruder Theodore gehörte, war geradezu ohrenbetäubend. Auf der Bühne standen einige junge Musiker und versuchten, die Musik, die sie spielten, einigermaßen ohrenfreundlich darzubieten. Was ihnen nach Joes Meinung nur suboptimal gelang.

»Was denn, schon wieder leer?«, fragte Patrick mit Blick auf das leere Glas vor Joe.

»Da muss irgendwo ein Loch drin sein, anders kann ich mir das nicht erklären«, brummte Joe und beäugte sein Glas mit halb zugekniffenem Blick.

»Meine Schuld«, sagte Max mit leicht belegter Stimme. »Ich hätte daran denken müssen, als ich gesagt habe, dass der Abend auf mich geht, dass Joe dies bestimmt nutzen würde, um sich hemmungslos volllaufen zu lassen.« Er zwinkerte seinem Freund zu.

»Nun hört euch diesen arroganten Kerl an. Nur weil er auf der Titelseite von irgendeiner Zeitschrift abgebildet wurde, fühlt er sich jetzt als Star.« Ein lautes Rülpsen entwich Joes Kehle, just in dem Moment, als die Band auf der Bühne mit ihrem improvisierten Bluesmusikstück geendet hatte. Nun richteten sich alle Blicke der übrigen Gäste auf Joe. »'Tschuldigung!« Joe hob beide Hände über den Kopf und Max und Patrick brachen in schallendes Gelächter aus, ebenso wie das restliche Publikum.

»Na Jungs, noch eine Runde?« Hinter Joe tauchte sein Bruder Theodore Carter auf, der von allen nur Teddy gerufen wurde. Ebenso wie Joe war Teddy eine beeindruckende Erscheinung. Mit seiner Körpergröße von zwei Meter zehn übertraf er seinen jüngeren Bruder sogar noch.

»Klar, gerne doch, Teddy«, sagte Max und wischte sich eine Lachträne aus dem Augenwinkel fort.

»Okay, kommt sofort. Und du, reiß dich mal ein wenig zusammen«, sagte Teddy und gab Joe einen leichten Klaps gegen den Hinterkopf, bevor er zum Tresen zurückging. Dies bewirkte einen erneuten Lachanfall bei Max und Patrick.

»Ihr wisst schon, dass es hier nicht gut ankommt, wenn zwei Weißbrote wie ihr einen Schwarzen auslacht?« Joe Gesichtszüge verfinsterten sich.

»Ach, so wie ich das sehe, lachen hier eigentlich alle über dich«, erwiderte Max und grüßte die anderen Männer am Nebentisch, die sich ebenfalls immer noch über Joes Rülpser amüsierten. Abgesehen von Patrick und ihm, stammte der Großteil der Besucher des PURPLE

Star aus der dunkelhäutigen Bevölkerungsschicht Bostons.

»Oh man, könnten wir jetzt endlich wieder ernst werden?«

»Was ist denn los, Joe? Jetzt sei doch mal ein bisschen lockerer«, schlug Patrick mit einem Zwinkern vor. »Außerdem sind wir doch hier, um Max' neue Popularität zu feiern. Wie sind die Leute von National Geographic eigentlich auf dich gekommen, Max?«

»Also, das war so ...«

»Wahrscheinlich haben sie das Telefonbuch aufgeschlagen und auf den erstbesten Namen getippt«, knurrte Joe.

»Nein, so war es nicht!« Max funkelte Joe böse an, hob ermahnend den Zeigefinger und sprach mit gestelzter Stimme weiter: »Keinen Drink mehr für dich, Joseph, wenn du weiterhin so ein Griesgram bist!«

Patrick prustete lauthals lachend los. In dem Moment kam Teddy und stellte ihnen drei weitere Gläser Whiskey hin.

»Vielleicht stelle ich euch lieber gleich die Flasche auf den Tisch«, schlug Teddy mit einem Augenzwinkern vor. »Übrigens, ich habe dein Bild auf der Titelseite vom Nat Geo gesehen, Max. Respekt.« Er klopfte Max anerkennend auf die Schulter und ging wieder.

»Danke, Teddy«, rief Max ihm hinterher. »Wenigstens einer aus der Familie Carter, der mir was gönnt«, sagte er mit Seitenblick auf Joe.

»Hört auf zu streiten. Trinken wir lieber«, sagte Patrick und nahm sich ein Glas. »Auf Max, unseren Star-Archäologen.«

Max und Joe griffen sie jeder ein Glas und stießen mit Patrick an.

»Es sei dir gegönnt«, sagte Joe. »Auch wenn ich nicht verstehe, warum die dich genommen haben. Ich bin doch weitaus fotogener als du«, sagte Joe grinsend.

»Diese Meinung hast du wahrscheinlich exklusiv, mein Bester!« Max zwinkerte Joe zu und hielt ihm erneut sein Glas entgegen. Es klirrte, als Joe mit ihm anstieß.

»Gut, nachdem das jetzt geklärt wäre, erzähl doch mal, wie es dazu kam.« Patrick beugte sich etwas vor und sah Max interessiert an.

»Der zuständige Redakteur hat bei einem Aufenthalt in Kairo die Geheimgänge unter der großen Pyramide besichtigt, die Joe und ich 1955 entdeckt haben. Daher kam er auf den Gedanken, mich zu kontaktieren.«

»Ach wirklich? Und auf die Idee, mich ebenfalls anzufragen ist der nicht gekommen? Ich war schließlich auch mit dabei.« Joes Miene wurde wieder ernst.

»Ich hab's ihm vorgeschlagen, ehrlich. Aber es ging nur zum Teil um die Gänge, der größte Teil des Artikels dreht sich auch um meinen Vater und ...«

»Ich wusste es«, unterbrach Joe ihn und legte den Kopf schräg. »Also hast du wieder mal von deinem Familiennamen profitiert!«

»Ich kann nichts dafür, dass mein Vater zufällig einer der weltweit führenden Ägyptologen war«, gab Max mit frostiger Stimme zurück.

Joe lehnte sich entspannt in seinem Stuhl zurück und leerte das Whiskeyglas in einem Zug.

»Natürlich nicht. Aber jetzt bin ich etwas beruhigter,

weil die dich nur aufgrund deines Vaters ausgewählt haben.«

»Was immer zu deiner Beruhigung beiträgt«, sagte Max ruhig und trank einen Schluck Whiskey. Er setzte das Glas wieder ab und sah Pat in die Augen. »Auf jeden Fall kannst du die neue Ausgabe des National Geographic ab sofort an jedem Zeitungsstand in Boston kaufen, Pat.«

»Beneidenswert«, erwiderte Patrick nachdenklich. »Ich gönne es dir wirklich, Max. Ich hoffe, ich schaffe es auch einmal mit einer Entdeckung aufs Titelblatt – und wenn es nur das Titelblatt unserer Collegezeitung ist.«

»Pah, mach dir da nicht zu viel draus, Pat«, brummte Joe. »Das alles bedeutet doch nichts. Hauptsache ist doch, dass du in deiner Arbeit Erfüllung findest.«

Patricks Gesichtszüge verhärteten sich plötzlich.

»Du hast leicht reden, Joe. Du hast ja schon deine Eintragung in den Geschichtsbüchern sicher für deine Entdeckung mit Max in Ägypten.«

»Aber Pat, das war doch ...«

»Ich erinnere mich gut an den ganzen Zirkus, der damals auf dem College für euch veranstaltet worden ist! Die Vorträge, die Ausstellungen im Museum ... sogar nach London wurdet ihr eingeladen! Und schließlich habt ihr zwei auch noch dieses Buch darüber veröffentlicht. Aber wenn ich davon rede, dass ich so etwas auch einmal erleben möchte, wird es alles als bedeutungsloser Firlefanz abgetan!«

Mit einem lauten Quietschen schob Pat seinen Stuhl zurück und sprang wütend auf. Dann eilte er in Richtung des Tresens.

»Man, was ist denn mit dem los? So hab ich das doch gar nicht gemeint.« Joe blickte Max verwundert an.

»Keine Ahnung.« Max zuckte mit den Schultern und stellte sein Glas auf dem Tisch ab. »Wahrscheinlich hast du da einen wunden Punkt getroffen. Ich rede mal mit ihm.« Er stand auf und ging ebenfalls zum Tresen hinüber, wo sich außer Patrick nur noch eine Person aufhielt. Jeffrey, ein grauhaariger Schwarzer, der quasi schon zum Inventar des STAR gehörte. Max kannte ihn noch aus seiner Zeit, als er für Teddy hinter dem Tresen gearbeitet hatte. Als Jeffrey ihn sah, entblößte er die letzten Zahnstummel, die ihm geblieben waren, und begrüßte ihn freudig.

»Na, wenn das nicht mein Exlieblingsbarkeeper ist. Hallo Max, lange nicht gesehen.«

»N'Abend Jeffrey. Alles gut?«

»Sag du es mir.« Er hob sein leeres Glas in die Höhe.

»Sieht nicht gut aus.«

»Ist es auch nicht«, erwiderte Jeffrey mit einem schalkhaften Aufblitzen in den Augen und sah Max auffordernd an.

»Wie wäre es, wenn ich dir einen spendiere, Jeffrey?«

»Das würde die Dinge zum Besseren wenden, ganz sicher«, freute sich der Alte.

Max beugte sich über den Tresen, wo Teddy mit dem Abspülen einiger Gläser beschäftigt war.

»Hey, Teddy, einen Whiskey-Sour für meinen Freund Jeffrey bitte.«

Joes Bruder nickte ihm zu.

»Danke Max, bist ein feiner Kerl«, sagte Jeffrey dankbar.

»Gerne doch, Jeffrey. Schönen Abend noch.«

Max wandte sich von Jeffrey ab und machte einen Schritt zu Patrick hinüber, der auf einem Barhocker saß und mit leerem Blick auf die Holzvertäfelung hinter Teddys Tresen starrte. Er räusperte sich und nahm auf dem Barhocker neben Pat Platz.

»Möchtest du auch einen Whiskey-Sour?«

»Nein danke, ich hab noch.« Patrick hob sein Glas und trank.

»Hör mal, Pat, falls ich etwas ...«

»Schon gut, Max«, unterbrach Patrick ihn. »Ich weiß ja, dass es weder du noch Joe mit Absicht machen. Es ist nur ... frustrierend zu sehen, wie ihr Erfolge feiert, und selbst nur daneben stehen zu können. Ich weiß, das klingt jetzt ein wenig komisch, aber ich hätte auch gerne mal etwas Ruhm und Anerkennung für meine Arbeit.«

»Aber die Anerkennung hast du doch schon längst, Pat. Jeder auf dem Elliot College schätzt deine Arbeit.«

»Ja, aber eben auch nur da.« Verbitterung schwang in Patricks Stimme mit. »Weißt du, Max, wir haben zusammen schon so einiges erlebt und unglaubliche Dinge gefunden. Thors Hammer Mjöllnir, den Stab des Inkarrí und sogar Excalibur. Von den anderen Sachen ganz zu schweigen.«

»Ich weiß. Aber für keines dieser Artefakte haben wir Ruhm geerntet. Wir können froh sein, dass wir überall mit dem Leben davongekommen sind.«

»Und doch wünsche ich mir eben genau dies: für so eine sagenhafte Entdeckung in die Annalen der Archäologie einzugehen!« Patricks Augen bekamen einen verklärten Ausdruck.

»Tja, für die eben aufgezählten wird das nicht mehr funktionieren«, sagte Max mit einem Lächeln. »Sie sind alle verschollen oder zerstört.«

»Vielleicht habe ich etwas anderes gefunden, etwas viel Bedeutenderes«, murmelte Patrick mit leerem Blick vor sich hin.

»Wirklich? Und was sollte das sein?«, fragte Max interessiert.

»Wie bitte?« Patrick schien aus einem Traum zu erwachen.

»Na, um was handelt es sich bei deiner bedeutenden Entdeckung?«

»Nichts. Gar nichts. Ich habe nur laut geträumt.« Patrick sprang von seinem Barhocker auf. »Komm, lass uns wieder zu Joe gehen, der langweilt sich sonst noch.«

Nachdenklich sah Max seinem Freund hinterher, als dieser zu ihrem Tisch zurückging. Dann wandte er sich schulterzuckend um und bestellte bei Teddy noch eine weitere Flasche Whiskey, mit der er ebenfalls zurück zum Tisch ging.

DREI

SPURENSUCHE

BOSTON, 17. OKTOBER 1961

BEIM AUFWACHEN am nächsten Morgen stellte Jody überrascht fest, dass die rechte Betthälfte neben ihr verwaist war. Sie strich mit ihrer rechten Hand über das Laken. Es war kalt. Also musste Max schon vor längerer Zeit das Bett verlassen haben. Gähnend richtete Jody sich auf, rieb sich den Schlaf aus den Augen und schwang ihre Beine über die Bettkante. Sie warf einen Blick auf den Wecker, dessen Zeiger auf kurz nach sieben Uhr standen.

Ungewöhnlich früh für Max, dachte sie verwundert.

Sie stand auf, griff sich ihren Morgenmantel, der über einem Stuhl neben dem Bett hing, streifte ihn sich über und verließ das Schlafzimmer. Im Haus war es still. Jody ging den langen Flur im Obergeschoss entlang bis zur Treppe, wo sie das Antlitz der jungen Frau mit frostigem Blick begrüßte. Sie mochte das Bild nicht, das die verstorbene Tochter von Professor Crichton zeigte, aber da es sein Haus war, vermied sie es, ihre Abneigung gegenüber dem Bild offen kundzutun. Hinter der ersten Tür am oberen Treppenabsatz befand sich das kleine Arbeitszimmer von Max. Sie warf einen Blick in den Raum, der aber leer war. Da hörte sie ein klirrendes Geräusch von unten aus der Küche und schritt die Treppe hinab. Als sie die Küche betrat, sah sie den Professor am runden Tisch in der Mitte des Raumes sitzen, den Blick in den *Boston Herald* vertieft. Er hob den Kopf, als er sie bemerkte und lächelte sie freundlich an.

»Guten Morgen, möchtest du einen Kaffee?«

»Ja, gerne«, erwiderte sie und setzte sich zu ihm an den Tisch. Frederick Crichton schenkte ihr einen Kaffee ein und schob ihr die Tasse hinüber. »Haben Sie Max gesehen?« Obwohl Jody nun schon seit Jahren mit Max gemeinsam im Haus des Professors lebte, siezte sie ihn immer noch respektvoll, ebenso wie Max es auch tat. Die Beziehung zwischen ihm und Crichton war von besonderer Art. Seit fast zehn Jahren lebte Max jetzt gemeinsam mit dem Professor unter einem Dach, aber immer noch legten die beiden ihr Mentor-Schüler-Verhältnis nicht ab.

»Nein, ich dachte, er schläft noch.«

Jody schüttelte den Kopf. »Er muss schon vor einigen Stunden aufgestanden sein.« Sie nahm die Tasse in die Hand und trank vorsichtig einen Schluck von dem dampfenden Getränk.

»Dann ist er wahrscheinlich mit Ike unterwegs, den habe ich heute Morgen auch noch nicht gesehen«, sagte der Professor. Wie aufs Stichwort hörte Jody das Schaben von Hundekrallen auf den Dielen im Flur und kurz darauf kam Ike, der kurzhaarige Dachshund des Professors, in die Küche gezockelt. Der Hund blieb vor Crichton stehen, sah ihn an und bellte einmal.

»Sieht so aus, als wenn hier jemand nach seinem Frühstück verlangt«, lächelte Jody.

»Es scheint fast so.« Crichton legte die Zeitung weg und erhob sich, um Ikes Napf aufzufüllen, der in der Ecke der Küche stand. Als er damit fertig war, drehte er sich wieder zu Jody um. »Vielleicht ist Max auch alleine unterwegs. Er wirkte gestern recht mitgenommen nach der Rückkehr vom College.«

»Wir haben Patricks Büro ausgeräumt«, sagte Jody leise und nahm noch einen Schluck von dem Kaffee.

Crichton sah sie bedrückt an. »Oh, das erklärt es. Das war sicherlich nicht leicht.«

»Ja, das war es nicht. Aber wir haben etwas in Pats Schreibtisch gefunden, was Max ziemlich getroffen hat.« Crichtons darauffolgenden, fragenden Blick ignorierte sie. »Auf jeden Fall mache ich mir jetzt doch etwas Sorgen um Max. Wo ist er bloß hin so früh? Normalerweise muss ich ihn morgens immer aus dem Bett zwingen.«

Ike bellte erneut. Sein Napf war leer. Dann setzte sich der Hund langsam in Bewegung und trabte aus der Küche hinaus. Jody sah dem Professor in die Augen, stand auf und folgte dem Dachshund über den Flur in den hinteren Teil des großen Hauses, wo sich die privaten Räume von Crichton befanden. Sie sah, wie Ike durch eine Tür, die nur einen Spaltbreit geöffnet war, hinten links verschwand.

»Was will er in meinem Arbeitszimmer?«, murmelte der Professor, der hinter Jody in den Flur getreten war.

Gemeinsam gingen sie zu der Tür und lugten durch den Spalt. Ein wildes Durcheinander aus zahllosen auf dem Boden verstreuten Zetteln war zu sehen.

»Was zum Teufel …?« Crichton drückte die Tür ganz auf und betrat mit Jody das Zimmer. Max stand mit dem Rücken zu ihnen an der großen Pinnwand, die zwischen zwei großen Bücherregalen hing, und studierte eine Landkarte, die er dort befestigt hatte. Er trug seinen dunkelkarierten Frotteeschlafanzug, den Jody ihm letztes Weihnachten geschenkt hatte. Ike hatte sich neben Max hingesetzt und starrte ebenfalls zu der Landkarte hinauf.

»Max, was machst du hier?«, fragte Jody, als er sich nicht regte.

Überrascht fuhr Max herum und blickte sie und den Professor aus müden Augen heraus an.

»Oh, Jody, Professor. Ich wollte nur kurz einen Blick in Pats Unterlagen werfen und habe darüber wohl die Zeit etwas vergessen.«

»Und offensichtlich nebenbei noch mein Arbeitszimmer verwüstet«, merkte der Professor mit grantiger Stimme an. »Warum haben Sie Ihre nächtlichen Studien nicht in Ihrem eigenen Arbeitszimmer veranstaltet?« Seufzend blickte Crichton sich in seinem Zimmer um. Auch der Schreibtisch war unter aufgeschlagenen Büchern und etlichen verstreut liegenden Papieren kaum noch auszumachen.

»Ach … ich brauchte Ihre Pinnwand für die Landkarte.« Max deutete mit dem Zeigefinger auf die vergilbte, großformatige Karte hinter sich. »Und Ihre Bibliothek ist etwas umfangreicher als meine.«

Jody erkannte Mexiko, Kuba und die gesamte Küstenlinie des Golfs von Mexiko bis hin zu Florida auf der Karte hinter Max. Auch die gesamte Ostküste war verzeichnet, bis hoch nach Kanada und sogar ein Teil Grönlands war in der rechten oberen Ecke zu erkennen. Von Nordamerika waren indes nur rudimentäre Eintragungen zu erkennen. Aber besonders fiel ihr die Westküste Nordamerikas ins Auge, die fast völlig fehlte und den mexikanischen Teil Kaliforniens nur als Insel zeigte und nicht als Halbinsel.

»Von wann ist diese Karte?«, fragte sie verwundert.

»Gemäß Pats Aufzeichnung stammt diese Karte aus dem Jahr 1650. Sie wurde von einem Franzosen angefertigt, Nicolas Sanson.«

»Und was genau versuchen Sie, dieser alten Darstellung zu entnehmen?«, fragte Crichton, der näher an die Landkarte herangetreten war und sie stirnrunzelnd betrachtete. Dann ließ er seinen Zeigefinger von Mexiko in nördlicher Richtung gleiten und stoppte erst, als er in den freien Bereich im westlichen Teil der heutigen Vereinigten Staaten kam, in dem eigentlich Nevada und Utah an Arizona grenzen sollten, welches aber auch nicht zur Gänze auf der Landkarte verzeichnet war. Aber ein Wort stand dort in feinen Lettern geschrieben. Crichton blickte Max an und sprach es aus: »Cíbola.«

»Richtig. Pat hat mehrere Jahre Material darüber zusammengetragen.«

Crichton ließ den Arm sinken und blickte traurig.

»Das hätte er lieber sein lassen sollen. Es ist nichts als

Zeitverschwendung gewesen. Cíbola ist nichts weiter als eine Legende. Die paar Indianerdörfer, die lächerlicherweise für die Sieben legendären Städte gehalten worden waren, hat Coronado erobert.«

»Ich glaube nicht, dass Patrick seine Zeit verschwendet hat«, erwiderte Max ruhig und ging dann zum Schreibtisch, wo er ein zusammengefaltetes Bündel Papier holte und damit zurück zur Pinnwand kam. »Hilfst du mir mal?«, fragte er Jody und begann damit, das Bündel zu entfalten. Es handelte sich um sehr dünnes, durchscheinendes Papier, auf dem einige feine Linien eingezeichnet waren.

»Was ist das?«, fragte Jody.

»Eine Pergamin-Karte, die Patrick angefertigt hat. Wir müssen sie genau über diese alte Landkarte legen.« Max pinnte die linke obere Ecke genau über dem bereits an der Pinnwand befestigten Plan fest. Jody tat das Gleiche auf der rechten Seite, dann strich Max die Karte glatt. Durch die transparente Struktur des Pergamins schien die darunter befindliche Karte gut erkennbar hindurch. Aber nun waren verschiedene Linien zu sehen.

»Was sollen die Striche bedeuten?«

»Das sind die Routen der Expeditionen von Coronado und Narváez«, kam Professor Crichton Max zuvor. Seine Stimme verriet gesteigertes Interesse, als er die eingezeichneten Linien mit seinem Blick genau verfolgte.

»Auch. Aber Pat hat ebenfalls die Routen von de Vaca und de Soto mit eingetragen, außerdem noch von einem anderen Spanier namens Alarcón, von dem ich noch nie gehört habe.«

Crichton nahm seine Brille ab, hauchte auf die

runden Gläser und putzte sie an dem Revers seines Morgenmantels.

»Hernando de Alarcón, ein Zeitgenosse Coronados. Ihm verdanken wir diese verunglückte Darstellung Kaliforniens.« Crichton setzte sich seine Brille wieder auf und tippte auf die Inselzeichnung auf der Karte. »Er wurde von Mendoza, dem Vizekönig Neuspaniens, damit beauftragt, Coronado zu suchen und ihm Waffen zu liefern. Und natürlich sollte er bei dieser Gelegenheit gleich das Gold der Sieben Städte von diesem in Empfang nehmen.« Crichton lächelte. »Wir wissen ja, wie das ausgegangen ist.«

Max nickte. »Es gab kein Gold. Coronado schrieb Briefe an den König, in denen er den Mönch, der von Cíbola berichtet hatte, der Lüge bezichtigt.« Er zeigte nun auf eine der eingezeichneten Linien auf Pats Pergamin-Karte. »Aber hier ist die Route, die Coronado damals genommen hat.«

»Und?«

»Vielleicht ist er damals nicht weit genug in den Norden vorgestoßen. Er hat sich von den Pueblos, die er erobert hat, täuschen lassen. Aber Pat war sich sicher, dass eine Stadt namens Cíbola definitiv existiert hat.«

»Selbst wenn es Cíbola wirklich gegeben hat, so wäre die Stadt sicherlich nur ebenso ein gewöhnliches Pueblo gewesen, genau wie die Städte oder besser Dörfer, die Coronado unterworfen hat. Aber das alles habe ich Mr. O'Malley auch damals erzählt, als er mich deswegen um Rat fragte.« Der Professor drehte sich von der Karte weg und blickte kopfschüttelnd auf seinen unter Papier versunkenen Schreibtisch. »Ich hoffe doch sehr, dass Sie das wieder in Ordnung bringen werden.« Er warf Max noch einen ernsten Blick zu und verließ sein Arbeitszimmer dann wieder. Mit leerem Ausdruck in den Augen starrte Max noch auf die Landkarte.

»Hey, alles in Ordnung?«, fragte Jody ihn.

»Nein. Ich hatte gehofft, dass …« Er verstummte und sah Jody traurig an. Sie legte ihm tröstend eine Hand auf die Wange.

»Du wolltest, dass Pat für seine Arbeit Anerkennung bekommt.« Sie lächelte ihn mitleidig an. »Aber was, wenn der Professor recht hat? Vielleicht hat Pat sich in etwas verrannt und es gab dieses legendäre Cíbola nie?«

»Nein, er hat etwas Bedeutendes gefunden, ganz sicher«, murmelte Max.

»Mag sein, aber jetzt wirst du dich erst mal frisch machen und danach mit mir frühstücken, bevor wir zum College fahren!« Jodys Stimme duldete keinen Widerspruch und so fügte Max sich.

Nach einer kurzen Dusche und dem anschließenden Frühstück fuhr er gemeinsam mit ihr zum Elliot College, das nur wenige Minuten Fahrzeit vom Haus des Professors entfernt lag. Dort verabschiedete Jody sich von ihm, um ihre Vorlesung in Altenglischer Geschichte zu halten. Max streifte alleine, in Gedanken verloren, über die Flure des Hauptgebäudes des Colleges, bis er sich plötzlich vor Patricks ehemaligem Büro wiederfand. Die Tür war nur angelehnt. Zögerlich drückte Max die Tür ein wenig auf. Er sah niemanden und betrat das Zimmer. Auf dem Schreibtisch standen zwei Kartons und eine amerikanische Flagge in passender Größe für den Tisch auf der linken Seite. Ein neues Namensschild war davor aufgestellt. Dr. Jonathan Haywood.

Max' Blick ging weiter zu dem Bücherregal, wo sich noch viele der Bücher befanden, die sich Patrick im Laufe der Jahre aus der Bibliothek geliehen und nie zurückgebracht hatte. Gestern hatten sie keine Sekunde darauf verwandt, sich die Titel dieser Bücher genauer anzuschauen. Ein Umstand, an dem Max jetzt etwas ändern wollte. Er umrundete den Schreibtisch und stolperte dabei beinahe über einen weiteren Karton Haywoods, der auf dem Boden stand. Sein Blick wanderte über die Buchrücken der im Regal dicht aneinandergedrängten Titel. Auf den obersten beiden Regalböden entdeckte er nur die üblichen Standardwerke. Beim Blick auf die dritte Regalreihe fiel ihm sofort ein bestimmtes Buch ins Auge und er musste lächeln. Es war das Buch, welches Joe und er gemeinsam über die Geheimgänge unterhalb des Gizeh-Plateaus geschrieben hatten. Direkt daneben befanden sich mehrere Titel, die von der Coronado-Expedition berichteten. Max zog die Bücher aus dem Regal und stapelte sie auf dem Schreibtisch hinter sich. Ein Regalbrett weiter unten entdeckte er noch weitere interessante Titel, die sich um die Sagen und Geschichte der Zuñi drehten, dem Indianerstamm, die in den von Coronado unterworfenen Pueblos lebten. Max nahm auch diese Bücher aus dem Regal und legte sie auf den Stapel. Dann kniete er sich hin und suchte nach weiteren Büchern, die in einer Verbindung mit Cíbola stehen könnten. Ein lautes Räuspern ließ ihn aufschrecken.

»Guten Morgen. Suchen Sie etwas Bestimmtes?«

Max stand auf und blickte zur Tür, wo Jonathan

Haywood mit einem Karton in den Armen stand und ihn streng ansah.

»Guten Morgen, Dr. Haywood. Entschuldigen Sie mein Eindringen, aber ich musste noch mal herkommen, weil wir gestern einige Bücher meines verstorbenen Kollegen hier vergessen haben.« Max klopfte zur Bestätigung seiner Lüge auf den Bücherstapel auf dem Schreibtisch.

»Natürlich, kein Problem.« Haywood machte einen Schritt nach vorne und stellte den Karton auf dem Boden ab. »Soll ich Ihnen noch beim Heraustragen helfen? Ich bin gerade in Übung.« Ein merkwürdiges Geräusch erklang, als Haywood den Kopf in den Nacken legte und dabei so aussah, als würde er lachen.

»Nein, nicht nötig. Ich glaube, ich habe alle Bücher gefunden. Der Rest ist sicherlich zu einem Großteil aus den Beständen unserer College-Bibliothek, wundern Sie sich also nicht, wenn irgendwann eine etwas griesgrämige, korpulente Dame bei Ihnen auftaucht und die Bücher zurückfordert.« Max grinste Haywood an und beeilte sich, die Bände vom Schreibtisch zu nehmen. »Ich lasse Sie dann mal in Ruhe weiter Ihr neues Büro beziehen.« Er ging mit dem Bücherturm auf seinen Armen in Richtung der Tür. Als er an Haywood vorbeiging, wandte der sich zu ihm um.

»Dr. Falkenburg?«

»Ja?« Max blieb stehen und achtete dabei darauf, dass die Bücher auf seinem Armen nicht verrutschten.

»Wie ich gestern schon sagte, ich freue mich wirklich sehr, demnächst mit Ihnen zusammenzuarbeiten. Ihnen eilt ein gewisser Ruf voraus. Das verspricht eine interessante Kollaboration zu werden.« Ein schmales Lächelns zeigte sich auf Haywoods Lippen.

»Ja, sicher. Ich muss jetzt los. Wir sehen uns bestimmt noch.« Mit schnellen Schritten verließ Max das Büro.

Hinter ihm drehte sich Haywood um und musterte mit nachdenklicher Miene die Lücken im Bücherregal.

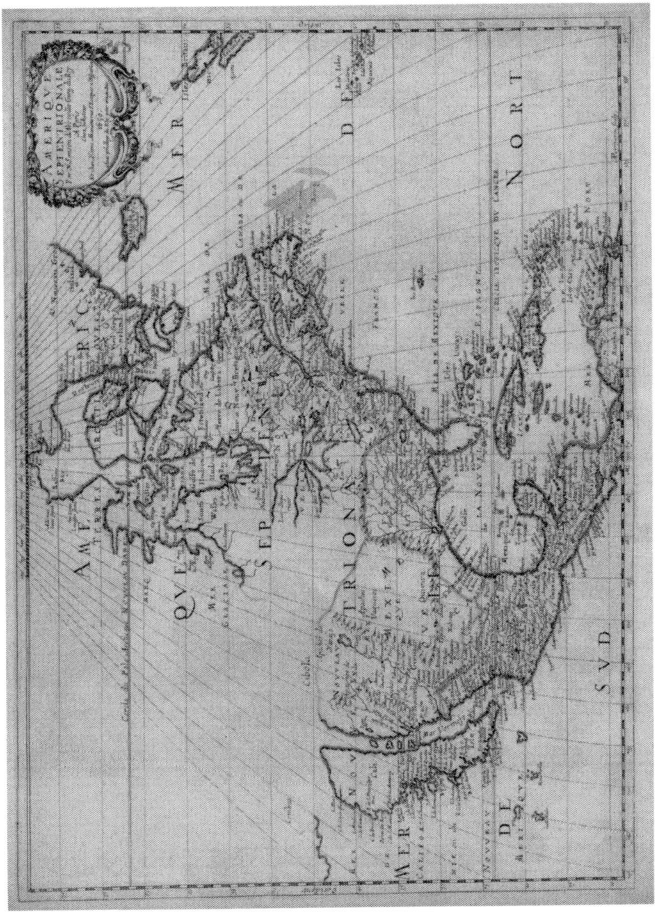

Karte von Nicolas Sanson, ca. 1650; Public Domain

VIER
DIE LEGENDE DER SIEBEN STÄDTE

DIE LETZTEN STRAHLEN der abendlichen Herbstsonne erleuchteten die Pinnwand in Professor Crichtons Büro und tauchten einen Teil der dort befindlichen Landkarte in ein goldenes Licht. In Gedanken versunken, starrte Max auf den hell erstrahlenden Fleck auf der Karte. Seit Stunden zermarterte er sich nun schon das Hirn bei dem Versuch, Patricks Forschungen zu Cíbola nachzuvollziehen. Gleich, nachdem er sich die Bücher aus dessen altem Büro geholt hatte, meldete er sich unter einer fadenscheinigen Begründung im College ab und eilte sofort wieder nach Hause, um sich ganz in die Unterlagen zu vertiefen. Pat war akribisch vorgegangen, alle Textpassagen in den Büchern waren genau markiert und machten es Max leicht, die wichtigsten Informationen schnell zusammenzutragen. Aber nun stand er vor der Karte und kam nicht weiter. Er wischte sich mit beiden Händen übers Gesicht und rieb sich mit den Fingerspitzen die Augen. Als er sie wieder öffnete, waren die Sonnenstrahlen verschwunden, eine Wolke hatte sich vor die Sonne geschoben. Dann hörte er Schritte im Flur, die sich schnell dem Arbeitszimmer näherten. Jody betrat den Raum und sah ihn mit verärgerter Miene an.

»Kannst du mir erklären, was das soll? Im College sagten sie mir, du hättest dich für heute krank gemeldet.«

»Ich war noch einmal in Pats Büro und habe ein paar seiner Bücher geholt. Er hat noch mehr zu Cíbola herausgefunden und ...«

»Max! Du steigerst dich da in etwas rein«, seufzte Jody. »Ich weiß ja, du tust das nur für Pat, aber er wird nicht wieder lebendig werden, dadurch, dass du versuchst, seine Arbeit zu beenden.«

»Aber ich bin es ihm schuldig!« Mit entschlossenem Blick sah er Jody in die Augen. »Wenn es eine Chance gibt, zu beweisen, dass Patrick wirklich davorstand, die legendären Sieben Städte zu finden, dann muss ich das für ihn beenden. Es wird ihn nicht wieder lebendig machen, aber sein Name wird unsterblich! Das war immer sein großer Traum. Und ich bin es ihm schuldig, zu versuchen, ihm diesen Traum zu erfüllen.«

Jodys strenge Miene verwandelte sich in ein Lächeln.

»Du sturer Dickkopf! In Ordnung, dann lass uns versuchen, herauszufinden, wo sich diese Städte befunden haben könnten.«

»Wie, du willst mir helfen?«

»Natürlich. Pat war auch mein Freund und außerdem steckst du doch gerade in einer Sackgasse, wenn ich dein hilfloses Gesicht richtig deute, nicht wahr?« Sie grinste verschmitzt.

»Ja, tust du«, gab Max bedrückt zu. »Ich habe jetzt

alles zusammengetragen, was ich in den Büchern und Patricks geheimer Mappe gefunden habe. Zumindest glaube ich das. Aber es ist trotzdem noch alles zu vage. Es lässt sich kein bestimmter Ort für Cíbola festlegen.«

Jody machte einen Schritt auf die Pinnwand zu und betrachtete die Karte. Auf der darüberliegenden Pergaminkarte hatte Max einige weitere Linien hinzugefügt.

»Was sind das für neue Routen, die du hier eingezeichnet hast?«

»Anhand von Patricks Aufzeichnungen und einigen markierten Stellen in einem alten Buch über die Expedition von Coronado hat sich eine alternative Route ergeben. Sie startet in Mexiko, an der Mündung des Rio Colorado.«

»Sie ging über den Fluss?«

»Ja, eine spanische Karavelle war Teil der Coronado-Expedition. Sie wurde vorausgeschickt, während Coronado sich mit dem Großteil seiner Männer über dem Landweg her näherte.« Max tippte auf die entsprechenden Linien auf der Karte.

»Dann ist dieses Schiff den Colorado hinaufgefahren bis … wohin?«

»Das weiß ich nicht. Es kehrte nie zu Coronado zurück. Ich habe auch keinerlei weitere Einträge hierzu in Pats Mappe gefunden.«

»Aber du glaubst, dass es eine entscheidende Bedeutung in Bezug auf Cíbola hat?«

Max lächelte. »Pat glaubte das. Hier, das sind seine Aufzeichnungen darüber.« Er reichte Jody einen Zettel mit Patricks handschriftlichen Notizen.

»Er hat vermutet, dass der Kapitän der Karavelle

Coronado hintergangen hat. Ein Mann namens Melchior Diaz«, sprach Jody beim Lesen laut vor sich hin. »Aber wie kommt Pat darauf, wo doch dieses Schiff nie wieder aufgetaucht ist?«

»Das Schiff vielleicht nicht, aber Kapitän Diaz sehr wohl«, sagte Max und ging zu Crichtons Schreibtisch hinüber, der jetzt noch wilder aussah als am Morgen. Er zog vorsichtig ein aufgeschlagenes Buch unter mehreren anderen Folianten hervor, war dabei aber nicht achtsam genug. Die anderen Bücher kamen ins Rutschen und fielen rumpelnd auf den Boden. »Das räume ich später auf«, sagte Max und ging mit dem Buch zu Jody zurück. »Das ist eine Art Zusammenfassung der spanischen Expeditionen von 1528 bis 1545. Danach sind einige der Teilnehmer dieser Expeditionen an den Hof von König Carlos I. in Toledo zurückgekehrt und haben dort berichtet. Unter anderem wird hier der Name des Kapitäns der Karavelle erwähnt. Und außerdem habe ich noch etwas ganz Besonderes in Pats Unterlagen gefunden, du wirst staunen!« Max lächelte Jody wissend an.

Aus dem Flur drang plötzlich aufgeregtes Kläffen an ihre Ohren, gefolgt von einer laut fluchenden Männerstimme: »Verdammt, Freddie, was ist das für eine verflixte Türschwelle? Jetzt schieb doch endlich!«

Jody und Max sahen einander verwundert an, dann gingen sie aus dem Arbeitszimmer heraus und sahen, wie Dekan Harris mit seinem Rollstuhl in der geöffneten Eingangstür festhing. Professor Crichton stand hinter ihm und versuchte vergebens, den Rollstuhl über die Schwelle zu wuchten.

»Warten Sie, Professor, ich helfe Ihnen«, rief Max

und eilte zur Tür. Auch Jody fasste mit an und zu dritt schafften sie es, den Rollstuhl ins Innere des Hauses zu befördern.

»Danke, Dr. Falkenburg. Es freut mich zu sehen, dass es Ihnen scheinbar schon wieder besser geht«, sagte Harris mit kritischem Blick.

»Wieder besser geht?«, echote Professor Crichton und blickte irritiert zu Max.

»Wusstest du das etwa nicht, Freddie? Dr. Falkenburg hat sich heute als krank abgemeldet. Seine Vorlesungen mussten daher ausfallen, weil wir so schnell keinen Ersatz beschaffen konnten«, raunzte Harris und gab sich dabei keine Mühe, seine Verärgerung zu verbergen.

»Max, was haben Sie dazu zu sagen?«, fragte Crichton mit strengem Blick.

Für einen Moment fühlte Max sich ertappt, aber er suchte nicht lange nach Ausreden, sondern entgegnete direkt: »Ich habe in Patrick O'Malleys Büro noch einige Bücher gefunden, die Hinweise auf seine letzten Forschungen gegeben haben, und wollte dies schnellstmöglich nachvollziehen. Es tut mir leid, dass ich dafür die Vorlesungen habe ausfallen lassen, aber ich konnte nicht anders.«

Harris drehte den Kopf zur Seite und blickte Crichton eindringlich an.

»Welche Forschungen von Dr. O'Malley? Er meint doch nicht etwa diese Legende von den Sieben Städten?«

»Doch genau diese«, erwiderte Crichton und seufzte.

Jetzt war es Max, der verblüfft guckte.

»Wie bitte, Sie wussten, dass Patrick nach Cíbola

suchte?«, fragte er den Dekan.

»Selbstverständlich. Er hat mich diesbezüglich des Öfteren um Rat gefragt und ich habe ihm ausführlich Auskunft gegeben. Schließlich ist dieser Teil der Geschichte auch eines meiner Spezialgebiete.« Harris räusperte sich, machte eine kurze Pause und faltete die Hände vor der Brust zusammen, wie er es immer tat, wenn er zu einem seiner Vorträge ansetzte. »Aber ich dachte, ich hätte ihm verständlich gemacht, wie aussichtslos eine Suche nach den Sieben Städten wäre. Es war reine Zeitverschwendung. Nichts weiter als ein Gespinst aus Sagen, Lügen und Spinnereien. Es gab diese Sieben Städte nie!«

»Ich denke, da irren Sie sich.«

Harris zog eine Augenbraue hoch, erwiderte aber nichts.

»Folgen Sie mir bitte.«

Max drehte sich um und marschierte zurück in Crichtons Arbeitszimmer. Dort ging er sofort zum Schreibtisch und nahm die Mappe von Patrick in die Hand. Als Erstes kam Ike in das Zimmer gelaufen und steuerte geradewegs auf den kleinen Weidenkorb zu, der ihm als Schlafplatz diente. Dann folgten Crichton und Harris, der von Jody über die niedrige Zimmerschwelle geschoben wurde.

»Immerhin haben Sie Ihre ergaunerte Zeit gut genutzt«, sagte der Dekan mit Blick auf das Durcheinander im Arbeitszimmer. »Also, was glauben Sie, gefunden zu haben, das die Legende von den Sieben Städten doch wahr macht?«

»Patrick hat sich lange mit der Legende beschäftigt.

Er hat alles zusammengetragen, was darüber an Informationen zu finden war, und hat daraus eine eigene Theorie entwickelt.« Max ging mit der Mappe in der Hand zu der Landkarte an der Pinnwand und tippte mit dem Zeigefinger auf Florida. »Die Ursprünge der Legende entwickelten sich aus der ersten Expedition der Spanier nach Florida, unter der Leitung von Pánfilo de Narváez. Ein Desaster, fast sämtliche der vierhundert Männer starben, auch Narváez selbst. Es überlebten nur vier Männer: Cabeza de Vaca, Andrés Dorantes, Alonso del Castillo Maldonado und ein Sklave namens Estebán. Nach einer mehrjährigen Odyssee durch den Westen Nordamerikas, von denen sie einige Zeit als Sklaven verschiedener indianischer Stämme lebten, gelangten sie schließlich nach Culiacán, im Norden Mexikos, das zu dieser Zeit erst gegründet worden war.«

»Ich weiß. Durch Nuño Beltrán de Guzmán, einem der blutrünstigsten Mistkerle, die jemals den Fuß auf amerikanischen Boden gesetzt haben. Man nannte ihn nur den *›blutigen Guzmán‹*. Er kam gemeinsam mit Cortés und ging noch brutaler vor als dieser. Er schlachtete Indianer zu Tausenden ab, versklavte und folterte sie aus Vergnügen.« Dekan Harris blickte Max eingehend an. »De Guzmán war es auch, der gleich nach der Ankunft von de Vaca und seinen Gefährten eine weitere Expedition aussandte, um das zu finden, wovon die Überlebenden berichtet hatten.«

»Es waren nur ein paar Plünderer und Mörder, die er aussandte«, widersprach Max. »Keine wirklichen Expeditionen. Aber Cabeza de Vaca und die anderen zogen mit der Hilfe eines Mannes namens Melchior Diaz nach einiger Zeit weiter nach Mexiko-Stadt und berichteten 1536 dort dem Vizekönig Antonio de Mendoza von ihrer Reise.«

»Diaz?« Harris runzelte die Stirn. »Von diesem Kerl habe ich noch nie etwas gehört. Hat der irgendeine Bewandtnis für die Sieben Städte?«

Max schmunzelte. »Warten Sie es ab, Professor. Sie werden staunen, was Patrick O'Malley noch alles herausgefunden hat.« Er tippte erneut auf die Karte, auf Culiacán. »Es dauerte nicht lange und de Guzmán wurde seines Amtes als Gouverneur enthoben und verhaftet. Selbst seine Landsleute konnten seine Grausamkeiten nicht länger dulden. Ihm folgte Francisco Vásquez de Coronado. Währenddessen machten die Berichte von de Vaca und seinen Begleitern in Mexiko die Runde. Sie erwähnten die Sieben Städte mit keinem Wort, sondern erzählten nur vom Reichtum der Indianer. Nach de Guzmán sandte auch Hernán Cortés Expeditionen aus, eine führte er sogar persönlich an. Aber niemand hatte Erfolg. Im März des Jahres 1539 entsandte der Vizekönig schließlich den Mönch Marcos de Niza als Leiter einer kleinen Expedition in das unbekannte Land. Er wurde von Estebán begleitet, dem Sklaven, der schon mit de Vaca unterwegs gewesen war.«

Crichton räusperte sich. »Dieser Teil der Geschichte ist wohlbekannt. Der Mönch gelangte auf seiner Reise zu einer großen Stadt, aus Steinen erbaut. Cíbola. Aber deren Einwohner töteten Estebán, als dieser die Stadt betreten wollte, und der Mönch selbst hat Cíbola nur aus der Ferne gesehen. Durch die Erzählungen seiner indianischen Führer glaubte er, dies wäre nur eine Stadt von sieben, eine reicher als die andere. Er kehrte zurück und berichtete von Sieben Städten aus Gold.«

»Hier hat Patrick die entsprechende Stelle gefunden, ein Auszug aus einem Bericht eines Unbekannten.« Max öffnete die Mappe, nahm ein Blatt Papier heraus und las:

»Zum ersten Mal, von den Lippen dieses unbekannten Indianers, hörten die Spanier den Namen, der von nun an auf ewig mit den Sieben Städten verbunden sein sollte – Cíbola.«

»Was hat es eigentlich immer mit diesen Sieben Städten auf sich?«, fragte Jody. »Woher waren sie den Spaniern ein Begriff?«

»Die Legende der Sieben Städte reicht noch viel weiter zurück, meine Liebe«, setzte Professor Crichton an. »Ursprünglich war es eine mythische Insel, von manchen auch Antillia genannt. Bei den Spaniern taucht diese Legende das erste Mal im achten Jahrhundert auf, zur gleichen Zeit, als die Mauren in das Land einfielen und alles eroberten. Es hieß, dass der Erzbischof von Porto und sechs seiner Bischöfe geflohen seien und auf einer Insel die Sieben Städte gegründet haben. Eine Insel der Seligen, wo Friede und Ordnung herrschten. Sie wurde zu einem Sehnsuchtsort der vom Krieg gebeutelten Spanier.«

Dekan Harris bewegte seinen Rollstuhl etwas näher an die Pinnwand heran und legte den Kopf in den Nacken.

»Man sagt bisweilen, der eigentliche Sinn von Kolumbus' Reise wäre es gewesen, diese Insel zu finden. Als er damals die Bahamas erreichte und später noch Kuba und Hispaniola, glaubte er sich schon am Ziel. Vergebens.«

»Interessant, dass Sie Kolumbus erwähnen, Professor Harris«, sagte Max und blätterte erneut in der Mappe. »Patrick hat hier was Faszinierendes entdeckt.«

»Was denn? Wollen Sie mir jetzt weißmachen, dass es eine Verbindung zwischen Kolumbus und Cíbola gab?« Harris schnaubte und schüttelte den Kopf.

»Nicht direkt. Kolumbus starb bereits 1506.« Max blätterte schnell durch die losen Zettel der Mappe. »Ah, hier ist es. Patrick hat eine Notiz gefunden, in der es heißt, dass Melchior Diaz und ein guter Freund von ihm, namens Hernando Colón, im Jahr 1539 gemeinsam in Culiacán waren. Kurz bevor die Coronado-Expedition startete, auf der Diaz eine Karavelle den Rio Colorado hinaufsteuerte.«

Harris blickte verdutzt zu Crichton, der dessen Blick ebenso verwirrt erwiderte.

»Was haben Sie da gesagt? Hernando Colón?«

Mit einem Grinsen steckte Max das Papier zurück in die Mappe und klappte den Deckel dann zu.

»Eben dieser.«

»Wer soll das sein?«, fragte Jody mit ratloser Miene.

»Colón ist ein spanischer Familienname. Die amerikanisierte Form ist weitaus geläufiger als ...«

»Kolumbus, natürlich«, entfuhr es Jody und schlug sich mit der flachen Hand gegen die Stirn. »Dieser Hernando war also sein Sohn oder Neffe?«

»Sein unehelicher Sohn. Er war zwar anerkannt am Hofe des spanischen Königs, jedoch alle Ehren und Privilegien seines Vaters wurden allein seinem älteren Bruder Diego zuerkannt, der ehelich geboren war.« Professor Crichton rückte seine Brille mit den runden Gläsern auf seiner Nase ein wenig zurecht, während er weitersprach. »Nach dem Tod des Vaters kämpfte Diego darum, dass die Familie Kolumbus die Rechte und Privilegien zurückerkannt bekam, und es gelang ihm sogar. Er wurde zum Vizekönig von La Española und allen durch seinen Vater entdeckten Inseln ernannt. Dadurch bekam er ein Fünftel allen Goldes, das dort gefunden wurde. Sein jüngerer Halbbruder Hernando hingegen bekam nichts. Er begleitete seinen Bruder Diego, wurde aber von diesem nie sonderlich bedacht, wenn man den Aufzeichnungen Glauben schenken darf. Hernando wandte sich der Seefahrerei zu, wie sein Vater, und entdeckte schließlich seine Erfüllung darin, alle Schriften seines Vaters zu sammeln und zu archivieren. Daraus entwickelte sich schließlich eine ganze Bibliothek, die großartigste von ganz Spanien, vielleicht sogar ganz Europas, zu dieser Zeit.«

»Die *Biblioteca Colombina,* ich kenne sie. Die Sammlung existiert noch heute«, sagte Jody mit wissendem Blick.

»Genauso ist es. Und genau dort hat Patrick einen wichtigen Hinweis auf Cíbola entdeckt«, kam Max dem Professor zuvor, der gerade mit seinem Vortrag fortfahren wollte. »Die *Biblioteca Colombina* ist heute nicht mehr so umfangreich und prächtig wie zu Lebzeiten Hernandos, aber mehr als siebentausend Bücher existieren immer noch. Sie sind im Besitz des Erzbistums von Sevilla und sind dort im Domkapitel der Kathedrale eingelagert.«

Die Augen von Harris, Crichton und Jody richteten sich gespannt auf Max.

»Und? Wo ist dieser Hinweis?«, fragte Jody schließlich ungeduldig.

»Tja, das ist das Problem«, erwiderte Max und klopfte auf Patricks Mappe in seiner Hand. »Hier drin ist nichts zu finden, auch nicht in den Büchern, die ich heute noch aus dem Büro geholt habe.«

»Sevilla sagten Sie?« Harris strich sich mit der rechten Hand über das Kinn. »Wenn ich mich richtig erinnere, war Dr. O'Malley erst vor wenigen Monaten dort.«

»Was sagen Sie da? Patrick war dieses Jahr erst dort? Wann?«

»Es muss im Juli gewesen sein. Ja, ganz sicher. Es war Juli. Sie waren mit Dr. Wellesley unterwegs in Washington. Dr. O'Malley bat mich noch, ihm ein offizielles Schreiben aufzusetzen, damit er die Möglichkeit bekam, sich die Sammlungen des *Archivo General de Indias* und des Kathedralkapitels anzusehen.«

»Wenn Pat wirklich dort war, warum findet sich dann hier nirgends etwas zu diesem Hinweis?« Jody sah Max fragend an.

»Juli, sagen Sie?« Max ging zum Schreibtisch hinüber und legte die Mappe dort ab. »Weißt du noch, als wir im Juli aus Washington zurückkamen, Jody? Wir haben uns mit Pat und Joe getroffen und Pat ...«

»... hatte ein großes Pflaster auf der Wange kleben«, vollendete Jody seinen Satz.

Max drehte sich um und nickte ihr zu.

»Es muss in Sevilla etwas passiert sein. Etwas, das ihn daran gehindert hat, diesen entscheidenden Hinweis zu finden.«

FÜNF

BIBLIOTECA COLOMBINA

SEVILLA, DREI MONATE ZUVOR, 13. JULI 1961

MIT EINEM TASCHENTUCH wischte Patrick O'Malley sich den Schweiß von der Stirn und setzte sich danach seinen Fedora wieder auf. Er war nur wenige Hundert Meter gegangen, seit er aus seinem Hotel auf die Straßen Sevillas getreten war, und schon jetzt setzte ihm die heiße Sonne Andalusiens zu. Natürlich wäre es angenehmer gewesen, wenn er sich dem herrlichen Sommertag gemäß angezogen hätte, aber er wollte einen seriösen Eindruck vermitteln, wenn er die *Biblioteca Colombina* und das *Archivo General de Indias* betreten würde. Also hatte er sich für einen dunkelblauen Anzug entschieden und trug zu seinem weißen Hemd sogar einen Schlips. Einige Einheimische warfen ihm mitleidige Blicke zu, als er an ihnen vorbeiging. Zu seinem Glück musste er nicht weit gehen und er trat aus einer der schmalen Gassen der Altstadt auf einen sonnengefluteten Platz heraus. Ihm gegenüber, am anderen Ende des Platzes, erhob sich ein gewaltiger Turm, die *Giralda.*

Patrick nahm erneut seinen Hut ab und tupfte sich die Schweißperlen von der Stirn, während er den Glockenturm der Kathedrale bewundernd betrachtete. Es handelte sich bei dem Turm um das Minarett der großen Moschee, die im 12. Jahrhundert durch die Almohaden errichtet worden war. Nach der Rückeroberung Sevillas durch die Christen wurde die prächtige Moschee zunächst als Kirche weitergenutzt, bis sie im 15. Jahrhundert abgerissen und an gleicher Stelle eine gotische Kathedrale aufgebaut wurde. Nur das Minarett blieb erhalten, wurde jedoch komplett mit Backsteinen ummauert und zum Glockenturm der Kathedrale umgearbeitet. Doch der arabische Einfluss war trotzdem noch unverkennbar.

Patrick sah sich suchend um. Er wusste, dass die Sammlung von Hernando Colón nicht mehr in der Kathedrale selbst untergebracht war, sondern in einem der angrenzenden Gebäude neben der Hauptkirche. Mit einem Zettel in der Hand, auf dem er die Adresse notiert hatte, ging er über den Platz und suchte nach dem nächsten Straßenschild. Er hielt sich rechts vom Turm und bog dann nach links ab, wo er freudig feststellte, bereits in der richtigen Straße gelandet zu sein. Im Schatten eines Magnolienbaumes blickte er erneut auf seinen Zettel. Als er den Kopf hob, bemerkte er die Tür mit dem Eisengitter davor, die direkt vor ihm in dem weißen Mauerwerk hervortrat. Ein runder Torbogen mit einem Triptychon war darüber angebracht, Patrick erkannte Maria, die Mutter Jesu, auf dem mittleren Bild. Links neben der Tür war ein Schild angebracht mit der Aufschrift: *Institución Colombina.* Er steckte den Zettel weg, tupfte sich ein letztes Mal den Schweiß vom Gesicht und ging auf die Tür zu. Es dauerte eine Weile, bis nach seinem Anklopfen etwas geschah, aber schließlich hörte er, wie ein Riegel auf der anderen Seite der Tür aufgeschoben wurde. Ein alter Mann sah ihn mit zusammengekniffenen Augen durch das Eisengitter hindurch an.

»*Que quieres?*«, fragte der Mönch ihn.

»Guten Tag, Dr. Patrick O'Malley. Ich komme aus Boston, um mir die Bibliothek anzusehen.«

Der Alte blickte ihn verständnislos an. Patrick zog das Schreiben, das er von Dekan Harris als Empfehlung bekommen hatte, aus der Innentasche seines Jacketts und reichte es dem Mann. Der nahm es entgegen, sah nur kurz darauf und schloss die Tür wortlos.

»Äh, hallo?« Patrick blickte bedröppelt auf die geschlossene Pforte. Einen Moment lang überlegte er, was er jetzt tun sollte, entschloss sich dann aber zu einem erneuten Klopfen. Nichts geschah. Er klopfte nochmals an, diesmal etwas energischer, sodass die Leute, die auf der Straße hinter ihm entlanggingen, ihm missbilligende Blicke zuwarfen. »Mist, verdammter«, fluchte er vor sich hin. Er stemmte die Arme in die Hüfte und blickte verärgert auf den geschlossenen Zugang.

Doch dann hörte er abermals, wie der Riegel der Tür geöffnet wurde, und diesmal strahlte ihm das wunderschöne Gesicht einer jungen Frau entgegen. Sie hatte tiefbraune Augen und langes pechschwarzes Haar, das ihr weit über die Schultern reichte.

»Man hört schon an der Art Ihres Klopfens, dass Sie Amerikaner sind«, sagte sie mit leicht vorwurfsvoller

Stimme und einem entzückenden spanischen Akzent zu ihm.

»Oh, äh, das ... tut mir leid«, stammelte Patrick, nun peinlich berührt. »Es ist nur, dass ...«

»Ist schon gut«, lachte die Frau und öffnete auch das Eisengitter. »Sie sind Dr. O'Malley?« Sie hielt den Brief von Dekan Harris in die Höhe.

»Ja, genau. Der bin ich, Señora ...?«

»Ruiz. Paloma Ruiz.« Sie schenkte Patrick ein strahlendes Lächeln. »Sie möchten sich die Bibliothek ansehen? Folgen Sie mir bitte.« Sie drehte sich um und ging in das Gebäude hinein. Beim Betreten verspürte Patrick eine angenehme Kühle, die von dem blank poliertem Marmorboden ausging. Er stand in einem kleinen Flur, von dem aus eine lange Treppe hinauf in ein Obergeschoss führte. Zu seiner Rechten sah er den stoisch dreinblickenden Mönch, der ihm zuerst die Tür geöffnet hatte und nun auf einem wuchtigen Holzstuhl dasaß und ihn anstarrte. Er nahm den Hut ab und nickte dem Mönch freundlich zu.

»Das ist Pater Rufió. Er spricht Ihre Sprache nicht, deswegen hat er mich geholt«, erklärte Paloma Ruiz ihm.

»Eine gute Entscheidung von ihm«, gab Patrick leise zurück und lächelte die Spanierin an.

»Ich bin erst seit Kurzem für das Archiv verantwortlich, aber ich werde versuchen, Ihnen so gut es geht zu helfen. Suchen Sie nach etwas Bestimmten?«

»Ja, ich interessiere mich insbesondere für die Berichte, die Hernando Colón selbst verfasst hat, aus seiner Zeit in Neuspanien.«

»Neuspanien? Ich fürchte, da irren Sie sich.

Hernando Colón war nie dort. Sein Bruder Diego war Vizekönig von La Española, da war er dabei. Meinen Sie dies vielleicht?«

»Ich bin mir sicher, dass Hernando sich zumindest für kurze Zeit in Neuspanien, genauer gesagt in Culiacán, aufgehalten haben muss. Ich habe in Boston ein altes Buch mit Reiseberichten aus der Zeit der *Conquista* gefunden, darin werden ein Mann namens Melchior Diaz und eben Hernando Colón erwähnt.«

»Tut mir leid, aber mir ist nichts Derartiges bekannt. Aber ich bin auch noch nicht so lange hier.« Paloma Ruiz lächelte ihn an. »Ich kann Ihnen zumindest den Teil zeigen, wo Hernandos persönliche Aufzeichnungen lagern.«

»Das wäre sehr hilfreich, vielen Dank.«

Die Archivarin stieg die Stufen der Treppe hinauf und Patrick folgte ihr nach oben. Dort wurde es wieder deutlich wärmer. Sie befanden sich in einer Art Vorzimmer. Paloma Ruiz ging zu einem Schreibtisch aus dunklem Holz und zog aus einer Schublade ein Paar weiße Handschuhe. Diese reichte sie Patrick.

»Ziehen Sie die bitte an. Kein Buch und keine Seite darf ohne diese Handschuhe berührt werden.«

»Verstehe.« Patrick streifte sich die dünnen Stoffhandschuhe über.

Die Spanierin nickte ihm zufrieden zu. »Folgen Sie mir bitte, ich bringe Sie jetzt in die *Biblioteca Colombina*.« Sie öffnete eine Tür an der linken Wand des kleinen Vorzimmers. Dahinter lag ein dunkler Raum, aus dem ihnen ein muffiger Geruch entgegenströmte. Auch als Paloma Ruiz den Lichtschalter betätigte, wurde es nur unwesentlich heller. Patrick schritt hinter ihr her, in den im Halbdunkel liegenden, fensterlosen Raum. Zu beiden Seiten waren mächtige Holzregale aufgestellt, die bis unter die Decke reichten und mit Glastüren verschlossen waren. Durch das Glas konnte Patrick die teilweise vergilbten und brüchigen Buchrücken sehen.

»Das sieht ... wundervoll aus«, sagte er ehrlich beeindruckt.

»Ja, das tut es. Was Sie hier sehen, Dr. O'Malley, ist die älteste noch erhaltene Renaissance-Bibliothek der Welt. In dieser Sammlung gibt es ganz außerordentliche Manuskripte und Bücher von ungeheurem Wert. Alles zusammengetragen von einem einzigen Mann. In der Blütezeit umfasste die Bibliothek fast fünfzehntausend Werke. Heute sind es leider nur noch siebentausend.«

»Wie hat er das damals nur geschafft?«

»Nun, Hernando Colón lebte lange Zeit am Hof des Königs. Er begleitete Carlos I. bei seinen Reisen durch sein Reich, das sich nicht nur über Spanien, sondern auch über Länder wie die Niederlande, Österreich und Deutschland erstreckte.«

»Ich kenne Carlos eher als Kaiser Karl V.«, bemerkte Patrick ruhig, während er langsam und mit staunendem Blick an den Bücherregalen entlangging.

»Wir Spanier bevorzugen Carlos«, erwiderte Paloma Ruiz mit einem milden Lächeln. »Aber auf jeden Fall kam Hernando dadurch durch ganz Europa herum. Der Buchdruck, der durch die Arbeit von Gutenberg erst wenige Jahrzehnte zuvor perfektioniert wurde, lief in Europa zu jener Zeit auf Hochtouren. Erasmus von Rotterdam machte Hernando eine Schenkung prächtiger

Werke, sie sind zum Glück immer noch zur Gänze erhalten geblieben. Ebenso wie die Inkunabeln, die Hernando mit besonderer Leidenschaft sammelte.« Sie erreichten das Ende des sich über dreißig Meter Länge erstreckenden, schlauchartigen Raums, wo ein kleiner Schreibtisch mit einer Messinglampe darauf stand. Ein unbequem aussehender Holzstuhl stand davor. »Hier befinden sich die persönlichen Schriften von Hernando. Vor allem seine *Cosmografía de Espana,* in der er versucht hatte, alle Orte Spaniens zu erfassen. Leider unvollendet. Aber wenn, dann finden Sie hier, wonach Sie suchen.« Die Archivarin ging zu einem der abgeschlossenen Bücherregale und öffnete die Türen. Dann streifte sie sich ebenfalls weiße Handschuhe über und nahm einen großen Folianten aus dem Regal. Das Buch knirschte leicht, als sie es auf dem Schreibtisch ablegte und den Buchdeckel aufschlug. »Das hier sind seine Aufzeichnungen aus seiner Zeit auf La Española, vielleicht werden Sie hier fündig.«

Patrick zog sich sein Jackett aus und legte es über die Stuhllehne. Darüber hängte er seinen Hut.

»Darf ich mal sehen?« Patrick drehte das Buch vorsichtig zu sich heran und überflog die ersten Zeilen. Er kniff die Augen zusammen, als er versuchte, die verschnörkelte Handschrift zu lesen.

»Darf ich Sie fragen, wie gut Ihr Spanisch ist, Dr. O'Malley?«

»Lesen geht weitaus besser als sprechen«, antwortete Patrick mit einem leicht gezwungenen Lächeln. »Aber falls ich nicht weiterkomme, wären Sie dann so freundlich, mir zu helfen?«

»Mit Vergnügen.« Paloma Ruiz zwinkerte ihm zu. Oder vielleicht war es nur der aufgewirbelte Staub, der sie dazu brachte. Patrick konzentrierte sich wieder auf das Buch vor sich. »Ich lasse Sie dann erst mal alleine. Sie finden mich vorne.«

»Haben Sie keine Angst, dass ich etwas stehlen könnte?«

Ein glockenhelles Lachen ertönte.

»Aber nicht doch. Sie haben die vertrauenswürdigsten Augen, die ich je bei einem Mann gesehen habe. Außerdem gibt es hier nur den einen Ausgang und die Bücher lassen sich schwerlich unter ihrem Jackett verstecken. Bis später, Dr. O'Malley.« Paloma Ruiz drehte sich um und schien in Richtung des Ausgangs zu schweben. Für einen Moment hingen Patricks Augen an ihren Beinen, aber dann besann er sich und rief sich ins Gedächtnis, weshalb er nach Sevilla gekommen war.

Es muss hier einen Hinweis auf Cíbola geben. Ganz sicher. Aber wo hast du ihn niedergeschrieben, Hernando?

Es folgten mehrere Stunden vergeblichen Suchens, in denen Patrick sich durch das gesamte geöffnete Regal durcharbeitete. Gelegentlich kam Paloma Ruiz, um nach ihm zu sehen, und sie brachte ihm sogar etwas zu trinken. Es war schon spät am Nachmittag und Patrick war kurz davor aufzugeben, als ihm doch noch ein interessanter Text buchstäblich in die Hand fiel. Er stellte gerade ein Buch zurück ins Regal, als der Buchdeckel plötzlich nachgab und brach, und damit ein zusammengefaltetes Blatt Papier freigab, das zwischen dem Einband gesteckt haben musste. Patrick nahm sich das Papier und stellte das Buch ins Regal. Schnell entfaltete er den Zettel und schon die erste Zeile ließ ihn vor Aufregung zittern. Es handelte sich um einen Brief. Und er begann mit »*Mein lieber Melchior*«. Als Nächstes fiel Patricks Blick auf das Datum. Der 10. Juli 1539, wenige Tage vor Hernando Colóns Tod. Er hatte diesen Brief also nicht mehr abschicken können. Mit Herzklopfen las er weiter.

Also doch! Ich hatte recht!

Seine Hände flatterten vor Aufregung und der Schweiß trat ihm erneut auf die Stirn.

Wenn ich Cíbola finde, dann werden Max und Joe aber die Augen aus dem Kopf fallen und ...

Ein lautes Knallen ließ ihn von dem Brief aufschauen. Am Ende des Raumes, bei der Tür, sah er zwei Schatten auf sich zukommen.

»Sind Sie Dr. O'Malley?«, fragte ihn eine Männerstimme mit starkem spanischem Akzent.

»Ja, bin ich.« Patrick wusste nicht wieso, aber seine Hände falteten den Brief in seiner Hand schnell zusammen und steckten ihn in die Hosentasche. »Mit wem habe ich das Vergnügen?«

»Mein Name ist Rodrigo Diaz Alvarez, Dr. O'Malley. Ich würde gerne mit Ihnen über Hernando Colón reden.«

»Oh. Könnten wir das vielleicht lieber ein anderes Mal machen? Ich bin ziemlich erledigt, wissen Sie? Ich bin schon den ganzen Tag hier und ...«

»Ich weiß, Dr. O'Malley. Den ganzen Tag halten Sie sich hier schon auf. Und da frage ich mich doch, wonach suchen Sie? Was weiß dieser Amerikaner, das ich nicht weiß?« Der Mann war nun nur noch fünf Meter von ihm entfernt und war nahe genug gekommen, sodass Patrick sein Gesicht genau erkennen konnte. Er hatte schwarzes volles Haar und dunkle Augen. Sein Mund war groß und hing zu einer Seite schief herab. Der zweite Kerl hielt sich etwas mehr im Halbdunkel der Bibliothek und verbarg sein Gesicht im Schatten.

»Ich habe keine Ahnung, wovon Sie sprechen, Señor Diaz Alvarez«, erwiderte Patrick und griff nach seinem Hut und dem Jackett.

»Was denn, wollen Sie etwa schon gehen? Das ist aber sehr unhöflich, Dr. O'Malley. Wir haben noch einiges zu bereden.« Er gab dem Mann im Schatten ein Signal und sofort kam dieser auf Patrick zu. Jetzt sah er das Gesicht des Mannes, es war von mehreren hässlichen Narben entstellt.

»Hören Sie, Señor Alvarez. Ich weiß nicht, was Sie von mir wollen, aber wir können da doch bestimmt ganz gesittet drüber sprechen.« Patrick machte einen Schritt zurück und trat hinter den Stuhl.

»Oh, das können wir, Dr. O'Malley, da bin ich mir ganz sicher.« Ein höhnisches Grinsen zeigte sich im Gesicht des Spaniers. »Juan!«

Der zweite Spanier preschte voran, am Schreibtisch vorbei, und wollte sich auf Patrick stürzen, aber der war vorbereitet. Er stieß dem Heranstürmenden den Stuhl entgegen und sprang dann mit einem Satz auf den Schreibtisch. Als Diaz Alvarez seine Hand in die Innentasche seines Jacketts gleiten ließ, trat Patrick ihm mit dem rechten Bein gegen die Brust, bevor er vom Schreibtisch heruntersprang und in Richtung der Tür rannte. Hinter sich hörte er den Spanier fluchen. Als er durch die Tür hindurch wieder in das kleine Vorzimmer gelangte, erschrak Paloma Ruiz und sah ihn verwirrt an.

»Schnell, rufen Sie die Polizei«, keuchte Patrick. »Da sind zwei Kerle, die …«

Er schaffte es gerade noch, zurückzuweichen, als die Archivarin plötzlich ein Messer zog und damit unvermittelt auf ihn losging. Die Messerspitze ritzte ihm die Haut an der rechten Wange auf. Durch die Tür hörte Patrick ein gedämpftes »Paloma!«, worauf die Spanierin etwas zurückrief, das er nicht verstand. Sie hatte sich direkt vor den Ausgang gestellt und bedrohte ihn mit dem Messer, dessen Klinge gefährlich scharf aussah. In die freundlichen Augen von Paloma Ruiz war ein kaltes Glitzern getreten.

»Sie werden uns jetzt sagen, was Sie hier zu suchen haben, Amerikaner!«, fauchte sie ihn an. Hinter sich hörte Patrick die Schritte der beiden Spanier schnell näher kommen, als diese zur Tür liefen.

»Tut mir leid«, sagte Patrick und warf seinen Hut und Jackett, die er immer noch in den Händen hielt, auf die Spanierin. Die dadurch für einen kurzen Moment abgelenkte Frau ließ das Messer ein Stück sinken. Das nutzte Patrick, er machte einen Satz nach vorne und verpasste ihr einen Faustschlag ins Gesicht. Sie stürzte zu Boden. »Es tut mir wirklich sehr leid«, beteuerte Patrick erneut, griff sich seine Sachen und rannte die Treppe hinunter.

Im selben Moment kamen die beiden Männer durch die Tür gestürmt. Am Fuß der Treppe hatte sich der Mönch mit ausgebreiteten Armen postiert und versperrte ihm so den Weg, aber Patrick stieß ihn einfach zur Seite, öffnete die Tür und rannte auf die Straße hinaus. Er wandte sich sofort nach rechts und lief, so schnell er konnte, auf den Turm der Kathedrale zu. Ein Blick über die Schulter zeigte ihm, dass seine Verfolger noch nicht zu sehen waren. Als er am Turm vorbei war, lief er weiter an der Außenmauer der Kathedrale entlang, bis er zu einem weiteren großen Platz gelangte. Links von sich erhob sich die Alcázar von Sevilla und direkt vor sich, neben der Kathedrale, erblickte er ein weiteres prächtiges Bauwerk, auf das er nun direkt zulief. Von seinen Verfolgern war immer noch nichts zu sehen. Er erreichte das frühbarocke Gebäude der ehemaligen Warenbörse Sevillas und schnaufte durch. Der Schweiß lief ihm in die Augen. Schnell ging er an der Fassade des quadratisch angelegten Bauwerks entlang und bog rechts um die Ecke, wo sich der Eingang befand. Er zog sich die weißen Stoffhandschuhe aus, die er immer noch trug, dann wischte er sich den Schweiß auf der Stirn mit seinem Taschentuch ab und tupfte sich das Blut an der rechten Wange ab, wo das Messer von Paloma Ruiz ihn verletzt hatte. Der feine Schnitt brannte wie Feuer, als Schweiß in die Wunde kam. Aber Patrick ignorierte den Schmerz. Dann setzte er seinen Hut auf und legte sich sein Jackett über den Arm.

»Ganz ruhig, Patrick«, sagte er zu sich selber. »Du bist so dicht davor, jetzt bloß nicht den Kopf verlieren.« Er atmete einmal tief durch und ging durch den Haupteingang in das Gebäude des *Archivo General de Indias*.

Im großzügigen Eingangsbereich waren zwei Männer in Uniform und richteten ihre Blicke auf ihn, als er hereinkam. Er nickte ihnen freundlich zu und ging weiter in das Gebäude hinein. Vor sich tat sich ein weiträumiger Innenhof auf, der reich verzierte Säulen und einen herrlichen Marmorboden hatte, der mit seinen abwechselnd verlegten schwarzen und weißen Marmorquadraten beinahe wie ein überdimensionales Schachbrett anmutete. Links und rechts von ihm öffnete sich ein breiter Gang, in dem einige Vitrinen standen und großformatige Ölgemälde an den Wänden hingen. Patrick sah sich suchend um, als auch schon ein junger Spanier auf ihn zukam.

»Kann ich Ihnen helfen, Sir?«, sprach ihn der Mann gleich auf Englisch an.

»Ja, gerne. Ich würde mir gerne die Archive ansehen, besonders der Kolumbus, äh, Colón-Teil interessiert mich.«

»Ich bedauere, aber die Archive sind für die Öffentlichkeit nicht zugänglich. Sie können sich aber gerne im ersten Stock umsehen, wo sich die Regale befinden. Dort sind auch einige Ausstellungsstücke zu sehen. Aber Sie sollten sich beeilen, wir schließen bald.«

»Oh, ich war der Annahme, dass die Archive für Forschungszwecke zugänglich wären? Mein Name ist Dr. Patrick O'Malley, ich bin Archäologe mit dem Fachgebiet Amerikanische Geschichte auf dem Elliott College in Boston.«

»Es tut mir leid, Dr. O'Malley, aber auch in diesem Fall müssen wir auf eine Anmeldung vorab bestehen. Haben Sie eventuell ein offizielles Schreiben Ihrer Fakultät dabei?«

Patrick presste seine Zähne fest aufeinander. Der Brief von Dekan Harris befand sich noch in der *Biblioteca Colombina* und er legte keinen Wert darauf, dort noch einmal vorbeizuschauen.

»Nein, habe ich nicht. Wäre es vielleicht ausreichend, wenn Sie mit meinem College telefonieren?«

»Nun, so was haben wir bisher noch nie gemacht. Ich müsste dann erst den Direktor fragen, aber der ist heute nicht mehr im Haus. Wenn Sie morgen wiederkommen, können wir gerne mit ihm sprechen.«

»In Ordnung, so machen wir das. Ich sehe mich aber heute trotzdem noch ein wenig hier um, wenn das in Ordnung ist.«

»Selbstverständlich. Gehen Sie wieder zurück in die Eingangshalle und dort die breite Treppe hinauf in den ersten Stock. Dort befinden sich die Archive. Sie dürfen zwar nicht darauf zugreifen, aber immerhin können Sie sich einen guten Eindruck des immensen Ausmasses des Archives verschaffen.« Der Spanier lächelte ihn freundlich an.

»Vielen Dank und bis morgen.« Patrick tippte sich an den Hut und ging in die Richtung, die ihm der Museumsmitarbeiter gewiesen hatte. Er fand die Treppe sofort und stieg die Stufen hinauf bis zu einem Podest, von dem die Treppe eine Wendung machte und weiter nach oben führte. Der Aufgang war prachtvoller gestaltet als das Statehouse in Boston. Mehrfarbiger Marmor kam hier zum Einsatz, auch an den Wänden, die mit kunstvollen Kassetten mit Kreuzsymbolen gefertigt waren. In der Mitte des Podestes hing eine Tafel mit der Aufschrift *Archivo General de Indias*. Nachdem Patrick die letzten Stufen der Treppe genommen hatte und im ersten Obergeschoss ankam, fiel ihm sofort eine vergoldete Büste auf. Oder war es sogar pures Gold? Sie zeigte Hernán Cortés, den Mann, der das mächtige Reich der Azteken unterworfen hatte und fast eine Dekade Generalgouverneur von Neuspanien gewesen war. Ein weiterer Wächter stand nicht weit von der Büste entfernt und wies ihm mit der Hand den Weg. Patrick ging durch ein gewaltiges Portal in einen lang gezogenen Saal oder vielmehr einen breiten Gang, dessen Boden ebenfalls mit dem Marmor ausgelegt war. Die Decken waren mit Stuck verziert und prachtvoll gewölbt wie in einer Kirche. Zu beiden Seiten erhoben sich mehrere Meter hohe, mächtige Bücherregale aus Mahagoni. In ihnen war der wahre Schatz des Archives verwahrt: die Schriften aus dem 16. Jahrhundert bis zum 19. Jahrhundert, darunter alle Berichte der Konquistadoren aller Kolonialreiche. Neben jedem Regal war eine Tafel angebracht, die über den Inhalt Auskunft gab. Patrick fand die Regale, die mit allen Dokumenten über Mexiko oder Neuspanien gefüllt waren, gleich weit vorne. Aber alles war gut weggeschlossen hinter teilweise vergitterten oder vollständig verglasten Türen. Er ging weiter und studierte die Tafel vor jedem Regal. Es war systematisch nach Themen geordnet. Manches drehte sich komplett um das Bauwesen in den neuen Kolonien, den Bau von Staudämmen oder der Suche nach Edelmetallen, vorzugsweise Gold. Patrick erreichte das Ende der Halle und fand sich sofort im nächsten Flügel wieder, wo ebenfalls unzählige Regale standen. Durch ein Fenster konnte er in hinunter in den Innenhof des Archives blicken. Gerade als er sich wieder abwandte, entdeckte er die zwei Spanier, die ihm in der *Biblioteca Colombina* angegriffen hatten. Die beiden Männer hatten soeben den Innenhof betreten und sahen sich suchend um. Einer der beiden wies mit dem Finger nach oben.

Verdammt, sie kommen hier hoch.

Patrick sah sich um. Außer ihm waren nur drei weitere Personen in den Archiven unterwegs. Er beschleunigte seinen Schritt und las weiter auf den Tafeln nach dem Inhalt der Regale. Aber nirgends fand er das, wonach er suchte. Da fiel sein Blick auf eine Vitrine, die im Übergang zum nächsten Saal stand. Ein großes Schiffsmodell war darin ausgestellt. Sofort eilte Patrick zu dem Glaskasten und las das kleine Schild, das vor dem Modell stand. Ein Lächeln huschte über sein Gesicht.

Hier ist er, der Hinweis auf Cíbola. So nah und doch unerreichbar – für den Moment.

Sein Blick verweilte noch einen Augenblick auf dem Schiffsmodell, dann wandte er sich ab, als er laute Schritte durch das Archiv dröhnen hörte. Jemand lief durch den Saal. Er drehte sich um und erblickte Rodrigo Diaz Alvarez. Der Spanier sah ihn ebenfalls. Aber er lief jetzt nicht weiter, sondern ging mit gemessenen Schritten weiter durch den Saal, um bei den anderen Besuchern keine unnötige Aufmerksamkeit zu erregen. Patrick wandte sich um und ging mit schnellen Schritten weiter durch den nächsten Saal und suchte dabei nach einem Ausgang. Von vorne kam ihm der andere Spanier, mit dem vernarbten Gesicht, entgegen. In Sekundenschnelle traf Patrick eine Entscheidung und sprintete auf den Mann drauflos. Der grinste hämisch, aber wenige Meter vor ihm ließ sich Pat nach hinten fallen, streckte das rechte Bein nach vorne und winkelte das linke Bein an. Er rutschte mit hoher Geschwindigkeit über den glatten Boden auf den Spanier zu und fegte ihn mit Schwung von den Beinen. Sofort sprang Patrick nach seinem Baseball-Slide wieder auf die Beine und rannte weiter durch die breiten Gänge, bis er das gesamte oberste Stockwerk umrundet hatte und wieder bei der breiten Marmortreppe ankam. Immer zwei Stufen auf einmal nehmend, sprang er die Treppe hinunter. Unten angekommen, winkte er den irritiert blickenden Wächtern zu und verließ das *Archivo General de Indias*.

Schnell lief er durch die Gassen der Altstadt in Richtung seines Hotels. In seinem Zimmer angekommen, ließ er sich erschöpft auf sein Bett sinken und zog den Brief von Hernando Colón aus seiner Hosentasche. Er las die wenigen Sätze mehrmals, bis er den Text auswendig konnte. Dann stand er auf und stellte sich an sein Hotelfenster. Der Turm der Kathedrale war gut sichtbar, aber sein Blick ging ein Stück weiter nach links, wo sich das Archiv befand.

»Da befindet sich der entscheidende Hinweis für meine Suche nach Cíbola«, murmelte er vor sich hin. Aber ihm war klar, dass er nicht wie erhofft am nächsten Tag erneut das Archiv besuchen konnte. Die Spanier, was immer sie auch von ihm wollen mochten, würden mit Sicherheit auf ihn lauern.

Vielleicht ist es an der Zeit, dass ich Max und Joe einweihe. Mit ihrer Hilfe kann ich es schaffen.

Fast die ganze Nacht verbrachte er mit dem Brief in seiner Hand und grübelte über dessen Zeilen. Am nächsten Morgen machte er sich auf den Weg zum Flughafen und reiste zurück nach Boston, mit dem festen Vorsatz, bald wieder nach Sevilla zurückzukehren und das Geheimnis um Cíbola zu lösen.

SECHS
ENTSCHEIDUNGEN
BOSTON, 18. OKTOBER 1961

MIT BESORGTEM GESICHT sah Jody ihn an, während sie sich dem Haus im Stadtteil Cambridge näherten.

»Hältst du das wirklich für eine gute Idee?«

»Nein. Aber es ist die einzige Möglichkeit, noch mehr Informationen von Patricks Forschungen zu finden.«

»Als du Patricks Mutter das letzte Mal gesehen hast, hat sie dich geohrfeigt«, gab Jody zu bedenken, als sie den gepflasterten Weg zur Haustür entlanggingen. Patrick hatte eine kleine Einliegerwohnung im Haus seiner Eltern gehabt, was für Joe und Max immer ein guter Grund gewesen war, um ihn damit aufzuziehen.

»Ich weiß. Aber das war auf der Trauerfeier für Patrick, sie war sehr aufgewühlt. Und außerdem«, Max wandte Jody lächelnd das Gesicht zu, »bist du doch jetzt dabei, um auf mich aufzupassen.« Er wollte gerade die Klingel betätigen, als die Haustür nach innen aufschwang. Patricks Mutter, Shannon O'Malley, stand in der Tür und sah sie mit eisiger Miene an.

»Was wollen Sie hier?«

»Hallo, Mrs. O'Malley, ich ... wir wollten Sie fragen, ob wir uns Patricks Wohnung ansehen dürften?« Max rechnete mit dem Schlimmsten, einem Wutausbruch oder einfach nur dem Zuschlagen der Haustür, aber nichts dergleichen geschah.

»Wozu?«, fragte Patricks Mutter nur mit trauriger Stimme.

Max zögerte einen Moment, darauf zu antworten, also kam Jody ihm zuvor.

»Wir haben vorgestern Patricks altes Büro im College ausgeräumt. Und dabei haben wir einige Unterlagen seines letzten Forschungsprojekts entdeckt.« Jody stockte kurz und sah Max an. Er verstand und fuhr fort.

»Es ist ein vielversprechendes Projekt und Patrick hat viele Monate, wenn nicht sogar Jahre daran gearbeitet. Wir ... würden es gerne für ihn beenden, damit er dafür die verdiente Anerkennung erfährt. Deswegen würden wir uns gerne einmal in seiner Wohnung umsehen, ob dort noch Unterlagen zu finden sind.«

Der Ausdruck im Gesicht von Shannon O'Malley änderte sich ein wenig. Sie sagte nichts, sondern blickte nur unsicher erst in Jodys und dann in Max' Gesicht.

»Es tut mir leid«, setzte sie schließlich mit leiser Stimme an, »dass ich Sie nach dem Gottesdienst für Patrick geohrfeigt habe, Max.«

»Das war für uns alle eine schwere Zeit«, erwiderte Max. »Ich konnte es Ihnen nicht verübeln.«

Patricks Mutter nickte ihm zu.

»Kommen Sie bitte herein.« Sie trat einen Schritt zur Seite und wartete, bis sie eingetreten waren. Dann ging sie ihnen voraus ins Wohnzimmer. Max und Jody folgten ihr. »Mein Mann und ich haben alles aus der Wohnung herausgeräumt, es ist nichts mehr da, außer dem hier.« Sie zeigte auf drei gestapelte Kartons, die in der linken Ecke des Raums standen. »Es befinden sich tatsächlich einige Ordner und Bücher mit seiner Arbeit darin. Wir haben überlegt, ob wir sie dem College zur Verfügung stellen sollen.«

»Dürften wir diese Kartons mitnehmen?«, fragte Max. »Ich versichere Ihnen, dass wir vorsichtig mit seinen Sachen umgehen. Falls wir darin einen Hinweis finden, der uns hilft, Patricks Forschungen zu vollenden, wäre das sehr wichtig für uns.«

»Nehmen Sie sie ruhig mit.« Shannon O'Malley blickte traurig auf den Kartonstapel. »Wir können mit diesen Sachen sowieso nichts anfangen. Wir konnten Patricks Begeisterung für seine Arbeit nie wirklich nachvollziehen. Meinem Mann wäre es lieber gewesen, wenn Patrick in seiner Baufirma mitgearbeitet hätte. Bei Ihnen sind die Unterlagen sicher besser aufgehoben.«

»Ich danke Ihnen. Wir werden gut auf die Sachen acht geben, das verspreche ich. Und wenn wir Erfolg haben sollten, werden wir Sie informieren.«

»Das müssen Sie nicht«, erwiderte Patricks Mutter leise. »Nichts wird meinen Sohn wieder lebendig machen.« Ihre Augen füllten sich mit Tränen. »Nehmen Sie die Sachen und gehen Sie bitte.«

Ohne weitere Worte zu sagen, nahmen Max und Jody die Kartons und verließen das Haus wieder.

»Die arme Frau, sie tut mir so leid«, sagte Jody traurig.

»Mir auch. Aber jetzt konzentrieren wir uns auf den Inhalt dieser Kartons. Hoffentlich ist etwas Brauchbares dadrin«, schnaufte Max, der die zwei schwersten Pappschachteln trug.

Zwei Stunden später hatten sie deren Inhalt im Arbeitszimmer von Professor Crichton fast zur Gänze durchsucht. Enttäuscht schob Max den letzten Stapel Bücher aus den Kartons zur Seite.

»Nichts. Absolut gar nichts über Cíbola und die Sieben Städte.«

»Hier auch nicht«, sagte Jody und klappte eines von Patricks Notizbüchern zu. »Aber es ist ja auch nicht zu erwarten gewesen, dass Patrick das einfach so offen irgendwo hinschreibt.«

»Was meinst du damit?«

»Na, diese Mappe mit all seinen Forschungen hat er doch auch versteckt. Wenn er wirklich noch woanders Aufzeichnungen über Cíbola hatte, dann doch sicherlich in ähnlicher Weise verborgen.«

Max stieß einen lang gezogenen Seufzer aus.

»Ja, aber bloß wie und wo? Bis vor zwei Tagen hatte ich noch nicht einmal eine Ahnung davon, dass Patrick überhaupt im Geheimen an etwas arbeitet!«

»Heißt das, du willst etwa schon aufgeben?«

»Nein, natürlich nicht. Das heißt, nur ...« Lautes Klopfen dröhnte durch den Hausflur und ließ Max innehalten. »Es gibt nur einen, der so klopft, dass die Tür gleich aus den Angeln fällt.« Er eilte durch den Flur und öffnete seinem Freund Joseph Carter die Tür. Der große Schwarze blickte ihn verärgert an.

»Kannst du mir vielleicht mal erklären, was mit dir los ist?«

»Hey Joe, gut siehst du aus. Komm doch rein«, antwortete Max grinsend.

»Lenk nicht ab. Also, was ist los? Warum musste ich heute die Vertretung für deine Vorlesungen übernehmen?«

Max blickte seinen Freund ernst an.

»Du erinnerst dich an die Mappe, die wir in Patricks Büro gefunden haben?«

»Oh nein«, stöhnte Joe inbrünstig auf. »Bitte sag mir nicht, dass du dich jetzt auf die Suche nach Cíbola machen willst!«

»Joe, ich mache mich auf die Suche nach Cíbola«, erwiderte Max mit einem Augenzwinkern.

»Ich hab's geahnt.« Sein Freund schüttelte den Kopf.

»Hallo Joe!« Jody war aus dem Arbeitszimmer in den Hausflur gekommen.

»Hallo. Bitte versuch du, Max zur Vernunft zu bringen, und rede ihm diese Sache aus.«

»Ich muss dich enttäuschen, Joe, aber Jody unterstützt mich bei der Suche bereits.«

»Seid ihr denn beide verrückt geworden? Diese ganze Geschichte mit den Sieben Städten ist doch nur eine Legende, wenn es da wirklich jemals einen Funken Wahrheit drin gegeben hätte, dann hätten die Spanier damals auch etwas entdeckt. Basta!«

»Pat war sich sicher, dass in dieser Legende ein wahrer Kern steckt. Und ich will ihm helfen, das zu beweisen!« Max verschränkte die Arme vor der Brust. Jody stellte sich neben ihn und sah Joe eindringlich an.

»Oh nein, versucht das nicht! Ich weiß genau, was ihr vorhabt! Aber daraus wird nichts. Ich werde euch bei diesem Schwachsinn nicht unterstützen, weil es Zeitverschwendung ist!«

»Joe, es geht hier nicht um mich oder dich. Es geht um Pat. Er war auch dein Freund. Wir sind es ihm schuldig. Aber es ist natürlich deine freie Entscheidung, wir können dich nicht zwingen.«

Einen Augenblick lang blickte Joe zu Boden, die Hände in die Seite gedrückt, dann hob er den Kopf und sah Max in die Augen.

»Ach, ich will verdammt sein. In Ordnung, dann suchen wir eben nach Cíbola. Ich meine, wie schwierig kann das schon werden?« Er ließ seine weißen Zähne aufblitzen.

»Ich wusste, dass du uns hilfst«, sagte Jody freudig und umarmte Joe.

»Also gut, dann zeigt mir mal, was ihr bisher habt.«

Sie gingen gemeinsam ins Arbeitszimmer zurück und informierten Joe über alles, was sie bisher herausgefunden hatten. Auch von dem Besuch bei Patricks Mutter erzählten sie ihm, was er mit einem überraschten Blick zur Kenntnis nahm. Joe überlegte einen Moment, schaute sich die Landkarte auf der Pinnwand eingehend an und drehte sich dann um.

»Was ihr da über Pats Besuch in Sevilla erzählt habt, daran erinnere ich mich auch noch. Er hat mir damals nicht gesagt, wohin er fliegen wollte, nur dass er für einige Tage weg sein würde. Aber er kam dann bereits nach zwei Tagen zurück.«

»Hat er dir gegenüber irgendeine Bemerkung fallen lassen, was passiert ist?«

Joe schüttelte den Kopf.

»Nein, hat er nicht. Aber er wollte uns beide eine Woche später sprechen, sobald du wieder aus Washington zurück warst.«

Max blickte Joe verwirrt an.

»Daran kann ich mich aber nicht erinnern.«

»Kein Wunder, denn wir wissen ja alle, was kurz nach eurer Rückkehr aus Washington geschehen ist.« Joe warf Jody einen Blick zu. »Ihr habt euch zerstritten und getrennt. Jody ist nach England geflogen und du hast für Rekordumsätze in den Bars von Boston gesorgt.«

Max presste die Lippen zusammen, als er an die kurze Trennungsphase von Jody und sich dachte.

»Und dann sind wir auch schon nach Uxmal aufgebrochen«, sagte Jody ernst und sah zu Max. »Er wollte euch in seine Forschungen einweihen, ganz sicher. Aber unsere privaten Probleme haben ihn daran gehindert.« Sie blickte betrübt zu Boden.

»Was immer er uns mitteilen wollte, es ist mit ihm in Uxmal begraben worden«, sagte Joe mit Leichenbittermiene.

»Es hat mit Sevilla zu tun. Dort ist etwas vorgefallen, das seine Meinung geändert hat«, sagte Max ruhig und verdrängte die traurigen Gedanken, die immer in ihm aufkamen, wenn von der Mayastadt die Rede war. »Danach hat er den Entschluss gefasst, uns in die Sache mit Cíbola einzuweihen.«

»Weil er unsere Hilfe brauchte«, brummte Joe nachdenklich.

»Genau. Er muss in Sevilla nicht nur etwas gefunden haben, was seine Cíbola-Theorie stützt, sondern …«

»… auch jemanden, der ebenfalls darum weiß«, vollendete Jody den Satz von Max. »Dieser Jemand hat Patrick in Sevilla angegriffen. Deswegen ist er früher abgereist und deshalb hatte er ein Pflaster auf der Wange.«

»Hm, das ist eine gewagte Theorie«, erwiderte Joe grüblerisch. »Vielleicht hat er auch einfach nur früher als gedacht das gefunden, wonach er suchte? Dabei hat er festgestellt, dass wir ihm doch helfen können. Und das Pflaster könnte er benötigt haben, weil er sich wieder mal beim Rasieren geschnitten hat.«

»Auch möglich«, erwiderte Max. »Aber wie dem auch sei, ich denke …« Die Hausklingel unterbrach ihn. »Wer kommt denn jetzt noch?«

Max ging erneut zur Haustür und öffnete sie. Überrascht sah er den Mann an, der dahinter stand.

»Dr. Haywood! Was verschafft mir das Vergnügen?«

Der schlaksige Archäologe lächelte ihn freundlich an.

»Entschuldigen Sie die Störung, Dr. Falkenburg, aber ich habe hier etwas für Sie.« Er reichte Max ein Buch. Es handelte sich um Patricks Exemplar von *»Die Geheimgänge von Gizeh«*, das Max gemeinsam mit Joe geschrieben hatte. »Ich wollte es Ihnen eigentlich auf dem College geben, aber Dekan Harris meinte, Sie würden vorerst nicht erscheinen. Daher dachte ich, ein persönlicher Besuch könnte nicht schaden.«

Max nahm das Buch entgegen und blickte einen Moment ratlos auf den Einband.

»Vielen Dank, aber Sie hätten sich nicht die Mühe machen müssen.«

»Doch, doch. Das musste ich. Darf ich vielleicht kurz hereinkommen?«

»Äh ... also eigentlich bin gerade etwas beschäftigt.«

»Es wird nicht lange dauern, ich verspreche es. Sie werden es nicht bereuen.« Haywoods Grinsen wurde noch breiter und mutete etwas unheimlich an.

»In Ordnung, kommen Sie herein.« Max ließ seinen neuen Kollegen eintreten und führte ihn in die Küche. Auf dem Weg dahin gab er Jody, die unbemerkt von Haywood aus der Tür des Arbeitszimmers schaute, ein Zeichen, dass sie mit Joe dort bleiben sollte. »Also, Dr. Haywood, was genau möchten Sie denn mit mir besprechen?«

Haywood sah sich in der Küche um.

»Ganz nett, wirklich. Darf ich mich setzen?« Er deutete auf einen der Stühle.

»Aber sicher.«

Nachdem der Archäologe Platz genommen hatte, sah er Max wissend an.

»Ihr verstorbener Freund, Dr. O'Malley, hatte etwas in diesem Buch versteckt. Ich nehme an, dass Sie deswegen gestern Morgen bei mir im Büro waren und dort einige Bücher mitgenommen haben. Wahrscheinlich hatten Sie nicht vermutet, dass Dr. O'Malley es in Ihrem Buch verstecken würde.« Die Augen Haywoods blitzten bei seinen letzten Worten triumphierend auf.

»Ich fürchte, ich kann Ihnen nicht ganz folgen«, sagte Max ruhig, aber seine linke Hand presste das Buch fest zusammen.

»Vielleicht hilft es Ihnen, wenn ich den Namen Hernando Colón erwähne?«

Diesmal gelang es Max nicht, ruhig zu bleiben. Sein Mund klappte ein Stück weit auf und das Grinsen im Gesicht von Haywood wurde immer breiter wie bei einer Hyäne, die vor einem saftigen, schon leicht verwesten Kadaver stand.

»Woher ...?«

Haywood griff in die Tasche seines Jacketts und zog ein sichtlich altes Stück Papier hervor.

»Daher. Ein alter Brief von Hernando Colón an einen Mann namens Melchior Diaz. Er schrieb ihn zwei Tage vor seinem Tod. Ich denke, Sie wissen ungefähr um den Inhalt dieses Briefes.«

Max erwiderte nichts.

»Hernando schreibt darin von den Sieben Städten von Cíbola!« Die Augen von Haywood weiteten sich, als er fortfuhr. »Und dass er eine Karte angefertigt habe, die er für seinen Freund Diaz gut versteckt habe.«

Max fand seine Stimme wieder. »Was wollen Sie, Dr. Haywood?«

»Ich weiß, was Sie vorhaben, Dr. Falkenburg. Sie wollen nach Cíbola suchen! Dieser Fund wäre die größte archäologische Sensation des Jahrhunderts! Sie würden damit endlich aus dem Schatten Ihres Vaters heraustreten können.« Haywood machte eine kurze Pause. »Und ich möchte dabei sein! Gemeinsam werden wir größere Chancen haben, die Sieben Städte zu finden. Wie Sie wissen, ist Amerikanische Geschichte mein Spezialgebiet. Wenn wir Cíbola finden, werden wir selbst zu Legenden aufsteigen und wir werden Reichtum und

Ruhm ernten! Man wird uns zu Ehren ein Denkmal errichten! Also, was sagen Sie?«

»Ich muss ablehnen, Dr. Haywood.«

»Wie bitte?« Der Blick des Archäologen verhärtete sich. »Sie können mich nicht aus dieser Sache heraushalten, ich habe den Brief!«

»Den Sie im Buch meines Freundes gefunden haben. Wenn überhaupt, dann gebührt Patrick O'Malley der Verdienst, Cíbola entdeckt zu haben, und keinem anderen! Ich bin Ihnen sehr dankbar dafür, dass Sie mir das Buch gebracht haben, und würde Sie nun bitten, mir den Brief, der darin war, zu geben.« Mit stoischer Miene blickte Max den vor sich sitzenden Haywood an. Der steckte den Brief wieder in seine Tasche und stand auf.

»Sehr schade, dass Sie so unkooperativ sind, Dr. Falkenburg. Aber in dem Fall werde ich mich wohl alleine auf die Suche nach Cíbola machen müssen. Guten Tag!« Er ging an Max vorbei aus der Küche heraus und stoppte abrupt. Im Flur hatte sich Joe mit verschränkten Armen aufgebaut. Neben ihm stand Jody.

»Haben Sie nicht etwas vergessen, Dr. Haywood?«, fragte sie ernst.

Haywood blickte erst zu ihr und drehte sich dann wieder zu Max herum.

»Wollen Sie mir den Brief etwa mit Gewalt abnehmen lassen?«

»Aber nicht doch. Ich möchte Sie nur mit etwas Nachdruck erneut höflich um Herausgabe bitten. Dieser Brief gehörte Patrick O'Malley und wir sind seine Nachlassverwalter.« Max schenkte dem finster dreinblickenden Haywood ein fröhliches Lächeln.

»Gut, dann nehmen Sie ihn.« Mit hochrotem Gesicht drückte der Archäologe Max den Brief in die Hand. »Er wird Ihnen sowieso nichts nützen. Aber ich lasse mich trotzdem nicht an der Suche hindern und ich werde Cíbola vor Ihnen finden!« Haywood starrte Max feindselig an, machte dann kehrt und preschte an Joe vorbei zur Haustür, die er mit einem lauten Knall hinter sich zuzog.

»Reizendes Kerlchen«, brummte Joe.

»Er ist ehrgeizig. Und sicherlich hat er eine Abschrift des Briefes.«

»Davon ist auszugehen.« Max faltete das Papier vorsichtig auseinander. »Jetzt brauchen wir bloß jemanden, der Spanisch lesen kann.« Inmitten der verschnörkelten Handschrift erkannte er ein Wort sofort. Cíbola.

SIEBEN
VORBEREITUNGEN

PROFESSOR CRICHTON LIESS den Brief sinken und schaute in ihre vor Erwartung angespannten Gesichter. Max, Jody und Joe hatten sich vor dem Schreibtisch aufgestellt und warteten nun gespannt auf die Übersetzung des Schreibens von Hernando Colón.

»Und, was steht denn jetzt da?«, fragte Max ungeduldig, nachdem Crichton erst einmal seine Brille absetzte und anfing, die Gläser zu putzen.

»Nun, ich muss leider zugeben, dass ich mich womöglich geirrt haben könnte in Bezug auf die Sieben Städte und Cíbola.« Crichton setzte sich die Brille wieder auf die Nase. »Was Dr. O'Malley hier entdeckt hat, lässt zumindest darauf schließen, dass Coronado tatsächlich in die Irre geleitet wurde und es tatsächlich noch eine Stadt namens Cíbola gab.«

»Steht da etwas von einer Karte, wie Haywood gesagt hat?«

»Ja in der Tat. Ich lese Ihnen den Inhalt des Briefes

einmal vor.« Crichton räusperte sich, nahm das Papier erneut in die Hand und las.

»*Mein lieber Melchior. Ich muss mich von Dir verabschieden, treuer Freund. Wenn diese Zeilen Dich erreichen, werde ich nicht mehr sein. Ich spüre bereits, wie die Kraft meinen Körper verlässt. Schon jetzt, beim Schreiben dieses Briefes, zittern meine Hände vor Anstrengung. Leider werde ich meinen größten Traum nun nicht mehr verwirklichen können. Es liegt nun allein an Dir, Melchior. Denn Dir habe ich Zeit meines Lebens immer vertrauen können. Daher habe ich Dir den einzig wahren Weg nach Cíbola aufgezeichnet, wie Bruder de Niza ihn mir beschrieben hat, damit Du, so Gott will, eines Tages über die mit Gold gepflasterten Straßen wandern wirst. Ich kann Dir diese Karte nicht auf einfachem Wege zukommen lassen, da ich mich schon seit meiner Rückkehr aus Neuspanien beobachtet fühle. Aber Du wirst sie sicherlich finden, mein Freund. Wenn Du an unsere gemeinsamen Reisen denkst und an den Augenstern meines Vaters, wird es Dir leichtfallen. Lebe wohl, Melchior. In ewiger Freundschaft, Hernando Colón.*«

»Na toll, ich habe nicht das Gefühl, dass uns das viel weiterbringt«, seufzte Joe. »Augenstern meines Vaters? Was meint er damit?«

»Vielleicht eine Person?«

»Aber wen?« Max schüttelte den Kopf. »Und die Frage ist doch, wenn Hernando Colón tatsächlich eine Karte hatte, die bis nach Cíbola führt, warum ist er dann nach Spanien zurückgekehrt und hat sich nicht gleich auf den Weg zu den Sieben Städten gemacht?«

»Was meinen Sie, Professor?«, fragte Jody.

»Ich muss gestehen, ich bin einigermaßen schockiert. Sollte es stimmen, dass Hernando Colón eine Karte gezeichnet hat, die nach Cíbola führt, dann wäre das eine archäologische Sensation, die ihresgleichen sucht.«

»Noch haben wir diese Karte nicht gefunden.«

»Nein, aber allein die Existenz dieses Briefes ist für sich genommen schon eine unvergleichliche Entdeckung.« Crichton atmete tief durch. »Der nächste Schritt muss es jetzt sein, diese Karte zu finden.«

»Das ist leichter gesagt als getan«, sagte Jody. »Wir wissen nur, das Pat diesen Brief aus Sevilla hat, wahrscheinlich aus der *Biblioteca Colombina*.«

»Aber die Wahrscheinlichkeit, dass die Karte ebenfalls in Sevilla zu finden ist, ist relativ hoch. Hernando ist, kurz nachdem er diesen Brief geschrieben hat, gestorben und er hat die Karte nicht verschickt, weil es ihm zu riskant erschien.« Max ging zur Pinnwand und sah sich die Karte genauer an. »Es kann nur um kleinere Abweichungen gehen. Coronado war damals sehr gründlich mit seiner Expedition. Aber trotzdem muss er etwas Entscheidendes übersehen haben.«

»Vergiss nicht die Bedingungen zu der Zeit. Er hatte eine verhältnismäßig große Armee dabei, damit konnte er nicht überall hin, sie mussten versorgt werden.« Joe stellte sich an seine Seite und betrachtete denselben Punkt auf der Karte. Beide wandten einander den Blick zu und lächelten. »Die Sonora-Wüste.«

»Coronado hat die Wüste gemieden, aus offensichtlichen Gründen. Aber was, wenn es dort etwas gibt?«

»Niemand baut eine Stadt in eine Wüste«, sagte Jody hinter ihnen.

»Das sehe ich auch so«, bestärkte Professor Crichton sie. »Zugegebenermaßen könnte es aber einen Weg durch das Ödland geben. Ich kenne Erzählungen über einen Indianerpfad, der durch die Wüste über Oasen führt und schließlich in den Bergen endet.«

Max nickte dem Professor zu.

»Patrick hat darüber auch etwas notiert. Er hat sogar schon verschiedene Startpunkte ausgesucht, um zu diesen Pfaden zu gelangen.«

»Das heißt, Pat brauchte nur noch diese Karte von Colón, dann hätte er sich auf den Weg gemacht, richtig?«

»Das nehme ich an. Er stand wirklich kurz davor, seine eigene Expedition zu starten. Wenn wir und Uxmal ihm nicht in die Quere gekommen wären …«

Jody trat zu Max und nahm seine Hand.

»Hör endlich auf, dir Vorwürfe deswegen zu machen! Keiner von uns wusste, was passieren würde. Patrick ist aus freien Stücken mitgekommen.«

»Hätte uns dieser kleine Sturkopf doch nur früher in seine Pläne eingeweiht«, sagte Joe. »Dann wären die Dinge vielleicht anders gelaufen.«

»Daran ist jetzt nichts mehr zu ändern«, erklang die energische Stimme von Professor Crichton. »Anstatt in Selbstmitleid zu versinken oder darüber zu sinnieren, was hätte sein können, sollten wir uns den tatsächlichen Gegebenheiten zuwenden.«

Max sah seinen Mentor an.

»Was schlagen Sie vor?«

»Es muss jemand nach Sevilla fliegen, um dort vor Ort Nachforschungen anzustellen. Wenn die Karte noch existiert, dann muss sie in Sevilla sein. Diese Suche könnte einige Zeit dauern, aber wie Sie wissen, ist Geduld eine der wichtigsten Tugenden.«

»In diesem Fall liegen die Dinge leider etwas anders«, sagte Max.

»Wie muss ich das verstehen?«

Max berichtete dem Professor mit knappen Worten von dem nachmittäglichen Besuch von Jonathan Haywood.

»Sie glauben, dass Dr. Haywood sich ebenfalls auf die Suche nach Cíbola machen wird?«

»Er schien dazu entschlossen zu sein.«

»Warum sind Sie nicht auf seinen Vorschlag eingegangen? Eine Zusammenarbeit mit ihm wäre nicht das Schlechteste gewesen. Ich kenne einige seiner Abhandlungen, der Mann verfügt wirklich über ein profundes Wissen über die indigenen Völker Amerikas und wäre damit mit Sicherheit eine gute Hilfe gewesen.«

»Er hat anderes im Sinn«, erwiderte Max. »Ihm geht es um den Ruhm und den Reichtum. Wir machen das nur für Pat!«

»Sind Sie sich da sicher?«, fragte Crichton und sah Max mit Sorgenfalten im Gesicht an. Der wusste darauf nichts zu antworten, sondern bewegte seinen Unterkiefer nur nervös hin und her. »Aber gut, sei es, wie es ist. Falls Dr. Haywood tatsächlich ebenfalls nach Cíbola suchen sollte, dann wird die Zeit etwas knapper.«

»Deswegen sollten wir zweigleisig arbeiten«, sagte Max.

»Wie meinst du das?«

»Nun, ich habe gedacht, dass Jody vielleicht mit dir nach Sevilla fliegt und ich mich derweil auf den Weg nach Arizona mache und mich dort vor Ort schon etwas umsehe.«

Joe kniff die Augen zusammen.

»Du willst dich doch nur wieder vorm Fliegen drücken.«

Max grinste seinen Freund an.

»Schon möglich. Aber natürlich würde ich es für Pat auf mich nehmen, wenn ihr der Meinung seid, dass ihr es ohne mich nicht schafft.« Er zwinkerte Joe zu, der dies mit einem Augenrollen erwiderte.

»Natürlich schaffen wir das ohne dich! Aber hast du vielleicht mal darüber nachgedacht, dass ich nicht so einfach nach Sevilla fliegen kann? Ich habe hier auch noch Verpflichtungen, die ich erfüllen muss.«

»Mit Dekan Harris werde ich reden. Er wird sicherlich nichts dagegen einzuwenden haben«, sagte Professor Crichton.

»Es ist nicht nur wegen des Colleges. Ich habe am Wochenende einen Termin mit Elizabeth. Wenn ich den absage, macht sie mich einen Kopf kürzer.«

Mit einem breiten Grinsen klopfte Max auf Joes starke Schulter.

»Einen Kopf kürzer macht doch bei deiner Größe nichts aus. Aber wenn du willst, kann ich auch mit Lizzie reden und es ihr erklären.«

»Du weißt, sie kann dich nicht ausstehen, Max.«

»Genau deswegen. Dann ist deine Herzdame halt noch ein wenig mehr auf mich sauer und nicht auf dich.«

»Danke für dein Angebot, aber ich bin dafür, dass wir erst nach dem Wochenende aufbrechen. Es gibt schließlich noch genug vorzubereiten, oder nicht?«

»Joe hat gar nicht so unrecht, Max«, pflichtete Jody bei. »Auf die vier Tage kommt es doch jetzt nicht an. Wir können doch am Montag nach Sevilla fliegen.«

»Meinetwegen. Ihr habt ja recht. Ich werde aber schon am Freitag nach Arizona aufbrechen. Es dauert schließlich etwas länger mit dem Zug.«

»Und wo genau willst du hinfahren?«

Max tippte auf die Karte.

»Sierra Vista. Es liegt nahe der Grenze zu Mexiko und der Sonora-Wüste. Patrick hat sich diesen Ort ebenfalls als einen möglichen Ausgangspunkt notiert.«

»Sehr gut, dann werden wir zwei am Freitag dorthin fahren.«

Verwundert blickte Max sich um, ebenso wie Jody und Joe, und starrte überrascht zu Professor Crichton.

»Sie wollen mitkommen?«

»Aber sicher. Ich denke, ich kann Ihnen dabei durchaus behilflich sein und außerdem bin ich schon viel zu lange nicht mehr aus Boston herausgekommen.« Wie zur Bekräftigung seiner Worte bellte Ike mehrmals.

»Aber das könnte ziemlich stressig werden«, sagte Max. »Die Wüste, die lange Reise ... sind Sie wirklich sicher, dass Sie sich das antun wollen?«

»Halten Sie mich etwa für zu alt, Max?«, fragte Crichton mit scharfer Stimme.

»Ich, äh ... nein, nein. Natürlich nicht. Es ist nur ...« Er blickte hilfesuchend zu Jody und Joe.

»Der Professor ist der Einzige, der Spanisch spricht und es lesen kann«, sagte Jody. »Das wäre in diesem Fall sicherlich von Vorteil.«

»Und er kennt sich mit der Legende um die Sieben Städte aus«, fügte Joe hinzu.

Max seufzte.

»Also gut. Dann begleiten Sie mich nach Sierra Vista.«

»Daran gab es auch keinen Zweifel. Ich benötige schließlich nicht Ihre Erlaubnis«, erwiderte Crichton und ging um seinen Schreibtisch herum in Richtung der Tür. »Ich werde dann schon mal für unsere Reise packen gehen.« Er verschwand mit einem Augenzwinkern. Ike trottete ihm hinterher.

ACHT

AUF PATRICKS SPUREN

SEVILLA, 22. OKTOBER 1961

ES WAR KURZ nach der Mittagsstunde und in den Straßen Sevillas waren kaum Menschen unterwegs. Die meisten Einheimischen hielten jetzt ihre Siesta. Jody und Joe gingen an der Kathedrale rechts vorbei und suchten nach dem Eingang der *Bibiloteca Colombina*.

»Nicht so schnell«, schnaufte Joe hinter ihr. »Das ist doch kein Wettrennen.«

»Was ist los mit dir, machst du etwa schon schlapp?«

»Ist das ein Wunder nach den Reisestrapazen? Und dann gönnst du mir nicht mal fünfzehn Minuten Pause im Hotel, sondern zerrst mich gleich wieder auf die Straße.«

»Mir steckt die Reise auch noch in den Knochen, Joe. Aber wenn wir uns im Hotel noch ausgeruht hätten, wäre wohl keiner von uns so schnell wieder wach geworden und wir hätten erst morgen zur Bibliothek gehen können. Außerdem ist es doch besser, wenn wir hier schnell fertig werden.«

Statt einer Antwort erhielt Jody nur ein zustimmendes Brummen. Lächelnd bog sie um die Ecke und sah sofort die Tür hinter dem Eisengitter und dem Schild, das daneben an der Wand angebracht war.

»Wir sind schon da«, verkündete sie freudig.

»Halleluja.«

Jody ging auf die Tür zu, hielt kurz Ausschau nach einer Klingel und klopfte dann gegen die schwere Holztür. Sie warteten einige Augenblicke, aber nichts geschah.

»Die halten wahrscheinlich auch gerade Siesta, wie es sich hier gehört«, murrte Joe.

Jody klopfte erneut an. Als wieder keine Reaktion kam, trat Joe neben sie und hämmerte mit seiner gewaltigen Faust so stark gegen das Türblatt, dass selbst das Eisengitter davor zitterte.

»Das sollten sie jetzt gehört haben.«

Wenige Momente danach öffneten sich die Riegel der Tür und eine junge Frau sah sie durch das Eisengitter hindurch an. Sie musterte sie nur ganz kurz, dann huschte ein schmales Lächeln über ihre Lippen.

»Amerikaner, richtig?«, fragte sie mit spanischem Akzent.

»Nur mein Kollege Dr. Carter«, erwiderte Jody und zeigte auf Joe. »Ich bin Engländerin, mein Name ist Dr. Jody Wellesley. Wir würden uns gerne die Bibliothek ansehen, ist das möglich?«

»Nun, normalerweise nicht. Wir genehmigen den Zugang nur zu Forschungszwecken. Also falls Sie ein entsprechendes Anliegen haben sollten ...«

Jody zückte das Schreiben, das sie von Dekan Harris erhalten hatten, und reichte es der Spanierin. Die las und

Jody sah, wie sich die Augen der Frau weiteten. Sie reichte Jody den Brief zurück.

»Wir hatten erst vor wenigen Monaten Besuch von einem Mann, der ebenfalls aus Boston kam. Vom selben College wie Sie auch.«

»Das war unser Kollege Patrick O'Malley«, sagte Joe.

»O'Malley, richtig. Das war sein Name. Warum begleitet er Sie nicht? Er war so ein netter Kerl, wir haben uns gut verstanden.«

»Er ist leider verstorben.«

Die Spanierin hob eine Hand vor den Mund und machte einen entsetzten Gesichtsausdruck, der Jody etwas übertrieben vorkam.

»Nein, wie schrecklich.«

»Ja. Deswegen sind wir nun hier, wir möchten seine letzten Forschungen vollenden. Können Sie uns dabei behilflich sein?«

»Aber sicher doch. Kommen Sie erst mal herein.« Die Frau öffnete das Eisengitter und ließ sie eintreten. Sie führte sie eine Treppe hinauf in ein kleines Büro. »Ich habe mich Ihnen ja noch gar nicht vorgestellt, entschuldigen Sie bitte. Mein Name ist Paloma Ruiz, ich bin die Archivarin der *Biblioteca Colombina*. Also, wie genau kann ich Ihnen behilflich sein?«

»Als Dr. O'Malley hier war, gab es da irgendein besonderes Vorkommnis?«

»Wie meinen Sie das?«

»Na, ob irgendwas Außergewöhnliches passiert ist.«

»Nicht dass ich wüsste.« Die Spanierin schüttelte den Kopf. »Ihr Kollege war mehrere Stunden hier im Archiv und hat sich die Aufzeichnungen von Hernando Colón angesehen.«

»Hat er Ihnen gegenüber erwähnt, ob er darin etwas gefunden hat?«

»Nein. Ich weiß ja noch nicht einmal, wonach er überhaupt gesucht hat«, lachte Paloma Ruiz, hielt dann aber inne. »Obwohl, ich erinnere mich noch daran, dass er, nachdem er fertig war, zu mir sagte, dass er nun ins *Archivo General de Indias* gehen wollte. Er schien sehr aufgeregt zu sein.«

Jody und Joe wechselten einen Blick miteinander.

»Sonst hat er nichts erwähnt oder gesagt?«

»Nein, er wollte sich im Indienarchiv weiter um seine Forschungen kümmern. Ich habe ihn danach leider nicht mehr gesehen.« Die Spanierin machte ein bekümmertes Gesicht.

»Vielen Dank, Sie haben uns sehr geholfen.« Jody nickte der Frau zu. »Komm, Joe, wir schauen uns mal in das Archiv an.«

»Möchten Sie denn gar nicht die Bibliothek besichtigen?«

»Vielleicht ein anderes Mal.«

Sie verabschiedeten sich von der Archivarin und verließen die *Biblioteca Colombina* wieder.

»Bis zum *Archivo General de Indias* ist es nicht weit, in fünf Minuten sollten wir dort sein.«

»Ich hoffe nur, die können uns dort mehr dazu sagen, wonach Pat gesucht hat.«

»Er hat hier den Brief gefunden und hat sich dann entschieden, im Archiv weiterzusuchen. Dafür muss es einen Grund geben.«

»Dann hoffen wir mal, dass wir mehr Erfolg haben werden als er.«

Sie gingen los und bogen nach rechts ab.

Paloma Ruiz blickte den beiden aus ihrem Fenster noch nach, bis diese um die Ecke verschwanden, in Richtung des Indienarchivs. Danach ging sie zu ihrem Schreibtisch, griff nach dem Telefonhörer und wählte. Als ihr Gesprächspartner sich meldete, sprudelte es sofort aus ihr heraus.

»Rodrigo, es waren zwei Amerikaner bei mir! Sie suchen nach dem, was der andere herausgefunden hat!«

»Sind sie noch bei dir in der Bibliothek?«

»Nein, ich habe sie weitergeschickt, ins Archiv.«

»Gut gemacht. Dort werden wir sie uns schnappen.« Paloma hörte, wie Rodrigo nach seinem Handlanger Juan rief.

»Nein, davon würde ich dir abraten.«

»Was? Wieso?«

»Wenn du die beiden siehst, wirst du es verstehen. Es sind eine rothaarige Frau, etwas blass. Sie sagt, sie sei Engländerin. Der zweite ist ein Mann, ein wahrer Riese. Du kannst ihn nicht übersehen. Er ist dunkelhäutig und trägt einen weißen Hut. Mit ihm solltet ihr euch lieber nicht anlegen, der machte auf mich nicht den Eindruck, als ob er sich leicht unterkriegen lässt.«

»Gut und was schlägst du stattdessen vor?«, dröhnte Rodrigos Stimme blechern durch die Hörmuschel.

»Beobachtet sie. Lass die beiden ruhig die Arbeit

machen. Wir warten ab und können dann im richtigen Augenblick zuschlagen.«

»Wir werden hier noch suchen, bis wir alt und grau sind, ehe wir hier etwas finden«, sagte Joe entmutigt und ließ dabei seinen Blick über die meterhohen Regalreihen des *Archivo General de Indias* schweifen.

»Damit könntest du recht haben«, erwiderte Jody. »Aber lass uns nicht schon aufgeben, bevor wir richtig begonnen haben. Vielleicht kann uns der Direktor weiterhelfen.« Sie blickte den breiten Gang entlang, wo sich ihnen ein etwas stämmiger Mann näherte. Der Direktor des Archivs, den sie beim Betreten um ein Gespräch gebeten hatten. Er trug einen buschigen Schnauzbart und sein blütenweißes, kurzärmeliges Hemd war ihm mindestens eine Nummer zu klein. Sein Bauch wölbte sich so stark nach außen, dass Jody beinahe jede Sekunde damit rechnete, einen der Hemdknöpfe in einem hohen Bogen wegfliegen zu sehen. Mit einem herzlichen Lächeln kam er bei ihnen an und begrüßte Jody zuerst.

»Señora Wellesley. Es ist mir eine Freude, Sie hier begrüßen zu dürfen. Ich hoffe, Sie erinnern sich noch an mich? Wir hatten vor einigen Jahren das Vergnügen, uns kennenzulernen, auf einer Veranstaltung im Nationalmuseum in London.«

Jody überlegte kurz, sah sich den korpulenten Spanier genauer an und dann erinnerte sie sich.

»Señor Alatriste! Wie schön, Sie hier wiederzutreffen. Wenn ich mich richtig erinnere, waren Sie damals doch noch beim Museum in Madrid beschäftigt?«

Der Spanier lachte laut auf.

»Ja, so ändern sich die Zeiten. Als ich die Möglichkeit bekommen habe, die Leitung dieses altehrwürdigen Archives zu übernehmen, musste ich nicht lange überlegen.« Er wandte seinen Blick zu Joe. »Und wer ist Ihr Begleiter?«

»Das ist Dr. Joseph Carter, ein guter Freund und Kollege von mir.«

»Ah, Carter. Ich erinnere mich. Sie haben damals einen Vortrag im Museum in London gehalten. Gemeinsam mit Dr. Falkenburg, richtig? Es freut mich außerordentlich, Sie nun auch persönlich kennenzulernen. Pablo Alatriste, zu Ihren Diensten.« Er reichte Joe die Hand.

»Ja, das stimmt. Freut mich sehr, Señor Alatriste.« Joe ergriff die ausgestreckte Hand des Spaniers.

»Also, was führt Sie beide zu mir?«

»Das ist etwas schwierig zu erklären.« Jody sah sich um. Außer ihnen und dem Direktor war niemand in diesem Teil des Archives unterwegs. Inmitten des prachtvollen Archivsaales standen nur eine alte Kanone und einige Vitrinen. »Ein Kollege von uns war vor einigen Monaten in Sevilla und hat in der *Biblioteca Colombina* etwas entdeckt, was ihn hierher geführt hat. Nur leider wissen wir nicht genau, was es war, das er hier gesucht hat.«

Pablo Alatriste schloss die Augen für einen Moment. Seine Stirn bewegte sich auf und ab, bis er die Augen wieder öffnete.

»Ihr Kollege, kam der aus Boston? Ein rothaariger Kerl mit Namen O'Miller?«

»O'Malley«, verbesserte Joe den Direktor des Archivs.

»Ja, genau. Ich erinnere mich. Leider habe ich ihn nicht persönlich getroffen, aber einer unserer Mitarbeiter erzählte mir von seinem Besuch. Ich war an jenem Tag nicht anwesend und mein Mitarbeiter sagte mir, dass O'Malley noch einmal wiederkommen wollte, aber das passierte nicht. Warum haben Sie ihn nicht mitgebracht?«

»Er ist tot«, sagte Joe, was Alatriste mit einem bestürzten Gesichtsausdruck quittierte.

»Oh, das tut mir leid.«

»Dr. O'Malley hat nach etwas gesucht, das Hernando Colón gehörte. Eine Karte womöglich«, erklärte Jody dem Direktor.

»Sagen Sie das doch gleich.« Im Gesicht von Pablo Alatriste zeigte sich ein wissendes Lächeln. »Wir haben hier eine eigene Abteilung nur für die Familie Colón. Das meiste natürlich von Hernandos Vater. Folgen Sie mir.« Er vollführte eine Hundertachtzig-Grad-Drehung auf dem glatten Marmorboden und ging ihnen voraus.

»Meinst du, es war klug, ihm das mit der Karte zu sagen?«, flüsterte Joe in Jodys Ohr, während sie dem Direktor folgten. »Er könnte auch der Grund dafür sein, dass Patrick nicht erneut hergekommen ist.«

»Glaube ich nicht«,erwiderte Jody leise. »Das ist ein anständiger Kerl.«

Der Direktor blieb abrupt stehen, als sie den Übergang in den nächsten Saal erreichten, und wandte sich nach links zu einem der mächtigen Bücherregale.

»Das hier ist es: ein ganzes Regal mit den Unterlagen von Cristobal und Hernando Colón.«

Mit skeptischem Blick betrachteten Jody und Joe das zum Bersten voll gestopfte Regal, das sich über zahlreiche Regalböden bis knapp unter die Kuppeldecke erstreckte.

»Ich weiß genau, was Sie jetzt denken«, frohlockte der Direktor. »Aber keine Angst. Ich kenne den Inhalt dieses Regals wie meine Westentasche. Wenn Sie nach Karten suchen, dann benötigen wir nur diese beiden Schuber hier unten.« Er bückte sich und zog zwei der grauen Pappschuber aus dem Regal hervor. Einen davon reichte er Joe, den anderen nahm er selbst. »Hier drin befinden sich alle Karten.« Er ging zum Ende des Saals zurück, wo sich eine unscheinbare Tür befand, und schloss diese auf. Dahinter war eine fensterlose Kammer mit einem Tisch und mehreren Stühlen. »Das ist unser Studierzimmer.«

Sie betraten den kleinen Raum, wobei Joe mit gesenktem Kopf durch den niedrigen Türrahmen hindurchgehen musste. Pablo Alatriste stellte seinen Pappschuber auf dem Tisch ab und zog aus einer Schublade mehrere weiße Handschuhe hervor, die er Jody und Joe reichte. Dann schaltete er die zwei Messinglampen ein, die auf dem Tisch fest montiert waren, und begann, den Inhalt seines Schubers auf dem Tisch zu verteilen.

»Also, wonach genau müssen wir Ausschau halten?«, wollte er von Jody wissen.

Joe warf Jody einen warnenden Blick zu, den sie aber ignorierte.

»Keine Seekarte, so viel steht fest. Es muss sich um eine Landkarte von Nordamerika handeln.«

Alatriste hob den Kopf und sah Jody verwundert an.

»Dann sind wir hier schon fertig, Señora Wellesley«, sagte er mit belustigter Stimme. »Denn so eine Karte existiert ganz sicher nicht, glauben Sie mir. Hernando hat Karten von Inseln angefertigt, sogar Kuba müsste darunter sein, und natürlich von Spanien und etliche Seekarten. Aber eine Nordamerika-Karte?« Er schüttelte mit Nachdruck den Kopf. »Nein, ganz ausgeschlossen.«

»Aber es muss eine geben.«

»Tut mir leid. Mir ist nichts Derartiges bekannt. Wie kommen Sie darauf, dass so eine Karte von Hernando existiert?«

Joe räusperte sich lautstark und signalisierte Jody mit seinem Blick, besser nichts zu sagen.

»Sie müssen es mir schon sagen, wenn ich Ihnen helfen soll«, sagte Alatriste mit einem Lächeln. »Sie können mir vertrauen, Dr. Carter, ich bin ein Ehrenmann.«

»Dr. O'Malley hat einen Brief von Hernando gefunden, in der *Biblioteca Colombina*. Darin schreibt er, dass er eine Karte erstellt hat von einem Teilstück Nordamerikas und Mexikos.«

»Ein Brief?« Der Direktor zog eine Augenbraue nach oben. »Davon ist mir nichts bekannt. Und so was würde sich hier in Sevilla herumsprechen, glauben Sie mir.«

»Dr. O'Malley hat ... ähem, den Brief für sich behalten.« Jody flüsterte den letzten Teil ihres Satzes, obwohl in dem Zimmer keiner außer ihnen drei war.

»Oh, das ist aber gar nicht gut. Wie Sie wissen ...«

»Ja, es war sicherlich eine Ausnahmesituation, die ihn dazu gezwungen hat. Wir vermuten, dass er hier in Sevilla Opfer eines Angriffs wurde.«

»Daher Ihr Misstrauen.« Alatriste sah Joe mit ernstem Blick an. »Nun, so eine Karte ist mir nicht bekannt.«

»Sie wird versteckt sein«, sagte Joe. »Hernando schrieb etwas vom ›*Augenstern seines Vaters*‹. Wissen Sie vielleicht, was er damit gemeint haben könnte?«

Ein wissendes Lächeln zeigte sich unter dem Schnurrbart des Direktors.

»Augenstern? Aber sicher. Cristobal Colón liebte nur drei Dinge: die See, Gold und seine Schiffe.« Er machte eine kurze Pause und strich sich mit der Hand amüsiert über seinen Schnurrbart. »Mit Meer und Gold kann ich Ihnen nicht dienen.«

»Aber mit einem Schiff?«, fragte Jody zweifelnd.

»Ja.« Mit schnellen Schritten eilte Alatriste aus dem Studierzimmer heraus zurück in den Saal und steuerte auf eine Vitrine zu. Jody und Joe folgten ihm und erkannten schnell, dass sich in der Vitrine ein Modell eines Schiffes befand. Zufrieden klopfte der Direktor mit der Hand auf den Glaskasten. »Das ist es. Die Santa Maria, das Flaggschiff von Colóns legendärer erster Reise im Auftrag der spanischen Krone.«

»War sie sein Augenstern?«

»Nun, das weiß ich nicht mit Sicherheit zu sagen. Dieses Schiff lief am 25. Dezember 1492 auf eine Sandbank bei Hispaniola und wurde danach für den Bau einer Siedlung ausgeschlachtet. Colón kehrte auf einem anderen Schiff zurück. Aber dieses Modell stammt aus dem Besitz seines Sohnes Hernando.«

Joe und Jody sahen einander an.

»Können wir …?«

»Selbstverständlich. Dr. Carter, würden Sie mir bitte zur Hand gehen?«

Gemeinsam mit dem Direktor hob Joe vorsichtig die große und ziemlich schwere Glashaube von dem weit über einem Meter langen Schiffsmodell herunter und stellte sie auf dem Boden neben der Stele ab. Jody trat einen Schritt näher heran und nahm das Modell der Santa Maria genau in Augenschein.

»Eine tolle Arbeit, da hat sich jemand große Mühe gegeben.«

»Ja, es ist ein wundervolles Stück«, pflichtete Alatriste ihr bei. »Die Entstehungszeit ist nicht ganz klar. Es könnte eventuell noch zu Lebzeiten von Cristobal entstanden sein, vielleicht hat aber auch erst Hernando den Auftrag dafür gegeben. Auf jeden Fall war es in dessen Besitz bis zu seinem Tod.«

Mit kritischem Blick beäugte Joe das Modell der Karavelle.

»Aber wie soll uns dieses Ding einen Hinweis liefern? Ist da irgendwo etwas eingeritzt?«

»Nein, mit Sicherheit nicht«, erwiderte der Direktor. »Das Modell wurde schon mehrfach genau in Augenschein genommen. Dabei ist nie etwas Außergewöhnliches aufgefallen. Aber stand in diesem Brief, den sie erwähnten, noch etwas anderes?«

Jody versuchte, sich den Inhalt des Briefes wieder ins Gedächtnis zu rufen.

»Er schrieb einen Hinweis für seinen Freund Melchior Diaz. Er sollte sich an ihre gemeinsamen Reisen und an den Augenstern von Hernandos Vater erinnern, um die Karte zu finden.«

»Sie sind womöglich gemeinsam auf diesem Schiff unterwegs gewesen«, sprach Joe seine Gedanken laut aus.

»Unmöglich, Dr. Carter. Wie erwähnt, lief die Santa Maria 1492 auf Grund. Da war Hernando Colón vier Jahre alt und noch in Spanien.«

»Aber der Gedanke stimmt sicherlich. Hernando und Melchior waren gemeinsam auf Reisen. Zwar nicht auf diesem Schiff, aber auf anderen. Es muss an Bord einen Ort gegeben haben, an dem sie sich besonders oft aufhielten.« Jody wanderte, während sie sprach, einmal um das Modell herum. Sie blickte Pablo Alatriste an. »Wissen Sie, welche Aufgaben Hernando an Bord übernommen hat?«

»Nun, er war ein hervorragender Kartograf und Navigator.«

»Hm, wo würde man sich dann meistens aufhalten?«

»Auf der Brücke, beim Steuerstand.«

Jody wandte ihren Blick dorthin und streckte ihre Hand nach dem kleinen Steuerrad des Schiffs aus.

»Darf ich?«

»Aber bitte vorsichtig«, mahnte der Direktor.

Bedachtsam legte Jody Hand an die Ruderanlage des Modells, die sich tatsächlich bewegen ließ. Sie zog leicht am Steuerruder, aber nichts geschah.

»Nein, das ist es wohl nicht.«

»Vielleicht ging es Hernando weniger ums Navigieren, sondern eher darum, einen möglichst guten Überblick zu haben, um seine Karten zu skizzieren«, sagte Joe und deutete auf den Ausguck an der Spitze des Großmastes des Schiffes. »Das Krähennest wäre doch der beste Ort, um sich einen Überblick zu verschaffen.« Er langte mit Vorsicht zu dem Ausguck und tastete ihn ab. »Auch nichts«, sagte er enttäuscht und nahm die Hand weg, blieb dabei aber mit seinem Hemdsärmel am Aufbau des Hauptsegels hängen. Es knackte laut, als der Hauptmast aus seiner Verankerung brach. Pablo Alatriste wurde blass um die Nasenspitze, als er sah, wie der Mast zu Boden fiel.

»*Madre Mía!*«, stieß er entsetzt hervor. »Was haben Sie getan?« Entgeistert blickte er auf das zerstörte Modell.

Ehe Joe etwas erwidern konnte, hatte Jody den am Boden liegenden Großmast aufgehoben und besah ihn sich an der Bruchstelle.

»Der Mast ist hohl«, sagte sie und steckte einen Finger hinein. »Da steckt etwas drin!« Sie zog ein zusammengerolltes Stück Papier hervor.

Beim erstaunten Direktor klappte der Unterkiefer herunter. Jody legte den Mast auf das Modell und entrollte den Zettel vorsichtig.

»Eine Nachricht von Hernando.« Jody erkannte die Schrift sofort wieder.

»Nur eine Nachricht? Sollte nicht eine Karte versteckt sein?«, fragte Joe verwundert.

»Hier stehen nur wenige Zeilen. Wären Sie so freundlich?«, fragte Jody den immer noch konsterniert dreinschauenden Direktor.

»Ja ... ja, natürlich.« Mit vor Aufregung zitternder Hand griff er nach dem Zettel, den Jody ihm hinhielt.

»Ich kann es noch gar nicht glauben«, stammelte er und begann zu lesen. »*Mein lieber Melchior, Du hast es geschafft. Der Reichtum der Sieben Städte Cíbolas liegt nun in Deinen Händen. Quid est Veritas. Möge es Dir mehr zum Glück gereichen als mir. Ich wünsche Dir ein langes Leben. Dein Hernando.*«

»Das ist alles? Ist da noch mehr im Mast versteckt?«, fragte Joe ein wenig enttäuscht.

»Nein, da ist nicht mehr«, antwortete Jody, nach nochmaligem Überprüfen des hohlen Masts.

»Das ist ... eine Sensation!« Direktor Alatriste strahlte übers ganze Gesicht. »Ohne Sie hätten wir diesen Zettel niemals gefunden, Dr. Carter.«

»Ach, hab ich doch gern gemacht«, erwiderte Joe unaufgeregt.

»Manchmal ist Ungeschicktheit auch ein Vorteil, nicht wahr, Joe?«, fragte Jody mit einem Augenzwinkern.

»Hey, das war nicht ungeschickt, sondern einfach nur ...«

»Egal, was es war, dieser Fund ist von ungeheurer Bedeutung«, unterbrach Direktor Alatriste ihn. »Bei den Nachforschungen Ihres Kollegen O'Malley drehte es sich also um Cíbola?«

»Ja«, sagte Jody geradeheraus. »Er glaubte, dass mehr hinter dieser Legende steckt, als heutzutage gemeinhin angenommen.«

Pablo Alatriste blickte auf den Zettel in seiner Hand und dann wieder zu Jody.

»Wenn ich Ihnen diesen Zettel überlasse, mache ich mich strafbar, indem ich ein wichtiges Kulturgut aus der Hand gebe.«

Joe sah Jody mit einem Gesichtsausdruck an, der ausdrücken sollte: »*Und was machen wir jetzt?*«

»Señor Alatriste, ich versichere Ihnen …« Der Direktor hob die linke Hand und brachte Jody damit zum Schweigen. Er sah sie mit strenger Miene an, die sich jedoch schnell in ein verschmitztes Grinsen wandelte.

»Schon gut, Señora Wellesley. Ich werde Ihnen den Zettel überlassen.«

»Wirklich?«, entfuhr es Jody und Joe im Gleichklang.

»Selbstverständlich. Erstens wäre dieser Fund ohne Sie niemals zustande gekommen und zweitens vertraue ich Ihnen, genau wie Ihnen auch, Dr. Carter. Deswegen vertraue ich darauf, dass, wenn Sie bei Ihrer Suche Erfolg haben sollten, Sie das *Archivo* und mich nicht vergessen.«

»Ich verspreche Ihnen, dass wir bei einem erfolgreichen Abschluss unserer Suche selbstverständlich auch Ihnen die nötige Anerkennung zukommen lassen und einige Stücke für das Archiv zur Verfügung stellen werden.« Jody sprach die Worte mit Nachdruck aus und streckte ihre Hand nach dem Zettel aus.

»Eines noch: Ich möchte dieses Schreiben von Hernando Colón, das Dr. O'Malley mitgenommen hat, sowie diese Nachricht hier zurückhaben.«

»Sie gehören Ihnen!«

Mit einem Lächeln übergab Pablo Alatriste den Zettel an Jody.

»Und jetzt sollten wir auf diesen Fund anstoßen, finden Sie nicht auch? Was halten Sie von einem gemeinsamen Essen?«

»Oh, das ist sehr freundlich«, sagte Jody und warf einen Seitenblick auf Joe, dem die Müdigkeit ins Gesicht geschrieben stand. »Aber ich denke, wir würden uns lieber in unser Hotel zurückziehen.«

»In Ordnung, das verstehe ich. Dieser lange Flug, Sie müssen wirklich müde sein. Entschuldigen Sie meine Achtlosigkeit.«

»Schon gut, wir können uns morgen noch treffen, bevor wir abreisen.«

Alatriste nickte ihr zu.

»Sehr gut. Dann werde ich jetzt nur noch das Studierzimmer abschließen. Wären Sie beide so nett, die Glashaube wieder auf das Modell zu setzen?«

»Selbstverständlich.«

Während der Direktor zu dem kleinen Raum hinüberging, setzte Jody erst den Großmast vorsichtig wieder an seinen alten Platz, ehe sie gemeinsam mit Joe die Abdeckung darübersetzte. Aber in dem Moment, als sie den Glasdeckel hinabsenken ließen, bekam Joe einen harten Schlag in den Rücken. Er schrie auf und ließ die Haube los, die daraufhin auf seiner Seite herunterkrachte und an den unteren Rändern brach. Ehe Joe reagieren konnte, bekam er einen zweiten Schlag ab, der ihn zu Boden gehen ließ. Jody ließ die Haube ebenfalls los, als ein zweiter Mann auf sie zusprang.

»Her mit dem Zettel!«

Der schwarzhaarige Spanier packte sie fest am Arm und sah sie mit wütender Entschlossenheit an. Aus dem Augenwinkel sah Jody, wie der zweite Angreifer immer noch auf den am Boden liegenden Joe einschlug.

»Was wollen Sie von uns?«

»Ich will den Zettel, den Sie gerade gefunden haben. Geben Sie ihn mir oder Ihr Freund wird dafür bezahlen müssen.« Der zweite Mann stellte sich nun breitbeinig über Joe auf und zog einen Schlagstock hervor. »Entscheiden Sie sich jetzt!«

Jody presste ihre Lippen zusammen, griff in ihre Hosentasche und holte die Notiz von Hernando Colón hervor. Mit triumphierendem Blick griff sich der Spanier das Papier und stieß sie dann von sich weg.

»Mach ihn fertig, Juan!«

Der Angesprochene mit dem Schlagstock holte aus und wollte diesen gerade auf Joe niederfahren lassen, als plötzlich Pablo Alatriste hinter ihm auftauchte und ihn zur Seite stieß. Er schrie die beiden Männer auf Spanisch an, aber das entlockte dem Mann, der Jody den Zettel abgenommen hatte, nur ein schwaches Lächeln. Der andere Kerl, dessen mit Narben übersätes Gesicht Jody nun genau sehen konnte, schritt auf den Direktor zu. Aber Alatriste wich nicht zurück. Im Gegenteil, er ging dem Mann entgegen und versuchte, diesem einen Schlag zu verpassen. Doch der war schneller. Mit einer schnellen Bewegung schmetterte er den Schlagstock gegen Alatristes rechten Arm, der daraufhin wie ein morscher Ast brach. Mit einem lauten Aufschrei sank der Direktor auf die Knie und hielt sich den gebrochenen Arm. Der Schläger holte erneut aus, diesmal zielte der Schlagstock auf den Kopf des knienden Mannes vor sich. Als er mitten in der Bewegung war, stürzte sich Joe auf ihn, ehe er den Schlag zu Ende ausführen konnte. Der Schlagstock entglitt der Hand des Spaniers und rutschte über den glatten Marmorboden außer Reichweite. Joe verpasste dem Kerl einen harten Faustschlag, der sofort Wirkung zeigte und seinen Gegner zu Boden gehen ließ.

Der zweite Spanier rannte nach links durch den Saal davon, aber Jody machte sich an die Verfolgung und schaffte es, ihn einzuholen, bevor er den nächsten Gang erreichte. Sie sprang ihm auf den Rücken und umklammerte mit beiden Armen den Kopf des Mannes, der daraufhin wütend aufschrie und blindlings weiterlief, dann aber gegen eine alte Kanone aus der Zeit der Konquistadoren stieß, die als Ausstellungsstück in der Mitte des Gangs stand, und das Gleichgewicht verlor. Er stürzte, immer noch mit Jody auf dem Rücken, zu Boden. Sofort holte er mit seinem Arm aus und stieß seinen Ellenbogen in Jodys Rippen, die daraufhin ihren Griff lösen musste.

»*Puta!*«, fluchte er, während er sich zur Seite rollte und sofort wieder aufstehen wollte.

Aber Jody reagierte blitzschnell und rammte ihm ihr rechtes Knie in die Seite. Erneut sprang sie auf ihn los und versuchte, ihm den Zettel, den er immer noch in der rechten Hand hielt, wieder zu entreißen. Aber er wehrte sich nach Leibeskräften und schlug mit der anderen Faust nach ihr, streifte sie aber nur am Kopf. Nur mit größter Mühe schaffte es Jody noch, ihn am Boden zu halten. Ein weiterer Faustschlag traf sie an der Schläfe und ließ Sterne vor ihren Augen tanzen. In ihrer Verzweiflung biss sie dem Mann in die Hand. Es folgte ein Schmerzensschrei und dann segelte der Zettel zu Boden. Wutentbrannt schleuderte der Spanier sie von sich und richtete sich dann vor ihr auf.

»Das war ein großer Fehler«, sagte er und schüttelte seine rechte Hand, von der Blut auf den Boden tropfte. »Dafür wirst du jetzt bezahlen.« Er kam auf sie zu, stoppte aber in der Bewegung abrupt ab. Jody sah, wie sein Blick über ihr hinwegging.

»Wie wäre es, wenn du es erst mal mit mir probierst?«, hörte sie Joes Stimme laut durch den Saal hallen.

Der Spanier erwiderte nichts, sein Blick glitt panisch über den Fußboden und verharrte schließlich wieder bei Jody, die den Zettel von Hernando in ihrer Hand hielt. Er zögerte einen Moment, entschied sich dann aber doch zur Flucht, als Joe herbeigelaufen kam.

»Alles in Ordnung?«, fragte Joe und half Jody auf die Beine.

»Es geht, nur leichte Kopfschmerzen. Wie ist es bei dir?« Sie betrachtete Joes Gesicht besorgt. Er blutete aus mehreren kleinen Wunden, die rechte Augenbraue war aufgeplatzt und an seiner Lippe klebte Blut.

»Es ging schon mal besser. Diese verdammten Mistkerle.«

»Die müssen der Grund dafür gewesen sein, weshalb Pat seinen Aufenthalt in Sevilla vorzeitig beendet hat.«

Joe nickte ihr zu. Sie gingen zurück zu Direktor Alatriste, der mit blassem Gesicht immer noch auf dem Boden hockte und sie bestürzt ansah.

»Ich ... ich kann mir das nicht erklären«, stammelte er.

»Kommen Sie, ich helfe Ihnen auf.« Joe fasste den Direktor vorsichtig unter der linken Schulter und half ihm auf die Beine.

»Wo ist der zweite Kerl?«, fragte Jody und sah sich um.

»Wahrscheinlich abgehauen, als ich dir zu Hilfe gekommen bin. Woher wussten die, dass wir hier sind?«

Jody sah Joe in die Augen.

»Das sollten wir vielleicht die reizende Dame aus der Bibliothek fragen.«

»Aber nicht mehr heute. Mein Bedarf an unangenehmen Überraschungen ist fürs Erste gedeckt.«

Sie führten den Direktor nach unten, wo sich seine Mitarbeiter sofort um ihn kümmerten und einen Arzt riefen. Auf das Hinzuziehen der Polizei wurde verzichtet, auch weil Direktor Alatriste sich vehement dagegen aussprach, was Joe und Jody sehr entgegenkam. Sie verspürten keine große Lust, der Polizei zu erklären, warum sie angegriffen worden waren und dann womöglich den Zettel von Hernando Colón abgeben mussten.

»Unser gemeinsames Essen muss erst mal warten«, sagte Alatriste nach der Erstbehandlung durch den Arzt zu Jody. Sein rechter Arm hing nun in einer Schlinge. »Es ist besser, Sie verlassen Sevilla schnellstens wieder. Ich wünsche Ihnen viel Erfolg bei Ihrer Suche.«

»Danke. Ich werde es Sie wissen lassen, wenn wir Erfolg haben sollten.«

Sie verabschiedeten sich von dem Direktor und kehrten in ihr Hotel zurück. Sie bemerkten nicht, wie ihnen eine schlanke Frau mit schwarzen Haaren dorthin folgte. Am nächsten Morgen nahmen sie den ersten Flug zurück in die Vereinigten Staaten. Zielort: Phoenix.

NEUN

SCHATZJÄGER

SIERRA VISTA, ARIZONA, 22. OKTOBER 1961

NOCH ETWAS MÜDE EILTE MAX ÜBER die Hauptstraße und betrat den Diner, der genau gegenüber ihres Hotels gelegen war. Dort fand er Professor Crichton an einem Tisch beim großen Panoramafenster sitzend und den Blick in eine Tageszeitung vertieft. Er sah nur kurz über die Ränder seiner Brille hinweg, als Max sich zu ihm an den Tisch setzte. Ike, der zu den Füßen des Professors gelegen hatte, sprang auf und begrüßte Max schwanzwedelnd.

»Guten Morgen.«

»Haben Sie gut geschlafen?«, fragte Crichton und blätterte um.

»Nein«, erwiderte Max und winkte die Bedienung herbei, um sich Kaffee zu bestellen. »Das war mit Sicherheit das letzte Mal, dass ich so eine Reise per Bus mache.« Er rieb sich seinen Nacken, der immer noch etwas steif war und bei Bewegung schmerzte. Die mehr als zweitägige Reise von Boston nach Sierra Vista hatte entspannt angefangen, als sie erst mit dem Zug nach Chicago und von dort über St. Louis nach Dallas gefahren waren. Von dort waren sie allerdings nur mit dem Bus weitergekommen. Und auch, wenn die Greyhounds ein ganz passables Transportmittel darstellten, so verlangte ihnen die zwanzigstündige Fahrt damit einiges ab. Am Ende hatten sie zehn Bundesstaaten durchquert und Max war so müde wie selten zuvor in seinem Leben.

Mit einem Lächeln schlug Crichton die Zeitung zu und legte sie beiseite.

»Das freut mich zu hören, Max.« Er öffnete seine braune Aktentasche, die er neben sich auf der Sitzbank stehen hatte, und holte die Mappe mit Patricks Unterlagen heraus. »Also, wo wollen wir heute anfangen?«

»Ich dachte, erst einmal mit einem ausgiebigen Frühstück.« Auf den tadelnden Blick des Professors hin ergänzte er schnell: »Ich würde vorschlagen, wir schauen uns zuerst einmal die Gegend um die Grenze zu Mexiko an.«

»Hm, also gleich direkt zur Sonora-Wüste. Vorher sollten wir uns die nötige Ausrüstung beschaffen.«

»Ja, da habe ich auch schon dran gedacht. Ich habe eine Liste aufgestellt, Zeit genug hatte ich ja während unserer Anreise.« Mit einem Lächeln zog Max einen Zettel aus der Tasche und schob ihn zu Crichton hinüber. Der studierte die Liste genau und nickte zufrieden.

»Wie es aussieht, haben Sie an alles gedacht. Aber das wird kein günstiges Vergnügen werden.«

»Ich habe meine Ersparnisse dabei, fast eintausend

Dollar, damit sollten wir einen Großteil der Sachen bekommen, die wir brauchen. Und wenn Jody und Joe zu uns stoßen, werden die beiden auch etwas Geld mitbringen.«

»Sehr ehrenwert von Ihnen, dass Sie das alles selbst zahlen wollen«, sagte der Professor. »Aber auch ich habe ein wenig Geld für unsere Expedition aufgetrieben. Schließlich ist dies zumindest eine halboffizielle Exkursion für das College.«

»Sie haben Geld von Dekan Harris bekommen?«, fragte Max.

»Selbstverständlich. Auch ihm ist schließlich daran gelegen, dass im Namen des Elliott Colleges einige Entdeckungen gemacht werden können. Da geht es schließlich um Fördergelder.«

»Gut, dann brauchen wir uns um die Finanzierung ja nicht ganz so viele Gedanken machen.«

Nachdem sie ausgiebig gefrühstückt hatten, verließen sie den Diner und Max machte sich als Erstes auf die Suche nach einem Fahrzeug. Nur wenige Blocks entfernt wurde er fündig, als er bei einem Autohändler einen ziemlich derangiert aussehenden Geländewagen entdeckte. Das Fahrzeug war komplett in einem matten oliven Farbton lackiert und man konnte noch gut die Umrisse der militärischen Kennzeichnung der US Army auf Türen und der Motorhaube erkennen. Dank des Verhandlungsgeschicks von Professor Crichton bekamen sie den Jeep zu einem günstigen Preis und obendrein noch einen dazu passenden einachsigen Anhänger mit. Mit dem neuen Wagen fuhren sie weiter durch den Ort, bis sie einen Händler fanden, der die benötigte Ausrüstung im Sortiment hatte. Dort deckten sie sich mit allem ein, was sie in den nächsten Tagen für ihre Suche brauchen würden. Zelte, Decken, Schaufeln, Lampen, Rucksäcke, Wasserflaschen und vor allem einen Kompass. Als Max und der Professor mit mehreren Einkaufswagen an die Kasse kamen, sah sie der Besitzer des Ladens in freudiger Erwartung eines Geldsegens an und sein Gesicht bekam glückselige Züge, als die Registrierkasse ihr Lied zu spielen begann.

»Haben Sie auch an alles gedacht, meine Herren?«, flötete der Verkäufer fröhlich, nachdem alles abgerechnet war.

»Ich hoffe doch sehr.«

»Sie haben wohl einiges vor? Sind Sie beide vielleicht Goldsucher?«

»Nein, ganz gewiss nicht«, entgegnete Max.

»Aber irgendetwas suchen Sie doch, nicht wahr?«, hakte der Mann hinter dem Verkaufstresen nach. »Ich meine, bei der ganzen Ausrüstung, die Sie gekauft haben, da müssen Sie hinter einer ziemlich großen Goldader her sein …«

»Guter Mann, wir sind Archäologen und keine Goldsucher«, unterbrach der Professor den neugierigen Ladenbesitzer.

»Archäologen? So so. Aber nicht aus der Gegend, oder? Sie sind beide etwas blass um die Nase, wenn ich das so sagen darf.« Er lachte. »Lassen Sie mich raten: Ostküste?«

Crichton nickte ihm zu.

»Ich wusste es. Was gibt es denn hier bei uns so Interessantes, wonach es sich zu buddeln lohnt, dass Sie diesen weiten Weg auf sich genommen haben?«

»Alte Indianerdörfer. Wir haben gehört, dass es hier in der Gegend früher große Siedlungen gegeben haben soll. Ist Ihnen da etwas von bekannt?«

»Indianerdörfer? Hier bei uns? Nein, das höre ich zum ersten Mal und ich bin für gewöhnlich ziemlich gut informiert, glauben Sie mir. So wahr mein Name Thadmore K. Beagle ist.«

»Nichts für ungut, Mr. Beagle. Noch einen schönen Tag für Sie«, verabschiedete sich Max.

»Danke, für Sie ebenso. Und falls Sie noch etwas brauchen, Sie wissen ja, wo Sie mich finden!«

»Was für ein nerviger Kerl«, sagte Max, als er die Einkäufe auf der Ladefläche des Anhängers verstaute.

»Normal für so eine Kleinstadt. Höchstwahrscheinlich war unser Einkauf der beste Tag des Jahres für ihn und sein Geschäft.«

»Warum mussten Sie ihm auch noch sagen, dass wir Archäologen sind?«

»Ich dachte, es wäre besser, als ihn weiter spekulieren zu lassen, dass wir Goldsucher wären. Man weiß ja nie, was dann für Gerüchte die Runde machen. Außerdem hätte er ja tatsächlich auch Informationen für uns haben können. Er wohnt sicherlich schon seit Jahrzehnten hier, wenn ich mir das Schild von seinem Laden so ansehe.«

»Na ja, auf jeden Fall sieht der mich nie wieder in seinem Laden. Lassen Sie uns fahren.« Max schwang sich auf den Fahrersitz und startete den Motor des Jeeps.

Thadmore K. Beagle beobachtete die beiden Männer aufmerksam, während sie die Ausrüstung auf dem alten Geländewagen verluden. Sein linker Arm kribbelte. Ein sicheres Zeichen dafür, dass bei den beiden etwas nicht stimmte und es um mehr ging als um ein paar alte Indianerdörfer. Der jüngere der beiden setzte sich hinter das Lenkrad und ließ den Wagen an. Kurz darauf rollten sie langsam von seinem Hof hinunter und fuhren die Hauptstraße Richtung Süden entlang. Thadmore ging zu seinem Tresen zurück. An der Wand dahinter war ein Telefon angebracht. Er kurbelte zweimal, nahm den Hörer in die Hand und wählte. Kurz darauf meldete sich die vertraute Stimme seines Bruders.

»Phil hier, wer spricht?«

»Ich bin's, Thad.«

»Bruderherz, was kann ich für dich tun? Willst du dir wieder Geld bei mir pumpen?« Ein hämisches Gelächter folgte.

»Wohl kaum. Ich habe heute mehr Umsatz gemacht als du mit deinem Schrottladen in einem Jahr!«

»Hey, hast du mich nur angerufen, um zu prahlen?«

»Hör auf, den Beleidigten zu spielen, das steht dir nicht. Pass gut auf, in circa einer Viertelstunde müsste ein Jeep mit Anhänger bei dir vorbeikommen. Es sind zwei Kerle damit unterwegs. Ein jüngerer und ein Silberlöwe. Die beiden haben mir fast den ganzen Laden leergekauft.«

»Wie schön für dich«, brummte Phil verdrießlich.

»Und was soll ich jetzt tun, wenn sie ihr ganzes Geld schon bei dir gelassen haben?«

»Hab einfach ein Auge auf sie. Die sagten mir, sie seien Archäologen von der Ostküste, die hier nach alten Indianerdörfern graben wollen. Aber das nehme ich denen nicht ab, denen steht der Sinn nach etwas anderem.«

»Gold?«

Thad musste lächeln. So sehr sein jüngerer Bruder ihn manchmal auch zur Verzweiflung trieb, in einem waren sie sich doch sehr ähnlich.

»Ich vermute es. Also, halte deine Augen auf und versuche ausnahmsweise, es nicht zu vermasseln!«

»Hey, ich habe noch nie was verpatzt. Wenn, dann war das die andere Matschbirne!«

»Versuch einfach, mal was richtig zu machen.« Thad hängte den Hörer wieder ein, ohne auf weitere Ausflüchte zu warten. Er hoffte, sein Bruder würde ihn diesmal nicht noch einmal enttäuschen. Mit seiner linken Hand griff er unter den Tresen und zog seine alte Schrotflinte hervor. Womöglich würde er sie bald wieder brauchen.

Max lenkte den Jeep aus der Kleinstadt heraus und schon bald befand sich links und rechts von ihnen nur noch eine verwilderte Steppenlandschaft als Ausläufer des nördlichen Rands der Sonora-Wüste. Hinter der Steppe erhoben sich mächtige Berge, die auch dafür verantwortlich waren, dass der Ort seinen Namen bekommen hatte.

Sierra Vista. Bergaussicht. Das war ein sehr passender Name für den Ort, der außer seiner Landschaft nicht viel zu bieten hatte.

Nachdem sie etwa zehn Meilen aus der Stadt herausgefahren waren, gelangten sie zu einem Drugstore, der einsam an dem wenig befahrenen Highway gelegen war.

»Halten Sie hier kurz an, Max. Vielleicht kann uns der Besitzer etwas erzählen.«

Während der Professor in den Drugstore ging, blieb Max noch kurz draußen beim Jeep und zog seine dünne Jacke aus. Es war fast Mittag und die Temperatur war auf annähernd dreißig Grad gestiegen, so heiß, wie es in Boston nur selten im Hochsommer wurde. Ike saß auf der Rückbank und hechelte leicht. Max stopfte die Jacke in einen der neuen Rucksäcke und folgte Crichton in das Geschäft, wo dieser bereits mit dem Inhaber sprach.

»Nein, von alten Indianerdörfern hier in der Gegend weiß ich nichts, aber es gibt einige alte Wege durch die die Wildnis und die Berge hinauf und hinab. Die Leute sagen, diese Trails wurden schon vor Jahrhunderten von Indianern benutzt.«

»Wie kommen wir zu diesen Wegen?«, fragte Crichton.

»Nun, am besten Sie fahren noch ein Stück weiter nach Süden und biegen bei der nächsten Gelegenheit nach rechts ab, genau auf den Miller Peak zu. Es ist ein schmaler Sandweg, der in einem Canyon endet. Von dort führen einige Wege den Bergrücken hinauf.«

»Haben Sie vielen Dank, Mr. ...«

»Phil. Einfach nur Phil.« Der Mann lächelte freundlich. »Falls Sie Wasser brauchen, ich habe vor der Tür noch einen Wasseranschluss, dort können Sie Ihre Kanister oder Feldflaschen befüllen.«

»Vielen Dank, Phil.«

»Keine Ursache. Und beehren Sie mich bald mal wieder«, rief er ihnen hinterher.

Crichton verließ mit Max das Geschäft. Vor der Tür machte Max sich daran, die Flaschen aufzufüllen, während der Professor mit einem Fernglas in Richtung des Berges blickte.

»Kommen Sie, Max, lassen Sie uns weiterfahren.«

Max schwang sich hinter das Lenkrad und startete den Wagen. Sie mussten nicht lange fahren, bis sie zu der beschriebenen Abzweigung von der Hauptstraße kamen und folgten dem holprigen Sandweg mehrere Meilen, immer auf die Berge zuhaltend, bis es nicht mehr weiterging und sich steile Berghänge direkt vor ihnen erhoben.

»Und jetzt?«

»Wir werden nach den alten Trails suchen, was sonst? Etwas Bewegung wird uns guttun. Und vergessen Sie nicht, ausreichend Wasser mitzunehmen.«

Sie folgten dem Pfad, der gut sichtbar zwischen den dicht bewachsenen Hängen der rasch ansteigenden Hügel verlief. Sie kamen gut voran und gegen Mittag erreichten sie eine erste Hügelkuppe, wo sie eine Rast einlegten und den imposanten Rundumblick genossen.

»Da hinten liegt Mexiko«, sagte Crichton und deutete nach Süden. »Von dort aus ist Coronado mit seiner kleinen Armee hierhergezogen, auf der Suche nach den Sieben Städten.«

»Er wird die Berge gemieden haben«, sagte Max nachdenklich.

»Ganz bestimmt. Ebenso wie die Wüste.« Crichton blickte nach Westen, wo sie die Ausläufer der Sonora-Wüste sehen konnten. »Marcos de Niza hat ihn geführt. Der Mönch sollte ihn denselben Weg nach Cíbola weisen, den er zuvor mit Estebán gegangen war.«

»Der sich aber als falsch herausstellte.« Max setzte seinen Rucksack ab und öffnete ihn. Er zog die Mappe mit Patricks Unterlagen heraus. »Patrick hat hier ein paar interessante Theorien niedergeschrieben, was diesen Estebán betrifft.«

Crichton nickte ihm zu.

»Ich erinnere mich, dass er mit mir darüber gesprochen hat. Ist ein paar Monate her.« Obwohl der Professor die Worte völlig neutral aussprach, fühlte Max die Enttäuschung darüber, weil Patrick sich ihm nicht anvertraut hatte.

»Pat hat hier als Erstes notiert, dass es bei den Indianern eine Legende gibt, die sich um den schwarzen Mexikaner dreht, wie sie Estebán nannten. Demnach haben die Weisen von Cíbola beschlossen, ihn nicht in ihrer Stadt willkommen zu heißen, weil er auf sie einen lasterhaften Eindruck machte. Estebán hatte mehrere indianische Frauen bei sich und war in bunten Farben gekleidet, was bei den Indianern wohl nicht gern gesehen war.«

»Das stimmt. Aber wenn man den Aufzeichnungen von Marcos de Niza Glauben schenken darf, war Estebán vor allem eins: unverschämt. Er erzählte den Einwohnern von Cíbola eine Menge Lügen, sprach von den weißen Männern aus dem Land der ewigen Sonne, die ihn ausgesandt hatten, um in ihrem Namen das Land zu unterwerfen. So redete er sich buchstäblich um Kopf und Kragen.

Die Indianer haben ihn und sein Gefolge von immerhin knapp dreihundert Mann hingerichtet. Angeblich haben sie Estebán zerstückelt.«

»Das ist eine Version«, sagte Max ruhig. »Aber es gibt auch eine Legende, dass sie ihn mit einem gewaltigen Tritt hoch in den Himmel und zurück in den Süden beförderten, woher er gekommen war.«

»Das klingt für mich auch nicht anders als eine nettere Umschreibung für Sie-brachten-ihn-um«, erwiderte Crichton.

»Aber laut Patrick wurde er Jahre später erneut von den Indianern gesehen. Ein großer, schwarzer Mann, der durch ihr Land wanderte. Er sammelte ihre Kinder ein und verschwand mit ihnen.«

»Ein Ammenmärchen, nichts weiter. Wahrscheinlich galt jeder Dunkelhäutige bei den Indianern erst einmal als Estebán, zumindest bei den Stämmen der Zuñi. Das habe ich Mr. O'Malley damals auch schon erklärt.«

»Aber es gibt keine gesicherten Quellen. Alles wurde nur mündlich überliefert, bis es dann später niedergeschrieben wurde.«

»Max, müssen wir das jetzt diskutieren?« Der Professor schüttelte den Kopf. »Ich dachte, Sie hätten während Ihres Studiums bei mir wenigstens ein paar Sachen mitgenommen.«

Mit einem Grinsen klappte Max die Mappe zu.

»Ich gebe hier nur Patricks Aufzeichnungen wieder.«

»Auch er hätte es besser wissen müssen, aber ...« Crichton hielt inne und blickte sich um. »Aber was rede ich überhaupt? Immerhin sind wir jetzt hier und auf der

Suche nach dem, was Mr. O'Malley glaubte, über Cíbola herausgefunden zu haben.«

»So ist es. Und er hat gute Arbeit geleistet.«

»Da stimme ich Ihnen zwar zu, aber unter Vorbehalt, solange wir keinen Hinweis auf die Stadt selbst entdecken.«

Max steckte die Mappe zurück in seinen Rucksack.

»Dann sollten wir uns wieder auf den Weg machen und weitersuchen.«

Sie folgten dem Pfad in die Berge und dann weiter, als er in ein Tal hinabführte. Es fanden sich aber keinerlei Hinweise auf Hinterlassenschaften von Indianern. Ihnen entging auch, dass sie während ihrer Suche von einem aufmerksamen Paar Augen beobachtet wurden.

Nach einigen Stunden erfolgloser Erkundung kehrten sie wieder zu ihrem Jeep zurück und fuhren nach Sierra Vista.

»Wir werden uns morgen noch mal auf der anderen Seite des Berges umsehen«, sagte Crichton, als sie wieder bei ihrem Hotel ankamen. Max stimmte ihm gähnend zu.

»Also, hast du was herausgefunden?«, fragte Thadmore seinen Bruder Phil, als er sich mit ihm im Diner traf und dabei aus dem Fenster das gegenüberliegende Hotel beobachtete, in dem die beiden Archäologen abgestiegen waren.

»Nein, gar nichts. Die sind nur stundenlang durch die Gegend gestiefelt. Keine Ahnung wonach die suchen, aber es wirkte auf mich nicht so, als wüssten sie genau, wonach sie Ausschau halten müssen.«

»Trotzdem, behalte sie weiter im Auge. Niemand gibt so viel Geld aus um dann nur einfach planlos in der Gegend herumzulaufen.« Thadmores linker Arm kribbelte erneut. »Ich spüre einfach, dass die uns noch einiges an Geld einbringen werden.«

ZEHN
HERNANDOS RÄTSEL

SIERRA VISTA, 23. OKTOBER 1961

KOPFSCHÜTTELND GING Jody auf Joe zu, der es sich auf einem der Stühle in der kleinen Hotellobby bequem gemacht hatte.

»Max und der Professor sind nicht hier. Sie sind heute Morgen aufgebrochen, sagte mir der Portier.«

»Dann bleibt uns wohl nichts anderes übrig, als auf ihre Rückkehr zu warten. Allzu lange kann es nicht mehr dauern, es wird bald schon wieder dunkel«, sagte Joe und blickte auf seine Armbanduhr. »Was hältst du davon, erst mal was zu essen, solange wir warten?«

»Gute Idee. Ich habe vorhin, als wir angekommen sind, einen Diner auf der anderen Straßenseite gesehen.«

Sie bekamen einen der letzten freien Tische in dem gut besuchten Restaurant und bestellten sich ein reichhaltiges Abendessen. Während sie darauf warteten, zog Jody den Zettel von Hernando Colón, den sie im Schiffsmodell der SANTA MARIA gefunden hatten, hervor und blickte nachdenklich darauf. Schon auf ihrem Flug nach Phoenix und der Weiterfahrt nach Sierra Vista hatten sie und Joe darüber gegrübelt, waren aber zu keiner Lösung gekommen.

»Vielleicht existiert noch ein zweiter Zettel und der wurde von Hernando woanders versteckt«, sagte Joe.

»Nein, es muss sich eine geheime Botschaft in den Zeilen dieses Briefes befinden, eine, die nur Melchior Diaz herauslesen konnte.«

»Wenn dem wirklich so ist, dann hoffe ich, dass Pat einen Hinweis dazu in seinen Unterlagen hat. Andernfalls könnten wir uns noch Monate den Kopf darüber zerbrechen. Diese Geheimbotschaften waren eine sehr knifflige Sache.«

»Das hoffe ich auch, es ...« Jody stockte und bedeckte den Brief vor sich mit ihren Unterarmen, als zwei Männer an ihren Tisch kamen. Es waren bärtige Kerle in staubiger Kleidung. Einer der beiden trug einen Cowboyhut, während der andere einen Goldzahn in seinem Gebiss aufblitzen ließ.

»N'abend Ma'am«, sagte der Cowboyhut und tippte sich mit der Hand an die Krempe. »Ist alles in Ordnung bei Ihnen?«

»Ja, natürlich.« Verwundert blickte Jody zu Joe, dem die Anspannung im Gesicht anzusehen war.

»Also belästigt Sie dieser Nigger hier nicht?«, fragte der Goldzahn und blickte schäbig grinsend auf Joe hinab.

»Er ist ein Freund von mir«, gab Jody kühl zurück. »Und jetzt entschuldigen Sie uns bitte.«

»Ah, so eine bist du.« Das Grinsen im Gesicht des Goldzahns war verschwunden. Er starrte sie jetzt feindselig an. »Das ist hier nicht gern gesehen, Missy.«

»Warum trollt ihr beiden euch nicht wieder zurück in die Höhle, aus der ihr herausgekrochen seid?«

»Oh, ein ganz schön vorlautes Mundwerk hat die kleine Schl…«

»Ihr sollt verschwinden, hat sie gesagt«, unterbrach Joe den Sprecher. »Hört ihr schlecht?«

»Du hast hier überhaupt nichts zu melden!«

Joe wollte aufstehen, wurde aber von Jody am Arm festgehalten.

»Nicht, das wollen die nur.« Sie deutete mit dem Blick nach links, wo sich drei weitere Kerle von ihrem Tisch erhoben und grimmig zu ihnen hinübersahen.

»Na, was ist jetzt?«, fragte der Cowboyhut. »Hast du auf einmal Schiss bekommen, Nigger? Steh ruhig auf, ich und meine Kumpels haben schon öfter Kerle von deiner Sorte fertiggemacht.«

»Gibt's hier ein Problem?«

Jodys Gesicht hellte sich sofort auf, als sie Max sah, der hinter den beiden Kerlen aufgetaucht war.

»Wer bist du denn?«

»Derjenige, der dir gleich die Nase bricht, wenn du noch einmal so mit meinem Freund sprichst!« Mit entschlossener Miene blickte Max dem Mann mit dem Cowboyhut in die Augen.

Ehe der jedoch etwas erwidern konnte, tauchte ein weiterer Mann bei ihnen am Tisch auf. Er trug eine mit Fett beschmierte weiße Schürze und hatte einen großen Anker auf dem rechten Unterarm tätowiert.

»Es ist besser, wenn ihr jetzt verschwindet, Hank. Und nimm deine Krawallbrüder gleich mit!«

Überrascht drehte sich der Mann mit dem Cowboyhut um.

»Was denn, Bill? Du schmeißt uns raus und lässt die hier sitzen?«

»Ich sage es nur noch einmal. Raus hier, Hank!« Die Augen des Dinerbesitzers strahlten grimmige Entschlossenheit aus.

Der Cowboyhut warf Joe noch einen letzten vernichtenden Blick zu, dann nickte er und winkte seine Kameraden zu sich heran. »Wir gehen, Jungs. Wir sind hier nicht mehr erwünscht.« Er spuckte auf den Boden und verließ den Diner.

»Es tut mir sehr leid«, entschuldigte sich der Dinerbesitzer peinlich berührt bei Joe. »Normalerweise sind die Leute hier nicht so.«

»Schon gut. Danke für Ihre Hilfe.«

Nachdem sie wieder unter sich waren, stand Jody auf, gab Max einen Kuss und umarmte ihn fest.

»Da bin ich wohl gerade rechtzeitig gekommen«, sagte Max und setzte sich neben Jody auf die Sitzbank.

»Ja, den Typen hast du vor einer schmerzhaften Bekanntschaft mit meiner Faust bewahrt«, erwiderte Joe mit einem Grinsen. »Wo ist der Professor?«

»Der ist noch kurz aufs Zimmer hoch. Er kommt aber sofort nach. Der Portier hat uns erzählt, dass ihr eingetroffen und rüber in den Diner seid. Also, erzählt, hattet ihr Erfolg in Sevilla?«

»Das kann man wohl sagen.« Jody schob Max ihre Entdeckung hinüber.

Mit großen Augen betrachtete er den Zettel, der nur im oberen Drittel beschrieben war.

»Das ist Hernandos Handschrift! Wo habt ihr den gefunden?«

Jody und Joe berichteten abwechselnd von den Geschehnissen in Sevilla und wie sie das Versteck des Zettels entdeckt hatten. Auch die Übersetzung der Zeilen teilten sie ihm mit. Als sie geendet hatten, schüttelte Max nur den Kopf.

»Unglaublich. Pat muss so kurz davor gestanden haben, diesen Zettel selbst zu entdecken. Aber diese Kerle müssen ihm in die Quere gekommen sein.«

»Ganz sicher«, sagte Joe. »Er war ja sogar im Archiv, wie uns der Direktor sagte. Vermutlich hatte er das Modell der SANTA MARIA sogar gesehen.«

»So nah und doch so fern«, murmelte Max. »Aber was hat es mit diesen Zeilen auf sich?«

»Hernando wollte um jeden Preis verhindern, dass jemand anderes außer Melchior Diaz nach Cíbola finden würde. Wie beim ersten Brief, den Pat gefunden hat, muss auch hier eine Botschaft versteckt sein«, sagte Jody.

In diesem Moment ging die Tür des Diners auf und Professor Crichton kam herein, Ike tippelte neben ihm her und entdeckte sie zuerst. Aufgeregt lief der Dachshund zu Max und den anderen.

»Jody, Joseph, schön dass ihr es hierhergeschafft habt«, sagte Crichton und ließ sich neben Joe auf der Bank nieder. »Ich hoffe, ihr hattet mehr Erfolg als wir.«

Schnell brachten sie den Professor auf den neusten Stand und Jody reichte ihm den Zettel von Hernando Colón, den Crichton aufmerksam las.

»*Mein lieber Melchior, Du hast es geschafft. Der Reichtum der Sieben Städte Cíbolas liegt nun in Deinen*

Händen. Quid est Veritas. Möge es Dir mehr zum Glück gereichen als mir. Ich wünsche Dir ein langes Leben. Dein Hernando.«

Nachdenklich legte Crichton den Zettel vor sich auf dem Tisch ab. Er nahm seine Brille und begann stumm, sie zu putzen, während es hinter seinen Augen arbeitete. Max kannte diese Eigenheit des Professors nur zu gut. In all den Jahren, die er nun schon gemeinsam mit seinem Mentor auf Exkursionen war, hatte er sich daran gewöhnt. Nach einer Weile, in der keiner am Tisch ein Wort sagte, setzte sich Crichton die Brille wieder auf.

»Ein Rätsel«, sagte er.

»So weit waren wir auch schon. Aber wie lösen wir es?«

»Hernando hat seine Worte nicht willkürlich gewählt. Gleich der Anfang macht es offensichtlich: *Mein lieber Melchior, Du hast es geschafft. Der Reichtum der Sieben Städte Cíbolas liegt nun in Deinen Händen.*« Crichton sah Max in die Augen. »Damit sagt er seinem Freund ganz klar, dass er mit diesem Zettel den entscheidenden Hinweis in Händen hält, um nach Cíbola zu gelangen.«

»*Quid est Veritas*«, sagte Joe nachdenklich. »Das muss der Schlüssel sein.«

»Sehr richtig. Das ist er auch.« Crichton blickte ihnen nacheinander ins Gesicht. Schließlich verharrten seine Augen auf Max. Mit einem Seufzer fuhr er fort. »Wie oft habe ich Ihnen schon gesagt, dass Sie öfter in die Kirche gehen sollen, Max?«

»Was hat das jetzt mit Hernandos Worten zu tun?«

»Sehr viel«, sagte Crichton mit Bestimmtheit. »Die

Spanier waren sehr fromme Männer und fest in ihrem Glauben verankert. Gerade so ein belesener Mann wie Hernando Colón, der in seiner einzigartigen Bibliothek auch eine Gutenberg-Bibel aufbewahrte.«

»Ich fürchte, ich kann Ihnen immer noch nicht ganz folgen«, sagte Max mit hilflosem Blick.

»*Quid est Veritas*? Können Sie mir das sagen, Max?«

»Was ist Wahrheit?«, übersetzte Max die lateinischen Worte und zuckte mit den Schultern.

»Das Evangelium des Johannes«, entfuhr es Jody plötzlich und erntete dafür ein anerkennendes Nicken des Professors.

»Sehr richtig, meine Liebe. Diese Frage ist eine zentrale Passage aus dem Johannes-Evangelium. Sie wird von Pontius Pilatus an Jesus gestellt, bei seinem Verhör, kurz vor der Kreuzigung.«

»Soll das heißen, Hernando wollte Melchior Diaz auf diese Bibelstelle aufmerksam machen?«

»Nein, ganz sicher nicht. Aber ganz sicher wusste er, dass sein Freund die Bedeutung dieser Worte erkennen würde.« Ein Lächeln glitt über Crichtons Mundwinkel.

»Sie haben es bereits gelöst«, sagte Max erstaunt und bewundernd zugleich.

»Nicht ganz so schnell, Max«, wiegelte Crichton ab. »Ich habe einen Verdacht, aber ob dieser sich bestätigt, vermag ich noch nicht zu sagen.«

»Aber es hat mit der Bibel zu tun.«

»Ja – und Nein.«

»Jetzt sprechen Sie auch schon in Rätseln«, stöhnte Max.

»*Quid est Veritas*? Diese Frage stellt Pilatus an den

Sohn Gottes. Aber der gibt ihm darauf keine Antwort. Über Jahrhunderte hinweg haben sich etliche Geistliche und Philosophen an dieser Frage abgearbeitet.«

»Und, gab es eine Antwort?«, fragte Jody.

»Ja. Sie ist in der Frage enthalten.«

»Das verstehe ich nicht.«

Crichton griff sich eine Papierserviette, die in einem Edelstahlspender in der Mitte des Tisches standen, und zog einen Kugelschreiber aus seiner Jackentasche hervor. Er schrieb etwas auf die Serviette und drehte sie dann zu Jody hin. Stirnrunzelnd las sie die Worte und stutzte.

»Ein Anagramm!«

»Sehr richtig. *Quid est Veritas.* Oder auch *Est vir, Qui Adest* – Es ist der Mann, der anwesend ist. In der Frage des Pilatus ist die Antwort schon enthalten. Bibelforscher sehen darin den Beweis, dass Pilatus vollständig von Jesus' Unschuld überzeugt war.«

»Das ist ja sehr schön, aber ich sehe immer noch nicht den Zusammenhang, in dem Hernando diese Phrase nutzt.« Max blickte nachdenklich auf die Papierserviette.

»Anagramme sind eine hohe Kunst. Eine frühe Form der Kryptografie. Und eine ebenso einfache wie wirkungsvolle noch dazu. Hernando war sich darüber im Klaren. Deswegen hat er eines der sichersten Anagramme überhaupt gewählt.«

»Aber dieses Anagramm hilft uns doch überhaupt nicht weiter«, sagte Jody enttäuscht. »*Es ist der Mann, der anwesend ist.* Was wollte Hernando seinem Freund denn damit sagen?«

»Vielleicht wollte er ihm auch nur einen Streich spielen«, sagte Joe enerviert.

Max starrte immer noch auf die Serviette vor sich und plötzlich begannen die Buchstaben, sich vor seinen Augen zu verschieben.

»Es gibt noch mehr Anagramme für *Quid est Veritas*«, entfuhr es ihm plötzlich. »Ich erkenne noch eines: *Id Est, Qui servat.*« Max hielt einen Moment inne. »Mein Vater hat mir das manchmal gesagt. Es bedeutet: Das heißt, derjenige, der behütet.«

»Macht auch nicht viel mehr Sinn für mich«, brummte Joe.

»Sie sind auf dem richtigen Weg, Max«, sagte Crichton. »Ich kenne zwölf Anagramme dafür und ich vermute, dass diese auch Hernando bekannt waren, denn man kann sie aufeinander aufbauen.«

»Sie meinen, man braucht mehr als eines für die Lösung?«

»Vielleicht. Ich vermute, ein zutreffendes Anagramm ist *Disquiret Vates.* Untersuchen wird es der fromme Dichter.«

»Untersuchen? Was soll er untersuchen?«

»Den Zettel natürlich«, sagte Jody und griff sich das Papier. Sie drehte den Zettel in ihren Händen hin und her.

»Den haben wir uns doch schon unzählige Male angesehen, da steht nichts mehr drauf«, sagte Joe.

»*Id est, qui versat*«, sagte Crichton ruhig.

»Das heißt, wer wägend hin und her wendet«, übersetzte Max und nahm den Zettel aus Jodys Hand.

»*Et Quivis res dat*«, fuhr der Professor fort. »*Ars est Viditque.*«

»Das sind alles Anagramme?«, fragte Joe verwundert.

Max schloss die Augen und versuchte, die lateinischen Worte zu übersetzen. Als er die Augen wieder öffnete, griff er mit der linken Hand in seine Jackentasche und holte ein Feuerzeug heraus.

»Und jeder, der die Fakten sprechen lässt«, sprach er leise vor sich hin und ließ das Feuerzeug entzünden. »Die Kunst ist zur Stelle und hat es begriffen.« Vorsichtig und mit Abstand hielt er das Papier in Richtung der Flamme. Durch die Wärme begann der Zettel sich zu verfärben. Dunkle, feine Linien wurden plötzlich sichtbar. Max setzte das Papier mit dem unbeschriebenen Teil weiter der Hitze der Flamme aus und stoppte, als er ein Wort deutlich lesen konnte. »Cíbola! Das hier ist die Karte!«

Karte Hernando Colón

ELF
DER RIVALE

WÄHREND MAX und die anderen mit der Entschlüsselung von Hernando Colóns geheimer Karte beschäftigt waren, entging ihnen, dass sie selbst beobachtet wurden.

Jonathan Haywood saß nur wenige Tische von ihnen entfernt. Es war ein Leichtes gewesen, herauszubekommen, wohin Falkenburg und Crichton fahren wollten. Dadurch, dass die beiden für ihn unverständlich die beschwerliche Anreise mittels Zug und Bus gewählt hatten, war Haywood bereits lange vor ihnen in Sierra Vista eingetroffen. Das gab ihm die Zeit, sich vorzubereiten. Seinen Anzug hatte er gegen Jeans und ein kariertes Hemd getauscht, der Cowboyhut machte es ihm einfach, sein Gesicht zu verbergen. Nur die Tatsche, dass er seine Brille nicht trug, behinderte Haywood ein wenig. Aber er sah gut genug, um Falkenburg und die anderen zu erkennen.

Nun versuchte er angestrengt, ihrer Unterhaltung zu folgen, aber er hörte durch die zahlreichen anderen

Stimmen des Diners immer nur einige Wortfetzen heraus, einiges davon auf Latein. Er sah, wie Falkenburg ein Feuerzeug hervorzog, und für einen Moment befürchtete er, dieser Mistkerl würde das Papier damit in Brand stecken. Aber stattdessen hielt er es in vorsichtigem Abstand zum Papier.

Eine geheime Botschaft, schoss es Haywood durch den Kopf. Kurz darauf hörte er, wie Falkenburg ein Wort laut aussprach. *Cíbola*.

Für einen Augenblick war er versucht, sofort aufzuspringen und Falkenburg das Papier aus der Hand zu reißen. Aber schnell besann er sich eines Besseren. Er wartete ab. Es würde sich eine bessere Gelegenheit ergeben, eine, bei der keine Zeugen anwesend wären wie hier im Diner. Aber dafür würde er Unterstützung benötigen. Sein Blick ging aus dem Fenster hinaus, wo er im Halbdunkel einige schemenhafte Gestalten erkannte. Ein Lächeln huschte über sein Gesicht. Er legte fünf Dollar auf seinen Tisch und verließ das Restaurant, immer darauf bedacht, dass Falkenburg und die anderen ihn nicht entdeckten. Aber seine Sorge war unbegründet, zu sehr waren diese mit dem Zettel beschäftigt.

Als Haywood ins Freie trat, sah er sofort die Gruppe der fünf Männer, die sich rechts vom Eingang aufgestellt hatten. Er wusste nur zu gut, auf wen diese Männer warteten und was sie vorhatten. Und das würde er sich nun zunutze machen. Er ging langsam auf die Gruppe zu. Der größte von ihnen, der Kerl namens Hank, sah ihn misstrauisch an.

»Was willst du?«

»Ihnen ein Geschäft vorschlagen.«

»Wer sagt, dass ich mit jemandem wie dir Geschäfte machen will?«

»Weil es sich für Sie doppelt lohnen wird. Sie haben doch vor, sich gleich an jemanden aus dem Diner zu rächen, nicht wahr?«

»Möglich.«

»Was wäre, wenn ich Sie sogar dafür bezahlen würde?«

»Warum solltest du das tun?«

»Die haben etwas, das mir gehört und ich will es zurückhaben.«

»Was denn, Schmuck oder vielleicht sogar die Frau?« Die anderen Männer um Hank lachten gehässig.

»Nichts dergleichen. Nur ein Stück Papier. Kriegen Sie das hin?«, erwiderte Haywood ungerührt.

Hank sah seinen Kompagnons ins Gesicht. Die nickten ihm zu.

»Hundert Dollar«, sagte er schließlich zu Haywood.

»Abgemacht.«

»Gut, dann schnappen wir sie uns gleich.«

»Nicht so schnell. Ich möchte das Ganze so diskret wie möglich angehen. Morgen werden sie aufbrechen und in eine Gegend fahren, wo sich keine Menschen aufhalten.«

Hank stieß ein missfallendes Grunzen aus.

»Hören Sie, ich habe keine Lust, diesen Typen hinterherzulaufen, wenn ich sie stattdessen gleich vor Ort und Stelle fertigmachen kann.«

»Ich verdoppele auf zweihundert Dollar, wenn Sie Ihre Ungeduld noch ein wenig zügeln können.«

Ein schmieriges Grinsen zeigte sich in Hanks Gesicht. Er fuhr sich mit der Zunge über die Oberlippe.

»Fünfhundert!«

»In Ordnung. Halten Sie sich gleich morgen nach Sonnenaufgang bereit. Es könnte früh losgehen.«

»Jawohl Sir!« Hank salutierte und lachte schäbig. Dann machte er kehrt und ging mit seinen Kumpels davon.

Haywood verschwendete keinen Blick mehr zu ihnen. Er sah noch einmal durch das Fenster des Diners, wo sich Falkenburg und die anderen gerade von ihrem Tisch erhoben. Er machte einige Schritte zurück, hinaus aus dem Schein der Straßenlaterne und verbarg sich im Schatten. Mit lautem Kläffen kam zuerst ein Hund auf den Gehweg gelaufen. Dem folgten Crichton und Carter. Falkenburg und seine Freundin Wellesley kamen zum Schluss. Keiner entdeckte ihn. Sie gingen über die Straße hinüber ins Hotel. Haywood folgte unauffällig und schlenderte ihnen über die Fahrbahn hinterher, wobei er hoffte, noch etwas aufzuschnappen. Aber schließlich verschwanden die Archäologen ohne ein weiteres Wort im Hotel.

Wir sehen uns morgen, Falkenburg!

Zufrieden ging Haywood weiter zu seinem Hotel und bereitete sich auf den nächsten Tag vor.

»Was meinst du, Hank? Warum ist der Kerl so scharf darauf, uns fünfhundert Dollar zu geben, nur für ein Stück Papier?«

»Kann ich dir nicht sagen, Jeff. Aber mein linker Arm hat zu kribbeln begonnen und das heißt, hier ist noch mehr zu verdienen als nur fünfhundert Dollar.« Hank grinste zufrieden. »Sobald wir mit dem Nigger und seinen Freunden fertig sind, werden wir unseren Auftraggeber mal ein wenig durch die Mangel drehen. Ich bin mir sicher, der hat uns noch einige interessante Dinge mitzuteilen.« Er ließ ein lautes, selbstzufriedenes Lachen ertönen.

»Das verspricht, interessant zu werden«, sagte Paloma Ruiz mit ruhiger Stimme, als die Gruppe der Amerikaner um eine Ecke bog. Sie kurbelte das Fenster des Wagens wieder hoch. »Ein Glück, das wir genau hier geparkt haben.«

»Mir gefällt das nicht«, knurrte Rodrigo Diaz Alvarez. »Das sind nur noch mehr Kerle, die zwischen uns und dem Schatz Cíbolas stehen.«

»Du siehst das völlig falsch. Die werden uns die Drecksarbeit abnehmen und die anderen Amerikaner für uns ausschalten. Wir brauchen nichts anderes zu tun, als abzuwarten und zum Schluss zuzugreifen.«

»Du redest so, als ob das Ganze ein Kinderspiel wäre, Paloma. Aber das ist es nicht. Es wird noch Blut vergossen werden und einige Menschen müssen sterben, ehe uns der Schatz gehört.«

»Alle müssen einmal sterben«, sagte Paloma kalt. »Und wenn sie erst einmal in der Wüste sind, wer weiß, was da alles passieren kann?«

ZWÖLF
AUFBRUCH

MIT STRAHLENDEM GESICHT stand Jody am nächsten Morgen vor dem gebrauchten alten Jeep, den Max gekauft hatte.

»Der ist perfekt, Max. Er erinnert mich an den alten Willy, den wir damals in Ägypten gefahren sind.«

»Ja, das ging mir genauso. Deswegen habe ich ihn gekauft – und weil er so günstig war. Er ist ein Nachfolgemodell von deinem alten Jeep. Ganz in der Nähe von Sierra Vista ist ein Stützpunkt der US Army und die verkaufen ihre ausgedienten Fahrzeuge dann hier im Ort.«

Joe starrte den Geländewagen etwas skeptischer an, als er seinen Rucksack auf die übervolle Anhänger-Ladefläche hievte und dort festzurrte.

»Ich hoffe nur, diese Klapperkiste schafft es überhaupt, uns zu unserem Ziel zu bringen. Das sind immerhin über dreihundert Meilen!«

Max klopfte auf die Motorhaube des alten

Armeejeeps.

»Mach dir keine Sorgen, Joe. Die Dinger sind für die Ewigkeit gebaut und praktisch unkaputtbar.«

»Ich werde dich an deine Worte erinnern, wenn wir diese Klapperkiste schieben müssen.«

»Alter Miesepeter«, lachte Max. »Wo bleibt dein Optimismus?«

»Dafür war Pat immer zuständig«, erwiderte Joe mit ernster Miene und ging um den Jeep herum zur Beifahrerseite.

»Ich hasse es, wenn er diese Laune hat«, sagte Max zu Jody.

»Lass ihn. Das wird schon wieder.«

Als Letzter kam Professor Crichton aus dem Hotel heraus. In der rechten Hand trug er seine braune Ledertasche, die er schon seit Jahrzehnten immer mit auf Reisen nahm. In der linken hielt er ein Blatt Papier, das er Max entgegenstreckte, um dann seine Tasche ebenfalls auf dem Anhänger zu verladen.

»Sie haben die Karte abgezeichnet«, sagte Max überrascht und blickte auf die Zeichnung, die Crichton ihm gegeben hatte.

»Ja, ich hielt es für besser. Diese Art von Geheimtinte, die Hernando verwendet hat, ist nichts anderes als eine leichte Säure. Jetzt, wo wir sie quasi stimuliert haben, sorgt diese für einen schnellen Alterungsprozess bei dem Papier. Gut möglich, dass in wenigen Tagen nichts mehr davon übrig ist. Es ist ein Wunder, dass sie nach so vielen Jahrhunderten überhaupt noch funktioniert hat.«

Max erwiderte nichts, sondern sah sich erneut die

Karte an. Sie enthielt naturgemäß keinerlei Orte, aber eine Sache war klar erkennbar. Der Fluss, der sich durch die damals noch unbekannte Landschaft schlängelte. Nicht weit davon entfernt waren Pfeile eingezeichnet, die nach Norden gingen. Der Weg nach Cíbola.

»Dann lasst uns aufbrechen. Bis zum Colorado River sind es ein paar Stunden Fahrt.«

Max setzte sich hinter das Lenkrad, Joe neben ihm auf den Beifahrersitz, da er der Größte war und er auf keinen Fall auf der kleinen, behelfsmäßigen Rückbank Platz finden würde. Dort versuchten Jody und der Professor, es sich so gut wie möglich bequem zu machen. Ike hatte es am einfachsten und legte sich zwischen Joes Füße in den Fußraum. Sie fuhren in Richtung Tucson durch eine trostlose Landschaft, die von ausgedörrten Land und Bergen bestimmt wurde. Während der Fahrt versuchte der Professor, die Zeichnung von Hernando Colón mit einer aktuellen Karte in Übereinstimmung zu bringen, was ihm aber nicht gelang.

»Es ist zum Haareraufen«, murrte er vor sich hin.

»Stimmt was nicht, Professor? Soll ich lieber die Richtung ändern?«, fragte Max spitzbübisch.

»Nein, fahren Sie weiter. Der Fluss in Hernandos Zeichnung ist auf jeden Fall der Colorado. Aber was die Lage von Cíbola betrifft, kann die Karte einfach nicht stimmen.«

»Hernando hatte damals doch keine Ahnung, was er dort einzeichnete. Der Maßstab wird sicherlich seine Abweichungen haben. Wichtig ist doch nur, dass wir trotz allem einen Anhaltspunkt haben, wo die Stadt ungefähr gelegen haben könnte.«

»Eben da bin ich mir nicht mehr ganz so sicher wie gestern Abend noch.«

»Was meinen Sie damit?«, fragte Jody.

»Diese Landmarken hier, die Hernando eingezeichnet hat«, Crichton tippte auf ein paar Hügel auf der Karte, »könnten für die Rocky Mountains stehen, aber abgesehen davon, dass ihre Lage viel zu weit südlich wäre, hätte Hernando auch den Colorado um Hunderte Meilen verkürzt. Und es ist unmöglich, dass die Spanier um Marcos de Niza so weit nach Norden vorgestoßen sind.«

»Ist es nicht generell unmöglich, dass irgendwo in Arizona noch eine unentdeckte Indianerstadt verborgen liegt? Noch dazu eine, deren Straßen mit purem Gold gepflastert sein sollen?«, mischte Joe sich in das Gespräch ein. »Aber trotzdem hat Pat daran geglaubt. Und wir sollten das auch, anderenfalls könnten wir die Suche gleich sein lassen!«

Für einen Augenblick sagte keiner ein Wort, Max drehte den Kopf zur Seite und lächelte Joe zustimmend an.

»Manchmal schaffst du es immer noch, mich zu verblüffen, Joe. Du hast vollkommen recht, mit allem, was du gesagt hast. Wir werden daran glauben, genau wie Pat es getan hat. Und wir werden diese vermaledeite Stadt finden.«

»Gut, wenn ihr beiden euch so sicher seid, wo setzen wir denn jetzt mit unserer Suche an?«, wollte Jody wissen. Sie lehnte sich nach vorne und legte Max die rechte Hand auf die Schulter.

»Ich sehe keinen Grund, von unserem Plan von

gestern Abend abzuweichen. Wir fahren nach Yuma und werden uns dort noch einmal in der Sonora umsehen, bevor wir ...«

»Was ist los?«, fragte Jody, als Max nicht weitersprach, sondern seine Augen auf den Rückspiegel richtete.

»Dieser Pick-up hinter uns ... der folgt uns schon, seit wir aus Sierra Vista heraus sind.«

Jody drehte sich um und sah sich den schmutzigweißen Wagen an. Durch die Reflexionen der Sonne in der Windschutzscheibe konnte sie weder Fahrer noch Beifahrer erkennen. Aber sie sah, dass auf der Ladefläche auch noch einige Männer saßen.

»Das hat bestimmt nichts zu bedeuten, hier gibt es schließlich nur die eine Straße.«

»Wo zum Teufel fahren die hin?« Hank wurde langsam ungeduldig und tippelte mit seinen Fingern ständig auf dem Lenkrad herum. »Haywood, Sie haben gesagt, die würden in die Sonora-Wüste fahren!«

»Die Sonora ist ein wenig größer als das kleine Stück, das Sie aus Sierra Vista kennen«, gab der Archäologe ruhig zurück.

»Sparen Sie sich Ihr überhebliches Gelaber«, fauchte Hank zurück. »Ich habe keine Lust, denen den ganzen Tag hinterherzufahren. Wer weiß, wo die noch hinfahren. Nach Sierra Vista werden die sicher nicht zurückkommen.«

»Geduld. Wir fahren gerade einmal eine Dreiviertelstunde. Die werden mit Sicherheit bald am Ziel ankommen.«

Hank sah sich um. Außer ihnen und dem Geländewagen mit den Archäologen an Bord vor sich waren keine anderen Fahrzeuge zu sehen. Sie fuhren auf dem schnurgerade verlaufenden Byway in Richtung Tucson, rechts von ihnen nichts als eintönige Prärie und zur Linken ragten die Berge der Whetstone Mountains auf. Dann sah er, wie sich die Frau auf der Rückbank des Jeeps zu ihnen herumdrehte.

»Die haben uns bemerkt. Wir werden jetzt zuschlagen!« Er trat das Gaspedal durch.

»Nein, lassen Sie das«, protestierte Haywood. Aber vergeblich.

Max sah, wie der wuchtige Pick-up plötzlich beschleunigte und schnell zu ihnen aufschloss.

»Haltet euch fest«, sagte er. Der Vierzylinder-Hurricane-Motor des Jeeps heulte auf, als Max das Gaspedal bis auf das Bodenblech durchtrat, aber viel mehr passierte nicht.

»Besonders günstig, wie?«, fragte Joe, bevor sie kräftig durchgeschüttelt wurden, als der Pick-up auf den Anhänger auffuhr. Nur mit Mühe gelang es Max, den Jeep auf der Straße zu halten.

»Entkommen können wir denen nicht.«

»Es sind die Kerle von gestern Abend, aus dem Diner«, sagte Jody, die sich wieder umgedreht hatte und nun klar erkennen konnte, wer am Steuer des Wagens saß. »Dein Freund mit dem Cowboyhut, Joe.«

»Lass uns anhalten, Max. Wenn wir denen nicht entkommen können, dann sollen die mich mal kennenlernen«, knurrte Joe.

Ohne zu antworten, riss Max das Lenkrad nach links, querte die linke Fahrspur und fuhr dann querfeldein durch die Steppe. Im Rückspiegel sah er, dass der Pick-up das Manöver mitgemacht hatte und ihnen immer noch folgte. Ike bellte erschrocken auf, als sie eine Bodenwelle überfuhren, kurzzeitig in die Luft gehoben wurden und dann wieder krachend auf dem Boden landeten.

»Willst du uns unbedingt umbringen?«, fluchte Joe mit schmerzverzerrtem Gesicht.

»Das wird der Jeep nicht lange mitmachen«, schrie Jody.

»Aber hoffentlich länger als der Pick-up«, gab Max zurück. Er blickte erneut in den Rückspiegel. Der Abstand hatte sich etwas vergrößert, aber der Pick-up hatte den deutlich leistungsstärkeren Motor. Es würde nur eine Frage der Zeit sein, bis er sie wieder eingeholt hatte. Dann geschah es. Mit einem lauten Knall platzte der rechte Vorderreifen am Fahrzeug ihrer Verfolger.

»Ha, seht ihr? Was hab ich euch gesagt? Es ...« Der Jeep stoppte abrupt und kippte plötzlich stark nach links, sodass Max beinahe vom Fahrersitz rutschte. Das rechte Vorderrad stand leicht in der Luft, während die linke Seite in einer Sandkuhle feststeckte. »Verflucht!« Max versuchte, den Wagen wieder aus der misslichen Lage heraus zu manövrieren, aber ohne Erfolg.

»Lass gut sein, Max. Wir bekommen gleich Besuch«, sagte Joe zu ihm und blickte über seine Schulter.

Max folgte seinem Blick und sah, wie aus dem Pickup zwei Männer ausstiegen und drei weitere von der Ladefläche sprangen. Die fünf Männer gingen langsam auf ihren Jeep zu. Zwei von ihnen hielten Baseballschläger in den Händen, ein weiterer hatte eine Eisenstange geschultert. Ganz vorne ging der Kerl mit dem Cowboyhut. In seinem Gesicht konnte Max ein bösartiges Grinsen erkennen.

»Dabei hat der Tag so schön angefangen«, seufzte er, stellte den Motor ab und stieg aus. Joe verließ den Jeep ebenfalls und knöpfte sich beim Aussteigen sein Hemd auf.

»Sieh an, sieh an. Wenn das nicht der Nigger und seine Freunde sind«, rief der Cowboyhut ihnen entgegen. »Wolltest du mir gestern nicht die Nase brechen?«, fragte er Max.

»Das kann ich doch heute noch nachholen«, erwiderte Max gelassen. »Wollt ihr nicht lieber euren Platten reparieren und zurück in euer Kaff fahren?«

»Oh, das tun wir, keine Sorge. Aber erst, nachdem wir mit euch fertig sind!«

Joe hatte mittlerweile sein Hemd ausgezogen und stellte sich neben den Anhänger. Die zwei Kerle mit dem Baseballschläger waren die ersten, die auf ihn zugingen. Max machte schnell ein paar Schritte zurück, in Richtung des Fahrereinstiegs des Jeeps.

»Hey, willst du etwa schon abhauen, bevor es angefangen hat?«, lachte der Cowboyhut spöttisch.

Max erwiderte nichts, sondern griff sich die Schaufel,

die an der Karosserie des Geländewagens befestigt war, und kam damit wieder zurück an Joes Seite. Er ließ die Schaufel mit Schwung um seinen Handrücken rotieren, stoppte sie und richtete das Schaufelblatt auf die beiden Kerle, die nun stehen blieben.

»Was ist? Macht es euch plötzlich keinen Spaß mehr?«

Die beiden Kerle blickten über ihre Schulter zurück, gingen dann aber urplötzlich zum Angriff über. Mit Schwung ließ der rechte der beiden seinen Baseballschläger niedersausen. Max parierte den Schlag mit dem Schaufelstiel, drückte den Schläger damit nach links weg, um mit einem Ausfallschritt nach vorne das Stielende mit Schwung in den Magen des Mannes zu stoßen. Sofort sackte der auf die Knie.

Der zweite führte einen mächtigen Hieb mit seinem Schläger aus, dem Joe gerade noch rechtzeitig durch einen Sprung zur Seite entgehen konnte. Mit einem lauten Knall donnerte das Holz des Schlägers auf die Kante des Anhängers. Der Angreifer setzte sofort nach und schlug über die Rückhand nach Joe. Der hatte den Schlag aber kommen sehen, packte den Schläger mit beiden Händen und riss ihm den Mann aus den Händen. Joe schaute einen Moment auf den Schläger, warf ihn dann zur Seite fort und verpasste dem Kerl einen mächtigen Faustschlag. Wie ein gefällter Baum stürzte der rücklings in den Sand und rührte sich nicht mehr.

»Klassischer Knock-out«, lobte Max.

»Steht nicht so blöd da, schnappt sie euch!«, brüllte der Cowboyhut seine anderen beiden Kumpanen an. Zu dritt stürmten sie auf sie los. Max warf sich dem Mann, der die Eisenstange in den Händen hielt, entgegen und schlug mit der Schaufel nach dessen Händen. Der wehrte den Schlag jedoch ab und verpasste Max einen heftigen Tritt in den Magen, der ihn zur Seite warf. Es gelang ihm gerade noch, die Schaufel hochzureißen, um die Eisenstange abzuwehren, die direkt auf seinen Kopf zielte. Er machte einen Schritt zurück, stieß dabei aber mit dem Fuß gegen einen Stein, verlor das Gleichgewicht und stürzte zu Boden. Dabei ließ er die Schaufel los. Sofort war sein Gegner über ihm, hob die Eisenstange über den Kopf und jaulte auf, als ein schlanker Fuß ihm von hinten in seine Kronjuwelen trat. Wimmernd ließ er die Eisenstange fallen und sank auf die Knie.

»Männer«, sagte Jody kopfschüttelnd und half Max auf die Beine.

Joe hatte währenddessen schon einen weiteren Mann ausgeknockt und hatte es nur noch mit dem Cowboyhut zu tun. Der zog plötzlich ein Messer hervor und fuchtelte damit vor Joes Gesicht herum.

»Na, was ist los mit dir, Nigger? Komm schon her!« In seinen Augen flammte Mordlust auf.

Max bückte sich und hob seine Schaufel wieder auf und wollte Joe zu Hilfe eilen, als plötzlich ein Schuss dröhnte. Alle drehten die Köpfe in die Richtung, aus der der Schuss gekommen war. Einige Meter neben dem Pick-up war ein weiterer Mann aufgetaucht und er hielt eine doppelläufige Schrotflinte auf sie gerichtet.

»Schluss jetzt!« Als der Mann mit dem Gewehr näher kam, erkannte Max ihn. Es war der Händler, bei dem er und der Professor ihre Ausrüstung gekauft hatten. Er nickte ihm zu.»Thadmore K. Beagle, stets zu Diensten.«

Er lächelte und wandte sich an Joe. »Ist alles in Ordnung bei Ihnen?«

Der nickte ihm zu.

»Steck das Messer weg, Hank«, sagte Beagle an den Cowboyhut gewandt.

Der Angesprochene blickte auf den Gewehrlauf und wieder in das Gesicht des Mannes und steckte sein Messer schließlich wieder ein.

»Ein Glück für Sie, dass ich gerade auf dem Weg nach Tucson bin. Diese Kerle sind bei uns stadtbekannt, die machen nichts als Ärger. Bei Ihnen auch wirklich alles in Ordnung?«, fragte er an Max gerichtet.

»Ich denke schon. Danke für Ihre Hilfe, Mr. Beagle.«

»Keine Ursache. Wie ich sehe, haben Sie sich festgefahren. Das ist doch eine gute Gelegenheit, um deinen Mist wiedergutzumachen, nicht wahr, Hank?« Beagle blickte den vor Wut erstarrten Mann mit dem Cowboyhut an, der so wirkte, als ob er jeden Moment explodieren würde.

»Na klar«, presste dieser schließlich zähneknirschend hervor. Er trat mit dem Fuß gegen einen seiner am Boden liegenden Kumpane. »Steh auf!«

Stöhnend richteten sich die Männer wieder auf. Der, dem Joe seinen rechten Haken verpasst hatte, rieb sich das Kinn, während derjenige, der Bekanntschaft mit Jodys Fuß gemacht hatte, kreidebleich war und nur kleine Schritte machen konnte.

Argwöhnisch behielt Joe die Gruppe im Auge, während er sich sein Hemd wieder anzog. Aber keiner von ihnen versuchte erneut, sie anzugreifen. Stattdessen postierten sie sich hinter den Jeep und warteten darauf, dass Max sich auf den Fahrersitz setzte und den Motor startete. Dann stemmten sie sich gegen das Heck und schoben den Wagen solange an, bis der linke Vorderreifen wieder aus der Sandkuhle freikam.

»Noch mal, vielen Dank«, sagte Jody an den Ladenbesitzer Beagle gerichtet und stieg ebenfalls wieder in den Jeep.

»War mir ein Vergnügen, Ma'am. Und jetzt fahren Sie los.« Beagle klopfte gegen die Karosserie des Jeeps. »Ich werde ein Auge darauf haben, dass diese Strolche Sie nicht noch einmal belästigen.«

Max nickte Beagle zu und lenkte den Jeep wieder zurück in Richtung der Hauptstraße.

Hank wartete noch einen Augenblick, bis die Archäologen die Straße erreicht hatten und weiter in Richtung Tucson fuhren.

»Kannst du mir mal sagen, was der Scheiß soll, du blödes …« Er verstummte sofort, als Thadmore die Schrotflinte auf sein Gesicht richtete.

»Nur weiter so, Hank. Was wolltest du sagen?«

»Vergiss es!« Er drückte den Lauf des Gewehrs nach unten und ging mit großen Schritten zurück zu seinem Pick-up.

»Nicht so schnell, Hank. Erst will ich wissen, was du hier zu suchen hattest. Normalerweise treiben sich du und dein Gesocks doch nicht so weit entfernt von Sierra Vista herum.«

»Hey, so kannst du nicht über uns reden«, beklagte

sich Jeff, der sich immer noch den Kiefer rieb und vorsichtig seinen Goldzahn abtastete.

»Ich kann noch ganz andere Sachen über euch sagen, wenn es mir passt.« Mit strengem Gesicht blickte Thadmore Beagle in die Runde. »Also Hank, was wolltet ihr hier und vor allem, wer ist der Kerl, der die ganze Zeit über in deinem Pick-up hockt?«

»Das braucht dich nicht zu interessieren, Thad. Kümmere du dich um deinen Kram.«

»Das tue ich. Und vielleicht sind die Leute, die du gerade angegriffen hast, mein Kram.« Hank blieb auf Höhe der Motorhaube seines Wagens stehen und drehte sich zu Thadmore herum.

»Was meinst du damit?«

»Ich stelle hier die Fragen. Warum hast du sie angegriffen? Bestimmt nicht, um einfach nur den Schwarzen zusammenzuschlagen. So dämlich bist nicht einmal du.« Thadmore ging einige Schritte auf Hank zu und baute sich vor ihm auf. »Also? Ich bin ganz Ohr.«

»Du kannst dir gepflegt ins Knie ficken, Thad!«

Mit voller Wucht rammte Thadmore die Schulterstütze des Gewehrs in Hanks Magen. Der ging keuchend auf die Knie und rang nach Luft.

»Meine Geduld ist gleich vorbei, Bruderherz. Es ist ein Ärgernis, dass ich mit dir als Blutsverwandten gestraft bin, sonst hätte ich dir jetzt mit der Flinte dein Gehirn rausgepustet. Obwohl es sich wohl kaum gelohnt hätte, bei der winzigen Menge, die da zwischen deinen Ohren ist.«

»Feiger Bastard«, stieß Hank schmerzerfüllt hervor.

Seufzend schritt Thadmore an seinem Bruder vorbei und öffnete die Fahrertür des Pick-ups.

»Guten Morgen, Mister. Mit wem habe ich das Vergnügen?« Er grinste breit und schulterte die Schrotflinte.

»Jonathan Haywood«, kam die zögerliche Antwort des Mannes.

»Freut mich, Mr. Haywood. Erzählen Sie mal, was haben Sie mit meinem nichtsnutzigen Bruder und seinen Spießgesellen zu schaffen? Sie sehen eigentlich recht intelligent aus.«

»Ich ... ich bin Archäologe.«

»Archäologe?« Thadmore zog eine Augenbraue hoch. »Sieh an. Genau wie die beiden Herren aus dem Jeep. Ist das ein Zufall?«

Ehe Haywood etwas antworten konnte, kam Hank dazu. Er lehnte sich immer noch etwas hustend gegen den breiten Kotflügel des Pick-ups und nahm sich eine Zigarette aus seiner Hemdtasche. Als er sie sich angezündet hatte, griff Thadmore nach dem Glimmstängel und rauchte weiter. Mit grimmigen Blick zündete sich Hank eine weitere Kippe an.

»Verdammt, Thad. Jetzt spiel dich hier nicht so auf und sag mir lieber, was du von denen willst? Du hilfst doch niemanden aus reiner Menschfreundlichkeit, dafür bist du einfach ein zu großes Arschloch.«

»Immerhin das haben wir gemeinsam, kleiner Bruder. Du zuerst.«

»Na gut. Wir sollten denen einen Zettel abnehmen, dafür wollte uns der Kerl da drin fünfhundert Bucks geben.« Er deutete auf Haywood, der immer noch im Wagen saß und hilflos dreinblickte.

»Fünfhundert Dollar? Für einen Zettel? Und dir ist nicht der Gedanke gekommen, dass da mehr hinterstecken könnte?«

»Natürlich. Mein linker Arm hat gekribbelt. Ich wusste, dass da mehr hinter stecken muss, daher ...« Er verstummte und warf Thadmore nur einen vielsagenden Blick zu.

»Verstehe. Was auch sonst. Immerhin das Armkribbeln haben wir gemeinsam.«

»Jetzt du«, forderte Hank seinen älteren Bruder auf.

»Der Alte, der die ganze Zeit im Jeep saß, und der junge Typ waren vorgestern bei mir und haben mir den halben Laden leergekauft. Die sind Archäologen von der Ostküste, wahrscheinlich wie dein neuer Freund hier.« Thadmore deutete mit dem Kopf in Richtung der Fahrerkabine. »Auf jeden Fall sind die hinter etwas Großem her, ich hab das sofort gespürt. Und hinter was wird uns jetzt Mr. Haywood sagen, nicht wahr?«

»Ich ... ich suche nach einer alten Indianerstadt.«

»Das sagten mir die anderen auch. Hat diese Stadt auch einen Namen?«

Haywood wisperte etwas vor sich hin.

»Ich kann Sie nicht hören.«

»Cíbola.«

In Thadmores Gesicht trat ein Grinsen, das schnell immer breiter wurde, während Hank nur verständnislos guckte.

»Nie gehört.«

Thadmore seufzte.

»Die Sieben Städte aus Gold, du Dummkopf. Und Ihre Kollegen haben eine Karte, die dorthin führt?«

»Ich vermute es.«

»Steigen Sie aus, Mr. Haywood. Ab sofort fahren Sie bei mir mit.«

»Hey, das kannst du nicht machen«, protestierte Hank.

»Nur die Ruhe. Wenn diese Kerle wirklich eine Karte haben, die nach Cíbola führt, dann wird da sogar noch etwas Gold für dich und deine Bande abfallen. Ihr werdet mir nämlich helfen!«

»Gold? Na toll! Und damit kommst du jetzt, nachdem du die Kerle mit der Karte hast wegfahren lassen?«

»Keine Sorge, ich finde die jederzeit wieder, wenn ich es will. Aber erst mal können die ruhig etwas Arbeit für uns erledigen.« Thadmore zwinkerte seinem Bruder zu. »Kommen Sie, Mr. Haywood. Sie haben mir sicherlich viel zu erzählen, während wir nach Tucson fahren.«

»Hey, Thad, warte noch auf uns. Wir haben einen Platten und müssen erst das Rad wechseln.«

»Wir sehen uns in Tucson, Hank«, rief Thadmore, bevor er mit Haywood in seinen Cadillac einstieg und mit durchdrehenden Reifen losfuhr. In der Staubwolke husteten und fluchten Hank und seine Kumpane, als sie eiligst mit dem Radwechsel begannen.

Niemand bemerkte den braunen Lincoln, der in einigen Hundert Metern Entfernung am Straßenrand parkte und dessen schwarzhaarige Beifahrerin die ganze Szene mit dem Fernglas beobachtet hatte.

DREIZEHN
BATTLIN' BARNEY

MAX LENKTE den Jeep auf den Parkplatz des Diners, der sich etwas außerhalb von Tucson befand. Professor Crichton hatte auf den Stopp bestanden, weil er ihre Route noch einmal genau überprüfen wollte. Sie suchten sich einen großen Tisch in dem fast leeren Restaurant und bestellten sich Kaffee. Crichton breitete eine Landkarte von Arizona auf dem Tisch aus und legte die Skizze von Hernando Colón darauf.

»Das kann nicht stimmen«, sagte Crichton entschieden und tippte auf den Colorado River auf der Karte. »Der Flusslauf stimmt überhaupt nicht mit Hernandos Zeichnung überein.«

»Vergessen Sie nicht, er war auch niemals hier. Woher hätte er den Lauf des Flusses auch korrekt einzeichnen sollen?«, gab Joe zu bedenken. Er hatte sich zusätzlich zum Kaffee ein paar Eiswürfel bestellt, die er in eine Serviette gewickelt hatte und sich mit dieser nun seine Fingerknöchel an der rechten Hand kühlte.

»Das sehe ich auch so«, sagte Max. »Welchen anderen Fluss gibt es denn sonst hier von dieser Länge? Es muss der Colorado sein.«

»Aber laut dieser Karte sollen wir den Fluss überqueren«, sagte Jody und tippte erst auf die Skizze und dann auf die Landkarte von Arizona. »Das würde uns weit nach Kalifornien hineinführen. Cíbola würde dann praktisch bei …«, sie studierte prüfend die Karte, »bei Palm Springs liegen.«

»Auf jeden Fall ergibt es keinen Sinn«, sagte Crichton. »Gestern war ich ebenfalls noch Ihrer Meinung, aber heute glaube ich, dass wir auf der falschen Fährte sind.«

»Und was sollen wir jetzt Ihrer Meinung nach machen? Aufgeben?«

»Nein, aber wir müssen uns noch mal eingehender mit der Karte und vor allem mit den Unterlagen von Mr. O'Malley befassen.«

Max zog Patricks Mappe aus seiner Umhängetasche hervor.

»Entschuldigung, könnten wir vielleicht etwas Wasser für den Hund bekommen?«, fragte Crichton den Mann, der hinter dem Tresen stand und gerade seine Küche reinigte.

»Klar, kommt sofort.«

Joe zog sich derweil die Skizze von Hernando Colóns Zeichnung heran und betrachtete sie einen Moment.

»Vielleicht sollen diese Berge hier auch den Grand Canyon darstellen? Ich meine, es wäre eine seltsame Art, aber wie schon gesagt, Hernando war ja niemals hier und hat dies alles nur vom Hörensagen aufgezeichnet.«

»Möglich wäre es«, erwiderte Max nach einem

Moment. »Aber dann hätte er entweder ein großes Problem mit dem Maßstab, oder aber der Ausgangspunkt seiner Reise ist ein ganz anderer.«

»Aber kommt euch das alles nicht seltsam vor?«, fragte Jody. »Er fertigt diese Skizze für seinen Freund Melchior an, schreibt ihm, dass er damit den Reichtum Cíbolas finden kann, und dann soll er diese Karte nur vom Hörensagen gezeichnet haben? Das erscheint mir höchst unwahrscheinlich.«

»Okay, und was wäre deine Theorie hierzu?« Max blickte Jody auffordernd an.

»Die Karte ist genau und maßstabsgetreu, für damalige Verhältnisse jedenfalls, aber wir müssen noch die richtige Methode finden, sie auch wirklich lesen zu können. Vielleicht mag Hernando nicht hier gewesen sein, aber es waren einige Männer vor ihm unterwegs. Von einem dieser Männer könnte Hernando die Informationen für seine Zeichnung bekommen haben!«

»Das führt natürlich zu der Frage: Von wem hat er diese Informationen und warum sollte dieser Jemand ihm die Lage Cíbolas preisgeben?«

Der Wirt kam an ihren Tisch und stellte eine Schüssel mit Wasser neben die Bank, auf der der Professor saß. Ike begann sofort damit, geräuschvoll daraus zu trinken.

»Vielen Dank.«

»Keine Ursache. Möchten Sie noch mehr Kaffee haben? Sieht so aus, als würden Sie noch etwas länger bleiben«, sagte der breitschultrige Mann mit Blick auf ihre Karte.

»Gerne.«

Joe runzelte die Stirn, als der Betreiber des Diners wieder zu seinem Tresen schlurfte.

»Alles in Ordnung, Joe?«

»Ja, es ist nur ... mir kommt dieser Kerl so bekannt vor.«

»Konzentriere dich lieber wieder auf die Karte«, sagte Max.

Crichton lehnte sich grübelnd zurück, sein Blick heftete sich dabei die ganze Zeit auf der Zeichnung von Hernando Colón.

»Es kommen nicht viele Männer infrage, von denen Hernando eine solch genaue Wegbeschreibung hätte bekommen können, um daraus eine Karte zu erstellen«, sagte er schließlich.

»Stimmt. Die Coronado-Expedition startete erst nach seinem Tod. Die Auswahl der Männer, die vorher so weit in diesem Teil Amerikas waren, ist überschaubar.«

»Sehr richtig. Ich würde sogar sagen, man kann diese Männer an einer Hand abzählen. Und wenn man dann noch einmal einen Blick auf die Aufzeichnungen von Mr. O'Malley wirft, bleibt eigentlich nur ein Name über.«

»Und welcher wäre das?«

Crichton antwortete nicht, sondern blickte zu Max, der durch Patricks Mappe blätterte. Als er eine von Patricks selbst gezeichneten Karten vor sich liegen hatte, studierte er diese genau.

»Hier hat Pat alle Routen der bekannten Expeditionen verzeichnet. Da wir Coronado ausschließen können, bleibt nur noch die von Marcos de Niza übrig.«

»Der Mönch? Aber ich dachte, der hätte nie einen Fuß nach Cíbola gesetzt.«

»Das ist auch nicht nötig. Aber er sagte, er hätte die Stadt gesehen und seine Beschreibung der Reichtümer führte schließlich zur Coronado-Expedition«, sagte Crichton. »Ich bin überzeugt davon, dass Hernando seine Karte auf Grundlage der Beschreibungen von Marcos de Niza erstellt hat. Irgendwie oder irgendwann muss er ihn getroffen haben.«

»Dann ist die Karte aber auch nichts wert«, sagte Max enttäuscht. »Die Auskünfte von de Niza erwiesen sich als falsch. Coronado hat die gesamte Route von de Niza nachvollzogen und dabei nur diese Indianer-Pueblos erobert. Er fand keine Schätze. In seinen Briefen an den Vizekönig beschwerte er sich bitterlich über den Mönch. Und nach seiner Rückkehr fiel Coronado in Ungnade, der Misserfolg wurde ihm zur Last gelegt.«

»So weit, so richtig, Max.« Crichton lehnte sich ein Stück vor. »Was aber, wenn der Mönch ihn womöglich absichtlich in die falsche Richtung geführt hat?«

»Warum sollte er das getan haben?«, fragte Jody.

»Das weiß ich nicht, meine Liebe. Aber dieser Marcos de Niza besaß einen ausgezeichneten Leumund. Er galt quasi als Heiliger. Der Vizekönig hat ihm mit Sicherheit mehr geglaubt als seinem Gouverneur Coronado.«

»Aber er hat ihn belogen«, stellte Joe fest. »Er hat nur einem die richtige Route nach Cíbola verraten und das war Hernando Colón. Das ist es doch, was Sie glauben?«

»Es ist eine Möglichkeit.«

»Gut, dann nehmen wir für einen Augenblick mal an, dass es so gewesen ist. Aber trotzdem bleibt das Problem, dass wir nicht genau wissen, wie wir Hernandos Karte zu lesen haben«, gab Max zu bedenken.

»In dem Fall würde die Route wohl nicht in Mexiko starten, wie wir bisher angenommen haben, sondern schon in Arizona. Marcos de Niza hat die Route aufgezeichnet, nachdem er bereits unterwegs war. Und er war nicht alleine.«

»Stimmt. Er hatte diesen Estebán bei sich, den Sklaven«, sagte Joe.

»Pat hat Estebán auch öfter erwähnt«, sagte Max und blätterte erneut durch die Papiere vor sich.

Der Wirt kam mit einer Kanne Kaffee in der Hand zu ihnen zurück und füllte die Tassen wieder auf. Joe betrachtete den Mann genau.

»Stört Sie etwas an mir?«, fragte der bärbeißig.

»Jetzt weiß ich's«, sagte Joe und ein Lächeln trat in sein Gesicht. »Sie sind Battlin' Barney Gibbons. US-Boxchampion im Schwergewicht von 1949 bis 1952. Kampfrekord von fünfundsiebzig Kämpfen, davon zweiundsiebzig Siege und dreiunddreißig davon durch K. o.«

Der Mann mit den breiten Schultern und dem schütteren, blonden Haar sah Joe verblüfft an.

»Ja, das ist richtig. Bis auf die K. o. Das waren nämlich vierunddreißig.« Er grinste. »Aber darauf hat mich schon seit Jahren niemand mehr angesprochen. Wie kommt's, dass Sie mich kennen?«

»Ich bin ein großer Fan«, sagte Joe. »Ich habe einen Ihrer Kämpfe damals vor Ort miterlebt, in Boston, als Sie …« Er stockte.

»Sagen Sie es ruhig. Als ich den Titel verloren habe. Das war die bitterste Niederlage meiner Karriere. Danach war es auch bald vorbei.« Gibbons zuckte mit den Schultern. »Ich war über meinen Zenit.«

»Sie waren der technisch beste Boxer Ihrer Generation«, lobte Joe mit aufrichtiger Bewunderung in der Stimme. »Die Niederlage war eine Schweinerei, Sie haben den Kampf dominiert.«

»Alles Schnee von gestern. Was ist mit Ihnen? Auch Boxer?« Er musterte Joe eingehend. »Schwergewicht? Die Statur dafür haben Sie.«

»Ich habe früher auf dem College geboxt, aber jetzt nicht mehr.«

»Joe war über Jahre hinweg unser Champion und er hat den Titel für Massachusetts mehr als zwei Jahre gehalten«, sagte Max und klopfte Joe auf die Schulter. »Nun ist er allerdings schon zu alt.«

»Ha ha«, Joe stieß Max' Hand von seiner Schulter.

»Und was führt Sie jetzt nach Arizona?«, fragte Gibbons und warf einen interessierten Blick auf die Karte und die Unterlagen, die sie auf dem Tisch verteilt hatten. »Suchen Sie etwa nach alten Indianerschätzen?«, fragte er scherzhaft. Als er ihr Schweigen und ertappt wirkende Blicke bei ihnen bemerkte, lachte er auf. »Ernsthaft?«

»Na ja, ich würde es nicht Indianerschätze nennen«, sagte Crichton. »Wir sind Archäologen und suchen eher nach alten Kulturen, die zu den Zeiten der Konquistadoren hier gelebt haben.«

»Ah, auf den Spuren von Coronado unterwegs, wie?« Gibbons sah auf die Karte hinab und nickte wissend. »Ich kenne mich mit diesem Teil der Geschichte ziemlich gut aus, müssen Sie wissen. Ich bin hier groß geworden und mein Großvater hat mir viele Geschichten über die spanischen Eroberer und die Indianer erzählt. Und von dem geheimnisvollen Goldland, wo die Sieben Städte liegen sollen.« Er zog sich einen Stuhl vom Nachbartisch heran und setzte sich zu ihnen. »Darf ich?«

»Aber gerne doch.«

»Es gibt hier einige alte Trails, die die Indianer früher angelegt haben, lange bevor die Konquistadoren einen Fuß in dieses Land gesetzt haben. Ich bin einige von ihnen früher entlanggewandert mit meinem Opa. Wir haben alte Pfeilspitzen gesammelt und andere Dinge, die die Indianer damals dort verloren haben. Aber es war immer etwas schwierig, durch die Reservate, wissen Sie?«

»Inwiefern?«, wollte Max wissen.

»Große Teile von Arizona gehören den Indianern. Ich glaube, in keinem anderen Bundesstaat der Vereinigten Staaten gibt es so viele Reservate wie hier. Diese Gebiete sind alles, was ihnen noch geblieben ist, und sie können manchmal sehr rigoros sein, wenn es darum geht, diese zu schützen. Vor allem aber mögen sie es gar nicht, wenn Leute durch das Reservat streifen, um nach Schätzen zu suchen. Und erst recht nicht nach kulturellen Dingen, da verstehen die keinen Spaß.«

»Keine Angst. Wir haben nicht vor, in die Reservate einzudringen.«

»Sicher? Aber laut dieser Karte sieht das für mich anders aus.« Barney Gibbons tippte mit dem Zeigefinger auf die Zeichnung von Hernando Colón.

Alle schauten einander sprachlos an.

»Sie wissen wo das ist?«, fragte Max erstaunt.

»Natürlich. Wenn dieser Fluss hier der Little Colorado sein soll, dann ja. Diese Skizze ist zwar nicht ganz korrekt, aber sie gibt den Flusslauf halbwegs wieder. Und hier vorne«, Gibbons tippte auf eine andere Stelle,

»müsste der Mogollon Rim sein. Und gleich dahinter beginnen schon die Reservate.«

Crichton kontrollierte das auf der Landkarte und verglich die vom Dinerbesitzer genannte Region mit der Zeichnung.

»Es stimmt, es könnte tatsächlich dort sein.«

»Wenn Sie dort hin wollen, sollten Sie sich vorsehen. Das wird alles andere als ein Spaziergang«, warnte Gibbons sie. »Die Natur auf dem Colorado-Plateau ist unbarmherzig.«

»Vielen Dank für den Tipp«, sagte Joe. »Wir werden das beherzigen.«

»Machen Sie das. Ich muss mich mal wieder um die anderen Gäste kümmern. Rufen Sie mich einfach, wenn Sie noch etwas brauchen.«

»Der Little Colorado«, sagte Crichton, als Gibbons gegangen war. »Den hat Coronado damals nicht überquert.«

»Er nicht, aber einer seiner Hauptleute sehr wohl«, sagte Max und durchsuchte die Unterlagen vor sich. »Patrick hat sich dazu etwas notiert. Demnach hat Coronado, nachdem er das vermeintliche Cíbola, das sich als das Indianer-Pueblo Hawiku entpuppte, erobert hatte, seinen Vertrauten García López de Cárdenas nach Westen entsandt. Dort sollte er den großen Fluss suchen, über den Coronado Nachschub erwartete. Cárdenas überquerte mit seinen Männern den Little Colorado und erklomm das Colorado-Plateau. Er stieß dabei bis zum Grand Canyon vor, wo sie vergeblich versuchten, einen Weg hinab zum Colorado zu finden. Nach mehreren Tagen vergeblichen Suchens und keinem Zeichen vom

Nachschub brach er ab und er kehrte zu Coronado nach Hawiku zurück. Aber unterwegs machte er noch Bekanntschaft mit den Hopi-Indianern.«

»Dann war dieser Cárdenas dicht dran, aber er hat die falsche Richtung eingeschlagen«, sagte Joe und prüfte die Zeichnung. »Statt zum Grand Canyon hätte er weiter nach Norden vorstoßen müssen.«

»Tja, aber dort wäre er wohl in sein Verderben gelaufen. Dort gibt es nur Wüste und Berge.«

»Nicht, wenn Hernandos Karte richtig ist.« Joe zeigte auf das Symbol einer Stadt, die Colón eingezeichnet hatte.

»Wir werden uns das selber ansehen«, sagte Max. »Wir werden von hier aus nach Flagstaff fahren. Von dort können wir uns dann auf den Weg zum Little Colorado machen und dann weiter zum Plateau, wo wir Cíbola finden.«

»Du sagst das so, als ob das ein Spaziergang wäre«, sagte Jody besorgt.

»Es wird keiner werden, das ist mir klar. Aber wir werden doch jetzt nicht aufgeben, oder?« Er zwinkerte sie an.

»Wie war das Wort doch gleich? Aufgeben? Nie gehört, was soll das sein?«, erwiderte Jody lachend.

»Das ist der richtige Geist«, stimmte Crichton ein. »Also, lassen Sie uns aufbrechen.«

»Nicht so schnell, Professor«, sagte Joe und deutete mit dem Finger nach draußen.

Der weiße, halb von Rost und Schmutz zusammengehaltene Pick-up von Hank, dem Cowboyhut-Träger, fuhr gerade an dem Diner vorbei.

»Was wollen die denn schon wieder? Ich dachte, die wären wir jetzt los«, sagte Max, der den Pick-up ebenfalls gesehen hatte.

»Ist doch egal, auf jeden Fall sollten wir schnell weiterfahren.«

»Die müssten unseren Jeep doch eigentlich vor der Tür gesehen haben«, wunderte sich Jody. »Aber sie haben nicht angehalten, vielleicht wollen die nicht noch einmal Ärger machen.«

»Mag sein, aber wir sollten schnell aufbrechen und dabei ein paar Schlenker fahren, damit die uns nicht noch einmal folgen können. Nur zur Sicherheit.«

Sie bezahlten bei Barney Gibbons und bedankten sich noch einmal für seine Hilfe, bevor sie in ihren Jeep stiegen und losfuhren. Auf ihrem Weg sahen sie den Pick-up kein weiteres Mal und schließlich bogen sie auf den Black Canyon Freeway in Richtung Flagstaff ab, wo sie nach einer fast fünfstündigen Fahrt ankamen. Auf dem Weg dorthin überquerten sie auch den Mogollon Rim, den Gebirgszug, der damals für die Spanier unüberwindbar gewesen war und sie gezwungen hatte, weiter nach Osten zu ziehen, wo der Rim sich langsam abflachte. Als sie mit dem Jeep die fast sechshundert Höhenmeter erklommen, war Max froh darüber, dass sie den Rim nicht zu Fuß bezwingen mussten. Aber er war sich im Klaren darüber, dass in den nächsten Tagen noch schwierigere Aufgaben auf sie warteten.

VIERZEHN
LITTLE COLORADO

ALS SIE AUS Flagstaff am nächsten Morgen aufbrachen, war die Sonne gerade dabei, sich gegen die Dunkelheit zu erheben, und färbte die Wolken am Himmel in ein dunkles Rot. Kaum, als sie die Stadt hinter sich gelassen hatten, fanden sie sich auch schon in einer unwirtlichen Landschaft aus Gestein und Sand wieder. Die Straße verlief einsam durch die menschenleere Region.

»Ich bin froh, wenn wir wieder nach Boston zurückkönnen«, sagte Joe, mit Blick auf die trostlose Landschaft. »Da gibt es wenigstens Grün zu sehen.«

»Sie werden noch Augen machen, wenn Sie erst die Painted Desert zu sehen bekommen. Ein ganz außergewöhnlicher Ort«, schwärmte der Professor. »Wie überhaupt die gesamte Landschaft, in der wir uns gerade bewegen.«

»Und Sie sind sich wirklich sicher, dass wir diesen Weg hier nehmen sollten?«, fragte Max, als der Jeep erneut durchgeschüttelt wurde, weil er einem Schlagloch in der Straße nicht mehr ausweichen konnte.

»Ja. Ich weiß, er ist länger und mit Sicherheit auch beschwerlicher. Aber nur von hier haben wir eine Chance, den Little Colorado zu überqueren, ohne gleich mit den Indianern aneinanderzugeraten.«

»Wäre das denn so schlimm?«, fragte Jody, die neben Crichton saß und Ike auf dem Schoß hatte. »Ich meine, die werden doch nicht mit Pfeil und Bogen auf uns losgehen und an den Marterpfahl binden.«

»Nein, sicherlich nicht.« Crichton lachte mit seiner tiefen Stimme. »Aber sie würden uns niemals gestatten, dass wir uns alleine frei im Reservat bewegen. Die Navajo Nation ist ein komplett autarkes Gebiet innerhalb der Vereinigten Staaten. Sie haben eine eigene Regierung und auch eine eigene Polizei. Außerdem würden sie uns den letzten Cent aus den Taschen ziehen, sollten sie uns begegnen.«

»Mir ist nicht ganz wohl bei der Sache«, brummte Joe.

»Keine Sorge. Der Teil des Reservats, den wir betreten werden, ist unbewohnt, dort gibt es nichts außer Wüste, Canyons und Berge.«

»Das ist es ja, was mir Sorgen macht. Wir befinden uns dort im Nirgendwo. Wenn etwas passiert, wird man unsere Gebeine erst in Tausenden von Jahren finden, wenn überhaupt.«

»Nun sei nicht so ein Pessimist, Joe. Es wird schon nichts passieren. Ich verspreche dir, ich bringe dich heil wieder nach Hause zu deiner Lizzie.« Max zwinkerte seinem Freund zu.

»Das sagst du jedes Mal und meistens bin ich es, der dafür sorgen muss, dass du heil zurückkehrst.«

»Da kannst du mal sehen, was für ein gutes Team wir sind.«

»Und wenn alles schiefgehen sollte, dann bin ich ja auch noch da«, meldete sich Jody lachend von der Rückbank. Ein zustimmendes Bellen von Ike folgte.

Nach einer halbstündigen Fahrt erreichten sie ihr Ziel, das Professor Crichton am Vorabend für sie zum Startpunkt ausgewählt hatte. Ein schief stehendes, relativ neu aussehendes Schild wies darauf hin, dass an dieser Stelle das Wupatki National Monument war, doch davon konnte Max weit und breit nichts entdecken. Die Landschaft sah unverändert wüst und entmutigend trocken aus.

»Fahren Sie noch ein Stück weiter, bis zu diesem kleinen Hügel dahinten«, sagte Crichton und deutete nach rechts.

Max tat wie geheißen und stoppte den Jeep neben der Erhebung. Er richtete sich im Jeep auf und ließ seinen Blick einmal rundum schweifen. Joe hatte nicht ganz unrecht, sie befanden sich wirklich im Nirgendwo.

»Kommen Sie, wir sollten keine Zeit verlieren, wir haben ein ordentliches Stück Weg vor uns«, sagte Crichton und kletterte von der Rückbank.

Jody ließ Ike heraus und der Dachshund machte sich sofort auf die Jagd nach einer kleinen Eidechse, die er im Sand erspäht hatte.

»Wo sind wir hier jetzt eigentlich genau?«, wollte Jody vom Professor wissen, der sich bereits daran machte, seinen Rucksack vom Anhänger zu heben.

»Wir sind hier in dem Gebiet, in dem die Anasazi damals gesiedelt haben. Vor einigen Jahren wurden hier die ersten Ruinen entdeckt und seitdem laufen die Bestrebungen, auch diesen Teil in einen Nationalpark umzuwandeln. Aber seitdem ist nicht viel mehr passiert, außer dass dieses Schild aufgestellt wurde, das wir eben passiert haben.«

»Und warum sind wir jetzt hier?«

»Ich musste daran denken, was uns der Wirt in Tucson erzählt hat. Von seinen Suchen nach Pfeilspitzen mit seinem Großvater.«

»Ich verstehe nicht ganz.«

»Wir werden hier dasselbe machen, Max. Ich bin davon überzeugt, dass die alten Indianerkulturen auch damals schon den Little Colorado überquert haben. Sicherlich gab es Verbindungen zwischen den Städten der einzelnen Stämme. Und so finden wir vielleicht schneller einen Pfad, der uns nach Cíbola führt.« Crichton legte sich seinen Rucksack um. »Ich war Ende der Vierzigerjahre schon einmal hier. Damals haben wir bei Ausgrabungen in diesem Gebiet einige Ruinen entdeckt, die wir den Anasazi zugeschrieben haben. Ich bin überzeugt davon, dass wir hier einen Pfad finden, der uns auf die andere Seite des Flusses bringen wird.« Mit entschlossenem Schritt marschierte der Professor los. Ike, der die Eidechse erfolglos gejagt hatte, folgte ihm auf dem Fuß.

»Haltet ihr das für eine gute Vorgehensweise?«, fragte Jody und blickte Crichton besorgt hinterher. »Einfach auf gut Glück loszumarschieren, in einer Wüste?«

»Wenn er sich etwas in den Kopf gesetzt hat, ist er

nicht zu stoppen«, sagte Max und lächelte melancholisch. »Das war schon damals so, als ich ihn kennengelernt habe, auf Island.«

»Da war er aber auch noch zehn Jahre jünger.« Jody schnappte sich ihren Rucksack und eilte dem Professor hinterher.

Joe stellte sich neben Max.

»Komisches Gefühl, so ganz ohne Patrick auf die Suche zu gehen.«

»Ja, das ist es. Aber wir sind nicht ganz ohne Pat unterwegs, wir richten uns schließlich nach seinen Hinweisen.«

Joe schulterte stumm seinen Rucksack, klopfte Max auf die Schulter und ging den beiden vorauseilenden mit großen Schritten hinterher. Max nahm seine Ausrüstung ebenfalls auf, nahm sich noch ein Seil und folgte den anderen.

Crichton ging stoisch geradeaus. Über eine Stunde schritt er Richtung Norden, ohne sein Tempo zu verlangsamen. Dann erreichten sie den Rand einer jäh herabfallenden Schlucht. Max blickte über den Rand hinab und sah in der Tiefe ein schmales grünlich schimmerndes Band, das durch sein felsiges Bett floss.

»Da ist er, der Little Colorado«, sagte Crichton und holte ein Taschentuch hervor, mit dem er sich erst den Schweiß abtupfte, es sich danach über den Kopf legte und seinen Hut darübersetzte. »Auf der anderen Seite beginnt das Indianerreservat, die Navajo Nation.«

»Wie sollen wir da bloß rüberkommen?«, fragte Joe. »Das Ding ist ja fast so groß wie der Grand Canyon.«

»Ganz so groß auch nicht. Wir werden eine Weile am

Rand der Schlucht entlanggehen und nach einer geeigneten Stelle für den Abstieg suchen.«

Skeptisch blickten Max und Joe auf die steilen Felswände der Schlucht.

»Nicht einmal eine Bergziege würde da freiwillig runterklettern.«

»Kommen Sie. Wir finden schon eine geeignete Stelle für den Abstieg.«

Unbeirrt ging Crichton weiter, am Rand der Schlucht entlang, die sich immer mehr auszudehnen schien. An manchen Stellen betrug die Entfernung zur anderen Seite mehrere Hundert Meter. Aber nachdem sie etwas über eine Stunde an dem Abgrund entlanggegangen waren, verringerte sich die Entfernung wieder und auch der Fluss schien nun nicht mehr ganz so tief unterhalb der Kante zu fließen.

»Ich denke, hier könnten wir es wagen«, sagte der Professor und setzte seinen Rucksack ab. »Eine kurze Rast und danach machen wir uns an den Abstieg.«

Max und Jody gingen an den Rand und blickten hinunter. Die schroffen Felswände fielen hier nicht ganz so steil hinab wie an der anderen Stelle, aber immer noch sah es ziemlich gefährlich aus. Etwa zwanzig Meter unterhalb ihrer Position gab es allerdings einen breiten Vorsprung, von dem aus es in einem gemäßigten Neigungswinkel weiter zum Little Colorado hinabführte.

»Was meinst du, schaffen wir das?«, fragte Jody zweifelnd.

»Es wird schwierig, ist aber nicht unmöglich«, antwortete Max und trank einen Schluck Wasser aus seiner Feldflasche, die er am Gürtel trug. »Ich würde vorschlagen, ich gehe zuerst und versuche, einen guten Pfad zu finden, und ihr sichert mich solange mit dem Seil.«

Eine halbe Stunde später begann Max, mit dem Seil um seine Hüfte gebunden, mit dem Abstieg. Es war einfacher als gedacht, einen Weg hinab zum Vorsprung zu finden. Die Wände waren rau und boten guten Halt für Hände und Füße. Nach wenigen Minuten hatte Max den breiten Vorsprung erreicht, der weniger felsig war und aus dessen sandigen Untergrund etwas Strauchgras wuchs.

»Kommt runter, der Abstieg ist sicher«, rief er den anderen zu, die oben an der Kante standen.

Jody kletterte gemeinsam mit dem Professor hinunter, während Joe und Max zusätzlich noch das Seil straff hielten, damit Crichton sich daran festhalten konnte, was er aber nicht tat. Mit einem Lächeln kam er bei Max auf dem Vorsprung an. Jody kam direkt nach ihm, sie hatte Ike auf dem Arm und setzte ihn auf dem Vorsprung ab. Joe folgte zuletzt, auch er hatte keine Probleme, das erste Stück zu bewältigen.

»So, jetzt sollte es eigentlich nicht viel schwieriger werden«, sagte der Professor und blickte den sandigen Abhang zum Fluss hinunter.

»Wir sollten aufpassen, bei dem Sand finden wir viel weniger Halt. Und wenn man hier einmal ins Rutschen gerät, könnte es schmerzhaft werden.«

Wieder ging Max voran. Er wählte nicht den direkten Weg, sondern kletterte schräg hinab. Dieser Abschnitt war anstrengender und dauerte deutlich länger als der erste. Aber sie kamen ohne größere Probleme gut voran. Als sie fast unten angekommen waren, erblickte Max neben dem Fluss einen circa einen Meter breiten Sandstreifen.

»Wir haben es gleich geschafft.«

Crichton drehte sich ein Stück herum und wollte nach unten schauen. Dadurch verlor er den Halt und geriet ins Rutschen. Mit einem Aufschrei schlitterte er direkt auf Max zu, der noch versuchte, den Professor zu stoppen, aber vergeblich. Crichton prallte mit Schwung gegen ihn und riss ihn mit sich den Hang hinunter. Max überschlug sich mehrfach, flog für eine Sekunde durch die Luft und landete schließlich im Fluss.

»Max, alles in Ordnung?«, hörte Joe von oben rufen.

Er setzte sich in dem flachen Wasser auf und hielt sich den Kopf.

»Ja, ich denke schon.« Er sah sich um. Professor Crichton lag bäuchlings auf dem schmalen Sandstreifen und rührte sich nicht. Sofort vergaß Max seine eigenen Schmerzen, sprang auf und rannte zu ihm hin.

»Professor, alles in Ordnung?« Er fasste ihn an der Schulter und drehte ihn vorsichtig herum. Die Stirn war aufgerissen und Blut lief Crichton über das Gesicht. Aber er schlug die Augen auf.

»Was ist … passiert?«, fragte er stöhnend.

»Sie haben die Abkürzung nach unten genommen«, erwiderte Max und legte seinen Rucksack ab. Schnell nahm er die Erste-Hilfe-Tasche heraus und legte dem Professor einen Kopfverband an. In der Zwischenzeit hatten es auch Joe und Jody nach unten geschafft. Mit aufgeregtem Bellen kam Ike herbeigelaufen, der den Abhang ohne größere Probleme bewältigt hatte.

»Wird es gehen?«, fragte Jody besorgt, als sie den Verband und das Blut im Gesicht des Professors sah.

»Ja, es sieht schlimmer aus, als es ist«, antwortete Crichton sofort. »Ich habe wohl einen Moment lang nicht aufgepasst. Tut mir leid, Max, dass ich Sie mit mir gerissen habe.«

»Schon gut. Das kleine Bad war recht erfrischend«, sagte Max und blickte auf den Fluss. »Außerdem werden wir gleich wohl alle nass werden, wenn wir auf die andere Seite gelangen wollen.«

»Nicht unbedingt«, sagte Crichton und erhob sich vorsichtig. Er hob seinen Hut auf, klopfte den Sand ab und setzte ihn wieder auf. »Lassen Sie uns ein Stück in dieser Richtung entlanggehen.«

Sie gingen auf dem schmalen Sandstreifen entlang, bis der Fluss eine Biegung machte. Die Schlucht war an dieser Stelle besonders eng und der Little Colorado nur wenige Meter breit. Dafür war seine Strömungsgeschwindigkeit an dieser Stelle deutlich höher als im anderen Teil des Flusses. Aber an beiden Uferseiten erhoben sich zwei breite Felsvorsprünge, die den Eindruck vermittelten, als ob es an dieser Stelle einst eine natürliche Verbindung gegeben hatte.

»Sehen Sie«, rief Crichton aus, um das leichte Tosen des Wassers zu übertönen, und zeigte auf die Felsen. »Dort können wir es versuchen.«

»Was versuchen?«

»Wenn wir das Seil auf der anderen Seite befestigt bekommen, können wir uns daran von Vorsprung zu Vorsprung hangeln. Es sind nur wenige Meter.«

»Ja, aber dafür muss erst mal jemand auf die andere

Seite, um das Seil an dem Vorsprung zu befestigen«, sagte Max.

»Sehr richtig.« Crichton zwinkerte ihm zu.

»Oh nein, warum ich?«

»Weil du schon nass bist«, sagte Joe mit Betonung.

»Es sind nur ein paar Meter, Max. Das schaffen Sie«, ermunterte ihn der Professor, während Max mit Sorge die kleinen Schaumkronen auf dem Fluss betrachtete.

Seufzend ließ er seinen Rucksack vom Rücken gleiten und band sich ein Ende des Seils wieder um den Bauch.

»Dafür trägst du meine Sachen hinüber«, sagte er an Joe gewandt und drückte ihm das andere Ende des Seils in die Hand.

»Sei vorsichtig«, sagte Jody. »Da ragen einige Steine aus dem Fluss heraus.«

Max ging langsam in den Little Colorado hinein, das Wasser war deutlich kühler als noch zuvor. Nach wenigen Schritten ging es jäh tiefer hinab und der Wasserpegel ging ihm bis zur Brust. Er versuchte zu schwimmen, wurde aber sofort von der Strömung erfasst, die ihn mit sich riss. Er wurde gegen einen der aus dem Wasser ragenden Felsen geschleudert, an den er sich aber festklammern konnte. Sein Blick ging zum anderen Ufer, das noch knappe fünf Meter entfernt war.

»Gib dir mal ein wenig Mühe, es ist nicht mehr weit«, rief Joe ihm zu. »Keine Angst, ich habe das Seil fest in der Hand, du kannst nicht abgetrieben werden.«

»Nein, das nicht, nur von den Felsen aufgeschlitzt!«, schrie Max wütend zurück. Aber er stieß sich von dem Felsen ab, an dem er sich festhielt und glitt durch die Strömung auf den nächsten zu, an den seine Hände sich klammerten. Die Kälte des Wassers ließ seine Unterlippe beben. Er spannte seine Muskeln an und kämpfte sich gegen das schnell fließende Wasser voran zum nächsten Grat, der steil aus dem Fluss aufragte. Dort spürte er auch wieder den steinigen Grund unter seinen Füßen. Mit zusammengepressten Zähnen mühte er sich die letzten Meter ans andere Ufer. Schwer atmend krabbelte er auf allen vieren hinaus.

»Gut gemacht! Jetzt das Seil oben am Vorsprung befestigen«, rief Crichton ihm zu.

Max atmete tief aus und richtete sich wieder auf. Er knetete seine Hände durch, um wieder etwas Gefühl in seine Finger zu bekommen, und machte sich dann daran, den Felsen zu erklimmen, der direkt neben ihm aufragte. Auf der anderen Seite machte Joe genau dasselbe. Nachdem Max das Seil mit mehreren Schlingen um einen Felsen gewickelt hatte, zog Joe es stramm und verknotete es. Jody war die Erste, die sich geschickt am Seil entlanghangelte. Sie hatte auch keine Probleme, Ike mitzunehmen, den sie unter ihre Jacke steckte. Auch der Professor schaffte die wenigen Meter ohne Probleme. Als Letzter folgte Joe, unter dessen Gewicht, zu dem auch noch Max' Rucksack kam, das Seil bedenklich nach unten durchhing, aber auch er schaffte es auf die andere Seite.

»So, das wäre geschafft«, sagte Crichton zufrieden, während Max sich aus seinem Rucksack trockene Kleidung nahm und sich umzog.

»Was machen wir mit dem Seil?«, fragte Jody.

»Wir lassen es einfach hängen. Vielleicht kehren wir auf demselben Weg wieder zurück.«

»Hoffentlich brauchen wir es nicht noch einmal.«

»Ich denke nicht. Schauen Sie, der Aufstieg hier wird einfach werden, die Steigung der Felswände ist deutlich geringer als auf der anderen Seite.«

»Gut, dann lasst uns schnell weitergehen, mir ist kalt«, sagte Max, der sich wieder seine nassen Schuhe anziehen musste.

»Verdammt, wenn wir uns nicht beeilen, dann verlieren wir sie, sobald sie auf der anderen Seite hochgestiegen sind«, maulte Hank.

Thadmore beobachtete die Archäologen mit dem Fernglas. Er wusste, dass sein Bruder ausnahmsweise recht behalten würde, aber sie konnten noch nicht hinunter in die Schlucht steigen, ohne von den anderen bemerkt zu werden. Der Peilsender, den er heimlich am Jeep angebracht hatte, während Hank und seine Leute ihn angeschoben hatten, ermöglichte es ihnen ohne Probleme, den Archäologen bis hierhin zu folgen.

»Ich weiß. Aber es ist nicht zu ändern. Wir können nur hoffen, dass wir auf der anderen Seite ein paar Spuren finden werden.« Er ließ das Fernglas sinken. »Und zur Not haben wir ja noch unseren eigenen Experten dabei.« Er deutete auf Jonathan Haywood, der sich etwas abseits von ihnen hielt.

»Ohne die Karte wird es schwierig sein, den richtigen Weg zu finden«, erwiderte dieser höhnisch.

»Dann sollten Sie sich mehr Mühe geben«, blaffte Thadmore zurück. Er steckte das Fernglas wieder ein.

»Kommt, wir werden gleich mit dem Abstieg beginnen.« Sein Blick ging zur Felswand auf der anderen Seite, wo der erste der Archäologen die obere Kante bereits erreicht hatte.

Nach einer Stunde hatten sie es geschafft. Erschöpft saß Max auf dem staubigen Boden und blickte in die endlose Weite der wüstenähnlichen Landschaft, die sich vor ihnen ausbreitete. Am Horizont konnte er vereinzelte Berge ausmachen.

»Es ist nicht gerade sehr einladend hier.«

»So wie es hier aussieht, haben die Indianer nicht unbedingt den besten Deal abgeschlossen, als sie das Land zugesprochen bekamen.« Joe klopfte sich den Staub aus der Kleidung und schraubte dann seine Feldflasche auf.

»Das Gebiet des Reservates wurde im Laufe der Jahre sogar immer mehr erweitert, zuletzt im Jahr 1934«, sagte Crichton mit leicht matter Stimme. »Das müsste sogar ziemlich genau der Teil sein, in dem wir uns gerade befinden.«

»Die ganze Gegend ist wie ausgestorben.«

»Kein Wunder. Damals hat die US-Regierung hier nach Uran schürfen lassen. Für den Abbau des Schwermetalles haben sie die Indianer angeheuert. Die Mine war schnell erschöpft, aber durch Versäumnisse der Arbeiter wurde die ganze Gegend kontaminiert und zu einer No-go-Area erklärt.«

»Wie bitte? Wir befinden uns hier im verstrahlten Gebiet?«, fragte Jody entsetzt.

»Keine Bange. Hier ist nichts verstrahlt, die Uranbelastung war vor allem in der Nähe der Mine sehr hoch, die ist etliche Meilen entfernt. Aber trotzdem setzt seitdem kein Indianer mehr einen Fuß in diese Gegend, was uns sehr entgegenkommt, möchte ich meinen.«

Max setzte sich seinen Rucksack wieder auf den Rücken.

»Ich bin dafür, wir gehen weiter. Ich verspüre plötzlich nicht mehr so große Lust, mich länger als unbedingt nötig hier aufzuhalten.«

»Ganz meine Meinung«, sagte Jody.

Crichton zog seine abgezeichnete Karte von Hernando Colóns Zeichnung und einen Kompass hervor.

»Gut. Dann wollen wir doch mal sehen, wie genau diese Karte denn eigentlich ist. Wir müssen uns in nordöstlicher Richtung auf den Weg machen.«

Bis zum Einsetzen der Abenddämmerung marschierten sie ohne Pause durch die karge Ödnis. Die Landschaft änderte ihr Erscheinungsbild wenig, nur vereinzelt sahen sie einige Kakteen und große Felsbrocken. Als sie eine kleinere Gesteinsformation erreichten, ließ Crichton sie anhalten.

»Hier sollten wir unser Nachtlager aufschlagen«, sagte er, den Blick auf die Karte in seiner Hand gerichtet. »Morgen werden wir dann mit etwas Glück die Berge dort hinten erreichen.«

»Meinen Sie, dass wir dort richtig sind?«

»Wenn Hernando den Maßstab seiner Karte einigermaßen eingehalten hat, ja.«

»Darf ich mal?«, fragte Max und nahm die Karte von Crichton entgegen. Er musterte sie genau und ging ein paar Schritte. »Sieht so aus, als würde Cíbola irgendwo hinter diesen Bergen liegen, wenn die Zeichnung stimmt.« Er wandte sich wieder dem Professor zu. »Wo liegt die nächste Indianersiedlung?«

»Mindestens drei Tagesmärsche von hier, schätze ich.«

»Ist es nicht irgendwie seltsam?«, fragte Joe.

»Was meinst du?«

»Na, wie befinden uns in einem Indianerreservat und die armen Kerle haben wirklich nicht viel. Und dann soll hier, mitten in deren Gebiet, eine Stadt aus Gold versteckt sein? Meint ihr nicht, dass sie Cíbola schon gefunden haben müssten, wenn es hier liegt?«

»Wir werden es sehen«, sagte der Professor. »Vielleicht finden wir die Stadt auch geplündert und zerstört vor.«

»Ich hoffe nicht«, sagte Max und blickte zu den Bergen.

FÜNFZEHN
IN DER WÜSTE

AM NÄCHSTEN MORGEN spürte Max jeden Muskel in seinem Körper und stand mit einem leisen gepeinigten Stöhnen auf.

»Guten Morgen. Wird es gehen?«, begrüßte ihn Jody mit einem bezaubernden Lächeln und hielt ihm eine Tasse entgegen.

»Ja, sobald ich mich ein wenig bewege, wird es bestimmt besser. Autsch.« Vorsichtig stand er aus der provisorischen Schlafstatt auf, die er und Jody mit zwei Decken und ihren Rucksäcken erstellt hatten. Neben ihnen hatte Joe sich in seine Decke gewickelt und schlief immer noch. Der Schlafplatz des Professors war hingegen leer.

»Danke«, sagte Max, als er die Metalltasse von Jody entgegennahm. »Wo ist Crichton?«

»Er wollte sich ein wenig in der Gegend umsehen.«

»Hoffentlich sucht er nicht schon wieder so eine Route wie die gestrige für uns aus«, sagte Max mit gequältem Gesicht und trank einen Schluck von dem Kaffee.

»Ach, komm schon. Wir haben schon schwierigere Strecken bewältigt. Muss ich dich erst an China erinnern?«

»Nein, lass das lieber«, erwiderte er mit einem vor schmerzhafter Erinnerung verzogenen Gesicht. »Du hast ja recht.« Max stand auf. Wie die anderen auch hatte er seine Kleidung über Nacht anbehalten, jetzt griff er in den Rucksack, um sich ein frisches Hemd herauszuholen, stoppte, als er Ikes bellen hörte, das dann aber plötzlich verstummte.

»Was war das?«, fragte Jody verwundert. »Das war kein freundliches Bellen.«

»Joe, wach auf.« Max verpasste seinem schlafenden Freund einen leichten Stoß mit dem Fuß.

»Was ist denn los?«, gähnte Joe.

»Ich weiß nicht, aber Ike hat gerade gebellt.« Schnell zog Max sich seine Stiefel an.

»Das tut der Köter doch immer.«

»Steh einfach auf, ich glaube ...«

Ein lang gezogenes Jaulen erklang und verstummte langsam wieder. Max lief sofort in die Richtung, aus der er den Hund gehört hatte. Einige Kakteen und Felsen versperrten ihm die Sicht, aber schließlich sah er den Professor vor dem Rand eines Canyons hocken, der sich tief in den Boden gegraben hatte. Aber er war nicht allein. Mehrere Männer hatten sich um ihn aufgestellt, Max erkannte sie sofort.

»Ah, da ist ja noch einer. Treten Sie ruhig näher, mein Freund.«

Der Mann, der ihn angesprochen hatte, richtete eine Schrotflinte auf ihn. Er erkannte Thadmore Beagle, den Ladenbesitzer aus Sierra Vista.

»Sie? Was wollen Sie von uns?«

»Keine Fragen, stellen Sie sich einfach neben den alten Kerl. Das gilt auch für Sie beide.« Max drehte sich um und sah Jody und Joe, die ebenfalls angelaufen kamen und abrupt abstoppten, als sie die anderen Männer sahen.

Als er bei Crichton ankam, beachtete der ihn nicht, sondern starrte nur in die dunkle Schlucht des Canyons, der sich vor ihm auftat.

»Sie haben Ike hinuntergeworfen.«

Max erwiderte nichts, sondern drehte sich wieder zu dem Mann mit dem Gewehr herum. Neben ihm stand der Kerl mit dem Cowboyhut und einige Meter abseits erblickte Max ein Gesicht, das er nicht erwartet hatte.

»Haywood?«

Der Angesprochene machte ein paar Schritte nach vorn.

»Ich hatte Ihnen ja angeboten, dass wir uns gemeinsam auf die Suche nach Cíbola machen, aber Sie haben es ja vorgezogen ohne mich zu gehen.«

»Sie verdammter Dreckskerl!«

»Aber, aber. Bleiben Sie ganz ruhig«, sagte Beagle mit einem heimtückischen Grinsen.

»Und was haben Sie damit zu tun? Gestern haben Sie uns noch geholfen«, sagte Jody.

»Es geht hier immerhin um einen riesigen Schatz, den möchte weder ich noch meine Brüder anderen überlassen.«

»Hätten wir uns denken können, dass in so einem

Kaff, wo die herkommen, jeder mit jedem verwandt ist«, brummte Joe.

»Pass gut auf, was du sagst, Nigger, sonst schlitze ich dich auf wie ein Schwein«, schrie ihn der Mann mit dem Cowboyhut wutentbrannt an.

»Ruhig, Hank. Wir brauchen ihn noch eine Weile. Könnte ja sein, dass wir schwer zu schleppen haben, wenn wir die Schätze erst gefunden haben«, lachte Thadmore Beagle.

»Also, Falkenburg. Wenn Sie mir nun bitte die Karte geben würden!« Haywood kam auf Max zu und streckte ihm die Hand fordernd entgegen.

»Karte, welche Karte?«

»Hören Sie auf, Spielchen zu spielen, oder soll noch jemand in dieser Schlucht enden?« Er zeigte auf den gähnend Abgrund, der nur wenige Schritte hinter ihnen war.

»Ich habe Sie«, sagte Crichton plötzlich. Er zog die Originalzeichnung von Hernando Colón aus seiner Innentasche hervor. »Nehmen Sie sie und lassen Sie uns gehen.«

»Das wird leider nichts werden«, entgegnete Beagle. »Sie werden uns nach Cíbola begleiten, das verstehen Sie doch sicherlich?«

Haywood langte nach dem Papier, das Crichton in der Hand hielt, aber Max ging dazwischen. »Finger weg!« Er packte Haywood am Kragen, umklammerte mit der anderen Hand dessen Handgelenk und verdrehte es so, dass dieser die Karte wieder loslassen musste. Dann stieß er ihn von sich fort und hob das Papier auf.

»Sie fangen an, mir auf die Nerven zu gehen«, sagte

Beagle ruhig und blickte Max an. Dann lächelte er. »Leben Sie wohl.«

Es gab einen ohrenbetäubenden Knall, als die Schrotflinte abgefeuert wurde. Max wurde von der Wucht der Ladung zurückgeworfen, er ließ die Karte fallen und taumelte noch einen Schritt nach hinten. Ehe Beagle ein weiteres Mal auf ihn feuern konnte, stürzte er rücklings in den Canyon hinab und Schwärze umfing ihn.

SECHZEHN
IM STURM

ENTSETZT MUSSTE JODY MIT ANSEHEN, wie Max in den Abgrund hinabstürzte. Er schrie nicht, sondern verschwand völlig stumm. Es ging alles so rasend schnell, dass weder sie noch Joe in irgendeiner Form einschreiten konnten. Professor Crichton, der immer noch auf dem Boden hockte, schien vor Schock wie gelähmt zu sein.

»Ich hoffe doch sehr, dass Ihnen das eine Warnung sein wird«, hörte sie Thadmore Beagle sagen. »Sollte noch jemand von Ihnen den Wunsch verspüren, sich uns zu widersetzen, werden Sie Ihrem Freund in den Abgrund folgen, verstanden?«

Keiner sagte etwas.

»Gut, ich sehe, wir verstehen uns. Haywood, jetzt heben Sie endlich die Karte auf!«

Der angesprochene Archäologe war ebenfalls sichtlich geschockt. Langsam ging er an Crichton vorbei, bückte sich und hob die alte Zeichnung aus dem Staub auf. Er faltete das Papier auseinander und blickte für einen Moment darauf. Seine Miene verfinsterte sich schlagartig.

»Was soll das? Wo ist die Karte?«, fragte er den Professor.

Beagle kam zu Haywood und nahm ihm den Zettel aus der Hand. Dann richtete er die Schrotflinte direkt auf Crichtons Kopf.

»Reden Sie, alter Mann. Wo ist die Karte? Wenn ich abdrücke, verwandle ich Ihren Schädel in eine Staubwolke.« Die Stimme von Beagle bekam einen bedrohlichen Klang. Aber Crichton reagierte nicht, sondern blickte immer noch in den Abgrund hinab. Es gab ein Klicken, als Beagle den Abzug spannte.

»Wenn Sie abdrücken, verlieren Sie die einzige Möglichkeit, Cíbola zu finden«, sagte Crichton unvermittelt und wandte sein Gesicht Beagle zu.

»Was ist mit der Karte passiert?«, fragte Haywood, nahm Beagle den Zettel wieder ab und hielt ihn Crichton hin. Jody konnte nun erkennen, was er meinte. Unter der Handschrift von Hernando Colón war jetzt nur noch eine Ansammlung von dicken schwarzen Linien und einigen dunklen Klecksen zu sehen.

»Alterungsprozess«, erwiderte Crichton ungerührt. »Colón hat seine Karte mit einer Geheimtinte gezeichnet, die nur auf Wärme reagierte. Jetzt, nachdem wir sie sichtbar gemacht haben, hat der Alterungsprozess sich beschleunigt und das Papier an diesen Stellen zersetzt.« Er lächelte Beagle an Haywood vorbei an. »Aber keine Sorge, ich habe mir die Route eingeprägt. Also, drücken

Sie ruhig ab, wenn Sie nicht nach Cíbola wollen.« Er tippte sich mit dem Zeigefinger gegen den Kopf.

Beagle starrte ihn wütend an, dann ließ er die Schrotflinte sinken.

»Gut, alter Mann. Dann werden Sie uns führen. Und wenn Sie versuchen sollten, mich zum Narren zu halten, werde ich Ihre beiden Freunde hier töten, bevor Sie an der Reihe sind. Haben wir uns verstanden?« Er drehte sich um. »Hank, Phil. Fesselt Ihnen die Hände.«

Jody blickte immer noch in Richtung des Abgrundes, in der Hoffnung, dass Max dort wieder auftauchen würde, aber das geschah nicht. Stattdessen wurden ihr wie den anderen auch die Hände gefesselt und dann wurde sie von der Schlucht weggezerrt, hin zu ihrem Lagerplatz der letzten Nacht. Dort ließ Beagle sie ihre Sachen aufnehmen und seine Leute verwischten alle Spuren.

»Was machen wir mit den Sachen von dem Toten?«, fragte Hank.

»Schau nach, was wir davon gebrauchen können, den Rest wirf ihm in den Abgrund hinterher. Ich will nicht, dass hier irgendwas liegen bleibt.«

Hank nahm die Feldflaschen aus dem Rucksack und ließ ihn von einem seiner Männer zum Abgrund bringen.

»So und Sie werden uns jetzt nach Cíbola führen«, sagte Beagle zu Crichton. »Und denken Sie immer daran, keine Tricks oder Ihre Freunde müssen dafür büßen!«

Der Professor nickte und marschierte los, in Richtung der Berge. Sie gingen mehrere Stunden und ließen den Abgrund, in den Max und Ike gestürzt waren, hinter sich zurück. Die karge Vegetation verschwand bald völlig und nur noch feiner Sand blieb übrig. Sie bewegten sich nun in einer Wüste und ihre Schritte wurden schwerer. Jody schaffte es, neben Crichton zu gehen.

»Was haben Sie vor?«, flüsterte sie ihm zu.

»Wir müssen Zeit gewinnen.«

»Kennen Sie den Weg wirklich auswendig?«

»Nein. Die andere Karte hatte Max. Sie ist mit ihm in den Abgrund gestürzt.« Er sah sie mitfühlend an. »Es tut mir sehr leid.«

»Ja, ich weiß.« Jody gelang es, ihre Tränen zurückzuhalten, nur eine einzelne lief ihr über die Wange.

»Hey, was gibt es da vorne zu tuscheln?«, schrie Hank Beagle ihnen von hinten zu.

»Wir sollten eine Pause machen«, rief Crichton zurück. »Am Horizont ziehen dunkle Wolken auf, gut möglich, dass es gleich einen Sandsturm gibt.«

»Red keinen Blödsinn und geh weiter.«

»Halt, er hat recht«, sagte Thadmore und blickte besorgt auf die Berge vor ihnen, über denen sich die dunklen Wolken schnell zusammenballten und wo bereits Regen niederzugehen schien. »Wenn ein Haboob aufzieht, macht es keinen Sinn, noch weiterzugehen. Du weißt doch, wie schnell das Wetter hier umschlagen kann. Da hinten ist eine Mulde, dort warten wir ab, bis der Sturm vorübergezogen ist.«

»Na los, setz dich in Bewegung«, blaffte Hank den vor sich stehenden Joe an und verpasste ihm einen Stoß.

»Sei froh, dass ich meine Hände nicht frei habe«, murmelte Joe und ging los.

Jody, Joe und der Professor erreichten die Mulde zuerst und erstarrten.

»Ich fürchte, der Sturm ist bereits da«, sagte Jody mit Blick auf die drei Spanier, die sie mit gezogenen Waffen erwarteten.

Max schlug die Augen auf, als er den Druck auf seiner Brust spürte und das raue, feuchte Papier, das ihm jemand über das Gesicht rieb. Aber er sah nur schemenhafte Umrisse in der ihn umgebenden Dunkelheit. Ganz in der Nähe hörte er Wasser plätschern, aber er selbst lag im Trockenen.

Wo bin ich? Was ist passiert?

Seine Gedanken rasten durch seinen Kopf. Die Erinnerung kam schmerzhaft zurück. Der Moment, als Thadmore Beagle mit der Schrotflinte auf ihn geschossen hatte und er rückwärts in die Schlucht stürzte. Er wollte schreien, aber schon nach wenigen Sekunden schlug er mit dem Rücken auf hartem Untergrund auf und verlor das Bewusstsein.

Auf seiner Brust wurde nun heftig gekratzt, beim vergeblichen Versuch, sich aufzurichten, rutschte das Gewicht von ihm herunter. Ein brennendes Gefühl zog sich von seiner rechten Schulter quer über die Brust. Neben ihm kläffte Ike aufgeregt. Max stöhnte und tastete mit der linken Hand nach dem Hund.

»Alles gut, Ike. Ich lebe noch«, presste er unter Schmerzen hervor. »Du ja zum Glück auch, du bist echt unverwüstlich!« Er griff mit seiner Hand in die Hosentasche, holte sein Feuerzeug hervor und ließ die Kappe aufschnappen. Als er die Flamme entzündet hatte, sah er, dass er und Ike nicht alleine waren. Mehrere Totenschädel grinsten ihn an.

»Was zur Hölle ...?« Er rollte sich auf die linke Seite und stemmte sich unter großer Anstrengung mit dem Oberkörper hoch. Als er es geschafft hatte, sich aufrecht hinzusetzen, leuchtete er seine Umgebung weiter aus. Er befand sich in einem Haus. Der Boden, auf dem er saß und die Wände um ihn herum waren aus Holz. Über seinem Kopf klaffte ein großes Loch in der Decke, durch das er von oben hineingestürzt war. Die Skelette, die sich zu beiden Seiten neben ihm befanden, trugen Kleidung. Alte Kleidung. Ehe er sich genauer damit beschäftigen konnte, lief Ike aufgeregt hin und her.

»Was ist denn los?«

Der Dachshund stand schwanzwedelnd vor einer Tür.

»Alles klar, ich komme.« Max versuchte aufzustehen, schaffte es schließlich nach mehreren Anläufen und leuchtete mit dem Feuerzeug über seine Brust und den rechten Arm. Etliche kleine Wunden, aus denen teilweise noch das Blut sickerte, waren zu sehen. Die Schrotkugeln hatten ihn zu seinem Glück nicht mit der vollen Ladung getroffen, aber trotzdem musste er die Wunden schnell versorgen. Er warf noch einen Blick auf die insgesamt sechs skelettierten Toten neben sich und hinkte auf die Tür zu, vor der Ike auf ihn wartete. Er merkte, wie der Boden leicht anstieg.

»Das ist kein Haus«, sagte er zu Ike, nachdem er die Tür aufgestoßen hatte. »Das ist ein Schiff!«

Langsam ging er weiter und sah sich um. Er befand sich in einer Kajüte, einer ziemlich großen sogar. Er erreichte einen kleinen Tisch, auf dem ein dickes Buch lag und direkt daneben eine Kerze stand. Schnell steckte er den Docht an. Der Kerzenschein erhellte die Kajüte besser und Max erkannte, wo er sich befand.

Eine spanische Karavelle.

Er schlug das Buch auf, die Eintragungen waren auf Spanisch vorgenommen worden, aber Max erkannte einen ihm wohlbekannten Namen darin. Melchior Diaz. Aufgeregt blätterte er weiter und fand das Datum der letzten Eintragung. 18. September 1540.

Mit dem Buch unter dem Arm und der Kerze in der Hand verließ er die Kajüte wieder und ging zurück in die Kammer, wo er zwischen den Skeletten aufgewacht war. Sie trugen die Uniformen spanischer Konquistadoren. Er stellte die Kerze ab, legte das Buch beiseite und versuchte sich daran, aus den Kleidungsstücken einen behelfsmäßigen Verband für seine Verletzungen zu erstellen. Die Blutungen hatten zum Großteil aufgehört, aber Max wusste, dass er die Schrotkugeln aus den Wunden später noch entfernen musste. Für den Moment begnügte er sich aber damit, den rechten Oberarm sowie Schulter und Brust zu Verbinden, was ihn mit nur einer Hand viel Zeit und Mühe kostete. Als er schließlich damit fertig war, suchte er sich einen Weg um das Schiff zu verlassen. Die Karavelle oder besser das, was von ihr noch übrig war, steckte fast zur Gänze im Sand auf dem Grund des Canyons begraben. Max gelang es, das Schiff auf demselben Weg zu verlassen, wie er hineingekommen war. Als er mit Ike aus dem Wrack herauskletterte, blickte er staunend in den Canyon hinein, in den einige Sonnenstrahlen fielen und ihn in ein einzigartiges Licht tauchten.

Die teilweise zerklüfteten Wände leuchteten in warmen Erdtönen und roten Sandstein auf und Max erkannte, was für ein Glück er bei seinem Sturz gehabt hatte. Wäre er nur wenige Meter weiter links hinabgestürzt, hätten ihn die messerscharf aussehenden Felsen sicherlich zerfetzt. Er erkannte auch, dass es sinnlos wäre, einen Aufstieg zu wagen. Selbst in unverletztem Zustand hätte er nicht den Hauch einer Chance, an diesen Wänden emporzuklettern. Der Boden des Canyons war mit sehr feinem, weichem Sand bedeckt. Sein Blick ging zur Karavelle zurück, von der nur ein Teil des Hecks schräg aus dem Sand ragte. Er fragte sich, wie dieses Schiff hierhergeraten war.

Ob es einst eine Verbindung zwischen diesem Canyon und dem Little Colorado gab?

Von den Felswänden hallte Ikes Bellen wider und Max drehte sich zu ihm herum. Der Dachshund hatte etwas gefunden. Als Max darauf zuging, stellte er verwundert fest, dass es sich bei dem Fundstück um seinen Rucksack handelte. Er legte den Kopf in den Nacken und blickte nach oben, aber er konnte niemanden an der Kante der Schlucht sehen. Dann überprüfte er den Inhalt des Rucksacks, seine Feldflaschen fehlten.

Ausgerechnet das Wichtigste, dachte Max verdrossen. Er stopfte das Logbuch der Karavelle in den Rucksack und legte sich ihn auf den Rücken.

»Also Ike, in welcher Richtung wollen wir unser Glück versuchen?«, fragte er den Hund, der vor ihm saß und ihn anstarrte. »Okay, dann nach rechts, ganz wie du meinst.«

Max ging langsam die Schlucht entlang, je weiter er vordrang, desto mehr drängten sich die Felswände zusammen. Auch die Lichtverhältnisse wurden schnell immer schlechter, sodass er sich an einigen engen Stellen wieder mit seinem Feuerzeug behelfen musste. Er ärgerte sich, dass er die Kerze im Schiff vergessen hatte. Müdigkeit stieg in ihm auf, aber er wusste, dass er keine Zeit zu verlieren hatte, wenn er Jody und den anderen helfen wollte. Mit der linken Hand stützte er sich an der Felswand ab und stellte verwundert fest, wie ebenmäßig diese im unteren Bereich war. Weiter oben sah er scharfe Grate und Kanten in der Wand, aber im unteren Abschnitt wirkte alles wie glatt geschliffen. Ike, der die ganze Zeit vor ihm lief, blieb in diesem Augenblick plötzlich stehen. Der Körper des Hundes versteifte sich und er stieß mehrere aufgeregte Laute aus.

»Was ist denn?«, fragte Max, aber da hörte er bereits das Donnern. Und schlagartig wurde ihm bewusst, was da auf sie zukam. »Oh verdammt!«

Jody traf ihre Entscheidung innerhalb von Sekundenbruchteilen. Sie stand in der Mitte zwischen Joe auf der linken und Professor Crichton auf der rechten Seite und packte beide Männer gleichzeitig an ihren Armen und riss die beiden Überraschten mit sich zu Boden. Dann rutschten sie in die Mulde hinunter, wo Paloma Ruiz, die Archivarin der Biblioteca Colombina, und die zwei Spanier, die sie in Sevilla angegriffen hatten, ihnen mit gezogenen Waffen aufgelauert hatten. Hinter ihnen schrie Hank Beagle etwas, aber er verstummte mitten im Satz, als auch er die Spanier entdeckte.

»Geben Sie uns Hernando Colóns Karte und niemand wird verletzt«, sagte Paloma Ruiz und richtete ihre Pistole direkt auf Thadmore Beagle, der seine Schrotflinte mit dem Lauf nach unten trug. »Machen Sie jetzt besser keine hastigen Bewegungen«, ermahnte die Spanierin ihn.

Mit eingefrorener Miene starrte Beagle auf die drei Spanier. Dann ließ er die Schrotflinte in den Sand fallen.

»Haywood, bringen Sie mir die Karte«, sagte er laut, ohne den Blick abzuwenden.

Der Archäologe trat langsam neben Beagle und zog das alte Schriftstück hervor.

»Hier, aber die ...«

»Seien Sie still«, fauchte Beagle ihn an und entriss ihm die Karte. »Was passiert, wenn ich Ihnen die Karte gebe?«, fragte er Paloma Ruiz.

»Wie ich schon sagte, es wird niemand verletzt. Alle gehen ihrer Wege. Wir gehen nach Cíbola und Sie ...«, die Spanierin machte eine kurze Pause, »Sie gehen den Weg zurück, den Sie gekommen sind, und vergessen das alles!«

»Wir haben schon einiges investiert. Was halten Sie davon, wenn wir zusammenarbeiten?«

»Mit hinterhältigen Klapperschlangen wie Ihnen?« Paloma lachte. »Nein danke! Geben Sie mir jetzt die Karte.«

»Ich könnte sie einfach zerreißen.«

»Und ich Sie einfach erschießen«, gab die Spanierin

ungerührt zurück. »Die Karte kann man wieder zusammenfügen.«

Jody lag zum Teil im Sand und quer auf Joes Beinen und verfolgte die Szene. Aber sie sah auch noch etwas anderes, was keiner der anderen vor Anspannung bemerkte: Die riesige Wand aus aufgewirbelten Sand und Staub, die sich über den gesamten Horizont zu erstrecken schien. Die dunkle Wolke näherte sich ihnen schnell und gespenstisch lautlos über die Ebene. Es konnte nicht mehr lange dauern, bis dieser gewaltige Sandsturm sie erreichen würde.

»Macht euch bereit«, flüsterte Jody. »Wir werden gleich von hier verschwinden!«

Crichton blickte ebenfalls in die Richtung der Staubwolke und dann zu ihr.

»Wir werden uns in diesem Sturm verirren.«

»Immer noch besser als darauf zu warten, was passiert, wenn sie herausfinden, dass die Karte für sie wertlos ist«, wisperte Jody.

»Ganz meine Meinung«, murmelte Joe.

»Gut, dann geht es gleich los.« Sie schob sich ihr Halstuch über Mund und Nase, tastete dann nach der Hand des Professors und drückte sie fest. »Egal, was passiert, wir dürfen einander nicht verlieren!«

Sie blickte wieder zu Paloma Ruiz und Thadmore Beagle, die sich immer noch belauerten wie zwei hungrige Kojoten beim Kampf um die Beute.

»Geben Sie mir jetzt die Karte oder ich nehme sie mir einfach, nachdem ich Ihnen eine Kugel in den Bauch gejagt habe.«

Für einen Moment schien Beagle mit dem Gedanken

zu spielen, es auszutesten, wie ernst es die Spanierin mit ihren Worten meinte, aber schließlich streckte er ihr die Karte entgegen, von der er ja wusste, dass sie nutzlos geworden war.

»Sie haben gewonnen. Sie können sie haben.« Aus dem Augenwinkel blickte er zu Jody und bemerkte ihr Tuch, das sie sich vor Mund und Nase gebunden hatte. Er stutzte und drehte dann seinen Kopf herum in Richtung der Staubwolke. Zeitgleich schrie einer seiner Männer laut auf: »Haboob! Der Sturm kommt!«

Dann brach der Sandsturm mit infernalischer Urgewalt über sie herein. Das Letzte, was Jody noch klar sehen konnte, war, wie Paloma Ruiz einen Satz aus der Mulde hinauf machte und versuchte, sich die Karte aus Thadmore Beagles Hand zu holen. Aber innerhalb eines Augenaufschlags war ihre Sicht praktisch gleich null. Sie glaubte zu hören, wie sich ein oder mehrere Schüsse lösten, konnte das in dem Geheul des Windes nicht mit Sicherheit sagen. Joe war der Erste, der es auf die Beine schaffte, er zog sie am Arm mit sich und sie hielt immer noch fest die Hand des Professors umklammert. Ihren Kopf hielt sie, so tief es ging, auf ihre Brust gedrückt und kniff die Augen zusammen. Vor ihr stürzte Joe, aber er rappelte sich sofort wieder auf und zog sie weiter. Auch Crichton hielt immer noch ihre Hand fest und schützte mit seiner freien Hand sein Gesicht. Dann hörte sie einen lauten Knall, den sie sofort erkannte. Die Schrotflinte von Beagle. Er feuerte ein weiteres Mal, danach war alles, was sie noch hörte, das Tosen des Sandsturms.

Max lief so schnell, wie es sein geschwächter Zustand zuließ. Verzweifelt suchte sein Blick an den glatten Wänden des Canyons nach einer Möglichkeit, hinaufzuklettern, aber vergeblich. Das Donnern wurde immer lauter, es konnte nicht mehr lange dauern, bis das Wasser ihn erreicht hatte. Zum Schiff zurück würde er es unmöglich schaffen. Ike lief aufgeregt bellend neben ihm her.

»Schon gut, du bist mir keine große Hilfe, weißt du das?«, schrie Max den Hund an.

Er erreichte eine der Stellen, wo die Wände auf beiden Seiten des Canyons sehr eng aneinander standen. Schnell griff er sich Ike mit der linken Hand, lehnte sich mit dem Rücken gegen eine Felswand und presste seine Beine an das gegenüberliegende Gestein. Dann versuchte er, sich Stück für Stück nach oben zu schieben. Er schaffte es auf diese Art, sich mit Ike auf seinem Bauch knappe zwei Meter in die Höhe zu stemmen, als das Wasser ihn erreichte. Mit ohrenbetäubendem Grollen schoss das Wasser wild durch den Slot-Canyon. Aber es war weniger, als Max befürchtet hatte. Es floss mit einer irrsinnigen Geschwindigkeit unter ihm hindurch.

»Sieht aus, als hätten wir noch einmal Glück gehabt«, sagte er laut zu Ike, aber der Hund blickte nicht zu ihm, sondern in die Richtung, aus der das Wasser kam. Max hatte seinen Satz gerade beendet, als eine zweite Woge angerauscht kam, doppelt so hoch wie die erste. »Oh Scheiße!«

Das Wasser traf mit Wucht auf ihn. Es gelang Max, sich ungefähr zwei Sekunden lang in seiner Position zu halten, dann wurde er von den Wassermassen mitgerissen. Er empfand keine Angst oder Panik. Wie schwerelos trieb er dahin, auf einer Wolke schwebend. Dann wurde er hart gegen eine Felswand geschleudert. Die Luft wurde ihm aus der Lunge gepresst und für einen Moment dachte er, sein Rückgrat sei zerschmettert worden. Doch dann wurde er weitergetrieben und er spürte seine Beine, als er gegen die Strömung ankämpfte. Vor sich sah er Ike im Wasser treiben, der Dachshund strampelte verzweifelt mit seinen kurzen Beinen, schaffte es aber, seinen Kopf immer über Wasser zu halten. Die Felswände rasten an ihm vorbei, während er wie ein Pingpong-Ball hin und hergeschleudert wurde. Wie durch ein Wunder konnte er weitere harte Kollisionen an den Wänden abwenden, aber er spürte, wie seine Kräfte langsam nachließen. Sein rechter Arm war faktisch nicht mehr zu gebrauchen und mehrfach geriet er mit dem Kopf unter die Wasseroberfläche. Dann sah er einige Meter vor sich im Canyon die spanische Karavelle oder zumindest einen Teil von ihr im Wasser treiben. Unter Aufbietung aller noch verbliebener Kräfte versuchte er, darauf zuzuschwimmen. Der Canyon machte eine Biegung und genau dadurch schaffte es Max, mit der linken Hand nahe genug an die Schiffsplanken heranzureichen und sich daran festzuhalten. Dann prallte das Stück des Schiffsrumpfes gegen eine Felswand und zerbrach in mehrere Teile. Verbissen hielt Max sich an seinem Stück fest, das jetzt in etwa die Größe einer Tür hatte. Mit seinem Oberkörper lag er darauf und krallte sich mit beiden Händen an den Rändern fest, den Schmerz in seinem rechten Arm missachtend. Ein klägliches Fiepsen drang an sein Ohr. Ike trieb genau neben ihm im Wasser. Entschlossen packte Max den Hund mit der linken Hand und zog ihn zu sich auf die Planken. Sie trieben noch um eine weitere Biegung, wo Max feststellte, dass der obere Rand des Canyons auf einmal gar nicht mehr so weit entfernt war. Entweder war der Pegelstand des Wassers enorm gestiegen oder aber der Canyon flachte ab. Aber ehe er sich weitere Gedanken dazu machen konnte, schlug sein provisorisches Floß gegen einen aus dem Wasser herausragenden Felsen und Max wurde durch die Luft geschleudert. Hart schlug er auf einem Felsvorsprung auf. Bevor eine Ohnmacht ihn gnädig umfing, sah er noch, wie Ike regungslos neben ihm lag.

SIEBZEHN
UNVERWÜSTLICH

DIE SCHLANGE HOB ihren Kopf und stieß ein Fauchen aus. Sie lag zusammengerollt im Sand und hob ihre Schwanzrassel, die sie vor Aufregung vibrieren ließ. Der Untergrund unter ihr begann zu beben, was sie dazu veranlasste, sich blitzschnell einige Meter zur Seite zu schlängeln.

Aus dem Sand tauchte eine große Hand auf, gleich gefolgt von Joes Kopf.

»Luft«, stieß er mit einem lauten Aufschrei hervor. Er hustete und keuchte und richtete sich schließlich vollends auf. Sein Blick ging auf die Klapperschlange, die unweit neben ihm im Sand lauerte und ihn mit ihren kalten Augen fixierte, während die schwarze Schwanzspitze zitterte und dabei das charakteristische Geräusch erklingen ließ. »Hau ab«, schrie Joe sie an.

Neben ihm tauchte Jody aus dem Sand auf. Sie zog sich ihr Halstuch vom Gesicht herunter und atmete tief durch.

»Gehts vielleicht auch etwas leiser?«

»Sag das nicht mir, sondern ihr!« Er zeigte auf die Schlange.

»Ach, die lässt uns schon in Ruhe.«

Hinter Jody kämpfte sich Crichton aus der vom Sturm aufgehäuften Düne heraus. Feiner Sand rieselte ihm aus den dünnen Haaren.

»Sind Beagle und seine Leute irgendwo zu sehen?«

Jody ließ ihren Blick über die Landschaft gleiten.

»Nein, ich sehe sie zum Glück nirgendwo.« Sie stand auf. Die Klapperschlange ließ noch einmal ihre Rassel ertönen, bevor sie sich weiter ihres Weges schlängelte. »Siehst du, Joe. Sie haut schon ab.«

»Ist auch besser so. Ich hasse die Biester.«

»Sind wir weit vom Weg abgekommen?«, fragte Crichton, während er im Sand nach seiner Brille suchte.

»Wir sind ein gutes Stück weiter östlich, würde ich sagen, wenn ich mir die Berge so anschaue«, sagte Jody. »Aber sehr weit weg, von der Stelle, wo wir die Spanier getroffen haben, können wir nicht sein. Wie lange sind wir gegangen?«

»Keine Ahnung«, gab Joe zur Antwort. »Es fühlte sich wie eine verdammte Ewigkeit an.« Er blickte zum Himmel hoch, aber der war wolkenverhangen und erlaubte keinen Blick auf den Stand der Sonne. »Aber immerhin ist es noch hell.«

»Wohl eher wieder hell nach diesem Sturm«, sagte Crichton und zog triumphierend seine Brille aus dem Sand hervor. Das linke Glas war gesprungen. Er zuckte mit den Schultern und setzte sie auf. »Wir sollten sehen, dass wir schnell weiterkommen. Unser Vorsprung ist nicht groß.«

»Vielleicht haben wir ja auch Glück und die haben sich alle gegenseitig über den Haufen geschossen«, brummte Joe. »Ich habe einige Schüsse gehört.«

»Darauf sollten wir uns lieber nicht verlassen.«

Sie holten ihre Rucksäcke, mit denen sie einen provisorischen Schutz vor dem Sturm errichtet hatten, aus dem Sand hervor. Ehe sie sich wieder auf den Weg machten, tranken sie ausgiebig.

»Wie viel Wasser haben Sie noch übrig?«, fragte Crichton.

»Eine halbe Flasche«, sagte Jody.

»Bei mir nicht mal ein Viertel«, verkündete Joe mit ernstem Gesicht.

»Ähnlich wie bei mir. Wir müssen hoffen, dass wir bald auf eine Quelle stoßen.«

Jody sah ihn besorgt an.

»Wäre es nicht besser umzukehren? Ich meine ... Max ist tot«, brach es plötzlich aus ihr heraus. Sie konnte ihre Tränen nicht länger zurückhalten, jetzt, nachdem sie Beagle und seinen Männern sowie den Spaniern entkommen waren und der Sturm vorüber war. Joe nahm sie in den Arm, während sie laut schluchzte.

»Wenn wir jetzt zurückgehen, ist Max umsonst gestorben«, sagte der Professor ernst. »Und Ike ebenso. Außerdem könnten wir diesem Mistkerl Beagle auch über den Weg laufen, wenn wir umkehren. Immerhin weiß er nicht, wo er jetzt hinmuss.«

»Er wird sicherlich in Richtung der Berge weiterziehen – wenn er denn überlebt hat«, sagte Joe.

»Davon sollten wir erst einmal ausgehen und dementsprechend vorsichtig sein.«

»Aber wir haben zu wenig Wasser, um es bis zu den Bergen zu schaffen.«

»Das ist in der Tat ein Problem. Aber es verlaufen hier doch einige Canyons. Vielleicht ist irgendwo noch eine Quelle zu finden. Zum Glück ist es momentan nicht so heiß, also denke ich, dass wir es auch mit unseren geringen Reserven bis morgen schaffen können.«

Jody löste sich aus Joes Umarmung und wischte sich mit dem Handrücken die Tränenspuren aus dem Gesicht, die sich mit dem feinen Sandstaub auf ihrer Haut vermischt hatten.

»In Ordnung. Dann lasst uns aufbrechen. Ich möchte nicht noch einmal überrascht werden. Bis es dunkel wird, sollten wir versuchen, noch ein paar Meilen zwischen uns und die anderen zu legen.«

»Einverstanden«, sagte Crichton und zog seinen Rucksack aus dem Sandhaufen heraus.

Sie marschierten erst ein Stück weiter nach Osten und vermieden es, den direkten Weg zu den Tafelbergen zu nehmen. Schließlich zwang sie eine breite, tief in das Plateau eingeschnittene Schlucht, sich doch nach Norden zu wenden. Stumm gingen sie hintereinander her, bis es schließlich schnell dunkler wurde.

»Wir sollten sehen, dass wir gleich ein Lager für die Nacht finden, ich möchte hier ungern im Dunkeln durch die Gegend stolpern und Licht machen sollten wir vermeiden, um die anderen nicht auf unsere Spur zu bringen«, sagte Joe.

»Du hast recht, aber wo sollen wir hin? Hier gibt nur

die flache Ebene und nirgendwo eine Möglichkeit, uns zu verstecken.« Jody sah sich um.

»Ich glaube, ich habe einen guten Platz gefunden«, sagte der Professor, der am Ende ihrer kleinen Gruppe ging. Er kniete vor dem Canyon und blickte hinab. »Hier können wir ein Stück herunterklettern, da scheint ein Vorsprung zu sein, der groß genug für uns ist, um dort die Nacht zu verbringen.«

Jody wollte gerade etwas erwidern, als ein Geräusch aus der Schlucht nach oben drang. Es war nur sehr leise, aber auch Joe und der Professor hatten es gehört. Ungläubig starrten sie einander an.

»Das ... klang wie ein Hund«, sagte Joe.

»Unmöglich«, murmelte Crichton. »Das kann nicht sein.« Er lehnte sich ein wenig über den Abgrund. »Hallo? Ist da jemand?«

Als Antwort kam ein deutlich hörbares Kläffen.

»Ike?«

Das Bellen aus der Tiefe nahm an Intensität zu und steigerte sich immer mehr, bis es schlagartig verstummte.

Jody und Joe standen nun neben Crichton und spähten angestrengt in den Canyon, wo etwa fünfzehn Meter unter ihnen nur schemenhaft ein Felsvorsprung zu erkennen war.

»Wir müssen da runter«, sagte der Professor aufgeregt. »Das war Ikes Bellen, ganz sicher.«

»Aber wie ist er hierher gekommen?«

»Das klären wir später, erst einmal ...« Crichton verstummte, als eine Stimme aus dem Canyon rief.

»Joe, bist du das da oben?«

Wie vom Donner gerührt blickte Jody in die Schlucht.

»Max?« Ihre Stimme zitterte.

»Jody? Geht es dir gut?«

»J-Ja.« Sie hielt sich eine Hand vor den Mund und konnte weitere Tränen nicht unterdrücken, diesmal jedoch vor Freude.

»Was um alles in der Welt machst du da unten?«, schrie Joe hinab.

»Können wir das bitte später klären. Ich könnte etwas Hilfe gebrauchen, um hier rauszukommen.«

»Wir sind sofort bei dir«, rief Jody aufgeregt und kletterte über den Rand der Schlucht hinab.

Der Abstieg ging schnell und nach wenigen Augenblicken erreichte Jody den breiten Felsvorsprung und fand Max mit dem Rücken an die Felswand gelehnt und mit Ike auf seinem Schoß. Sofort stürmte sie auf ihn zu und schlang ihre Arme um ihn und drückte ihn fest an sich.

»Ich dachte, ich hätte dich verloren.«

»Es hat nicht viel gefehlt diesmal«, gab Max erschöpft zurück.

Auch Joe und Crichton erreichten den Felsvorsprung. Ike bellte zur Begrüßung, als er den Professor erkannte, blieb aber bei Max auf dem Schoß liegen.

»Max! Ike! Alles in Ordnung?«

»Es ging uns beiden schon mal deutlich besser«, antwortete Max. »Ike hat sich das linke Vorderbein gebrochen, ansonsten geht es ihm aber gut.«

»Was ist mit dir?«, fragte Jody und sah ihn besorgt an. »Du blutest!« Erst jetzt besah sie sich seinen rechten Arm und die Schulter genauer und entdeckte die kleinen Einschusslöcher von der Schrotmunition. »Und warum bist du so nass?«

»Ich habe eine kleine Wildwasserfahrt durch den Canyon unternommen. Nicht sehr empfehlenswert zur Nachahmung, kann ich euch sagen.« Max lachte, aber verzog dann das Gesicht vor Schmerzen. »Es wäre möglich, dass ich mir dabei ein paar Rippen gebrochen habe.«

»Wie hast du überhaupt diesen Sturz in die Schlucht überlebt? Dein Schutzengel muss Überstunden geschoben haben.« Joe sah Max kopfschüttelnd an.

»Du weißt doch, Unkraut vergeht nicht. Jedenfalls nicht so schnell«, gab Max zurück. »Aber dieser kleine Umweg hat sich gelohnt. Ich habe etwas entdeckt!«

Er berichtete ihnen, wie er in der spanischen Karavelle nach seinem Sturz aufgewacht war und dort das Logbuch gefunden hatte. Auch von der anschließenden Sturzflut, die durch den Slot-Canyon gerauscht war, erzählte er ihnen, währenddessen Jody sich darum kümmerte, seine Wunden ordentlich zu versorgen.

»Haben Sie dieses Logbuch noch?«, fragte Crichton in gespannter Erwartung, während er Ike streichelte.

Max nickte. »In meinem Rucksack. Ich hoffe nur, das Wasser hat ihm nicht zu sehr zugesetzt.«

»Apropos Wasser«, sagte Max. »Ihr habt nicht zufällig noch einen Schluck für mich? Aus meinem Rucksack wurden alle Feldflaschen entnommen.«

»Aber natürlich, hier, trink.« Jody reichte ihm ihre Flasche.

Crichton hielt derweil das Logbuch der Karavelle in den Händen und betrachtete es mit staunendem Blick.

»Haben Sie Ihr Feuerzeug noch, Max?«

»Sicher.«

Crichton nahm das Sturmfeuerzeug entgegen. Er legte das Logbuch vor sich auf den felsigen Untergrund und hielt das Feuerzeug wie eine Kerze darüber.

»Die Eintragungen sind kaum noch lesbar, das Wasser hat fast alle Seiten aufgeweicht.« Vorsichtig blätterte er weiter. Mehrere Seiten klebten aneinander und rissen sofort ein, als der Professor versuchte, sie zu trennen.

»Schauen Sie weiter hinten, der letzte Eintrag vom 18. September 1540. Vielleicht ist es da noch etwas besser lesbar.«

Mit angestrengtem Blick versuchte der Professor, die Worte zu entziffern.

»Müssen das Schiff aufgeben«, murmelte er. »Mannschaft zum großen Teil ... getötet, von den ...« Crichton stoppte und blickte zu Max, bevor er fortfuhr. »Von den goldenen Indianern!«

»Wie, ich dachte, wir suchen nur eine Stadt voll Gold«, sagte Joe launig.

»Wahrscheinlich meinte Diaz, dass die Indianer viel Gold trugen«, mutmaßte Jody.

»Was bedeuten könnte, dass sie aus Cíbola kamen. Vielleicht war Diaz auch ohne die Karte von Hernando dichter an der Stadt dran, als er selbst ahnte.« Max ließ sich zurück gegen die Felswand sinken. »Ich bin davon überzeugt, dass das Schiff ursprünglich auf dem Little Colorado unterwegs war, als Diaz und seine Männer es aufgegeben haben. Von dort wurde es im Laufe der Zeit in diesen Canyon gespült.«

»Das wäre möglich«, sagte Crichton. »Oder aber, es wurde absichtlich in den Canyon gebracht. Vielleicht haben die Einwohner Cíbolas es hierher gebracht.«

»Damit es niemand jemals findet«, ergänzte Joe, was der Professor mit einem Nicken bekräftigte.

»Haben Sie noch die Karte von Hernando, Max? Also ich meine die Zeichnung davon.«

»Die könnte womöglich noch stärker in Mitleidenschaft gezogen worden sein.« Max langte mit seiner linken Hand an die seitliche Tasche seiner Cargohose, öffnete die Knöpfe und zog vorsichtig das durchnässte Papier hervor. Er gab sie Jody, die sie weiter an Crichton reichte.

»Oh, das sieht nicht gut aus.« Mit großer Vorsicht versuchte der Professor, das Papier zu entfalten, was ihm auch gelang. Einige der Linien waren verschwommen, aber der Großteil war noch lesbar. »Es könnte besser sein, aber es geht gerade noch.«

»Wir wissen nur leider nicht, wo genau wir jetzt sind«, sagte Joe.

»Auf jeden Fall sind wir Cíbola näher, als es Coronado jemals war«, erwiderte Crichton. Er ließ seinen Finger über die Karte gleiten. »Wenn wir davon ausgehen, dass die Berge, die Hernando eingezeichnet hat, einigermaßen an der richtigen Position sind, dann müssten wir jetzt hier irgendwo sein. Das bedeutet, die Stadt liegt maximal nur noch zwei Tagesmärsche von uns entfernt.«

»Aber Max schafft diese Strecke nicht mehr«, sagte Jody.

»Hey, machst du Witze? Ich bin topfit und ...«

»Du kannst froh sein, dass du noch lebst! Du wirst dein Leben nicht aufs Spiel setzen, nicht noch einmal!«

»Jody, du musst dir keine Sorgen machen. Morgen früh bin ich wieder einigermaßen einsatzfähig. Wenn wir es nach Cíbola schaffen können, müssen wir diese Chance wahrnehmen! Und von dort aus können wir zu einer der Siedlungen der Navajo-Indianer gelangen. Die werden uns sicherlich nicht gleich den Skalp abschneiden, wenn wir bei denen auftauchen und sie um Hilfe bitten.«

»Wir können alle etwas Ruhe gebrauchen. Morgen früh treffen wir eine Entscheidung, wie wir weiter vorgehen«, sagte der Professor.

ACHTZEHN
DER INDIANER

DIE ENTSCHEIDUNG WAR SCHNELL GETROFFEN und sie fiel einstimmig aus. Auch Jody ließ sich überzeugen, nachdem Max mehrfach versicherte, dass es ihm gut ging. Er hasste es zwar, sie belügen zu müssen, aber wollte Patrick nicht enttäuschen, nicht noch einmal.

Nachdem sie aus dem Canyon wieder hinaufgeklettert waren, schlugen sie den direkten Weg zu den Tafelbergen ein, die sie am Horizont sehen konnten. Die Sandsteinwüste, die zwischen ihnen und den Bergen lag, bereitete ihnen zwar einige Sorgen, aber noch mehr befürchteten sie, erneut auf die Beagle-Bande oder auf die Spanier zu treffen. Professor Crichton hatte das gesamte Areal mit dem Fernglas abgesucht und danach Entwarnung gegeben.

Sogar Ike konnte auf eigenen Beinen laufen, zumindest auf drei von ihnen. Das gebrochene linke Bein hielt er angewinkelt und hüpfte trotzdem fröhlich neben ihnen her und verstieg sich sogar zu der Hoffnung, einige der zahlreich ihren Weg kreuzenden Wegkuckucke zu erlegen. Aber die Vögel waren zu flink für ihn, auch wenn ihm alle vier Beine zur Verfügung gestanden hätten, wäre sein Vorhaben erfolglos geblieben.

»Der Hund gibt einfach nicht auf«, sagte Joe anerkennend, als Ike zum wiederholten Male zu einer vergeblichen Jagd ansetzte.

»Er sollte seine Kräfte lieber schonen«, sagte Jody. »Das ist noch eine verdammt lange Strecke, die vor uns liegt.«

»Machen Sie sich keine Gedanken wegen Ike, der ist zäher als wir alle zusammen«, lachte der Professor. Er nahm erneut sein Fernglas in die Hand und blickte in Richtung der Berge. »Wenn mich nicht alles täuscht, ist dort hinten eine Art Brunnen.« Er reichte Jody das Fernglas und deutete nach Nordwesten.

»Ich sehe da nur einen Steinhaufen«, sagte sie, als sie die Optik scharf gestellt hatte. Dann erkannte sie neben dem vermeintlichen Haufwerk eine Gestalt. »Da ist jemand!«

»Beagle?«, fragte Max und schirmte seine Augen mit seiner Hand gegen die Sonne ab, als er versuchte, in der Ferne etwas zu erkennen.

»Nein. Da ist nur eine Person. Ich glaube, es ist ein Indianer.«

»Ganz alleine, in dieser vertrockneten Einöde?«

»Vielleicht mag er keine Gesellschaft«, sagte Joe.

»Ob er sie mag oder nicht, wir sollten ihm einen Besuch abstatten. Er wird sicherlich Wasser dort haben. Wahrscheinlich ist er aus diesem Grund dort, um einen

Brunnen zu bewachen, oder Ähnliches«, sagte Crichton und nahm das Fernglas von Jody zurück. »Wenn wir ihn höflich fragen, können wir unsere Feldflaschen bei ihm auffüllen.«

Max atmete tief durch, bevor sie weitergingen. Er fühlte sich elend, wollte dies den anderen aber nicht mitteilen, um sie nicht zu beunruhigen. Sein Hemd klebte ihm auf der schweißnassen Haut und er begann leicht zu zittern. Sie benötigten beinahe eine Stunde, bis sie bei der Stelle ankamen, wo der Indianer in derselben Position auf dem Boden hockend verharrte, wie Jody ihn entdeckt hatte. Er war in einen Poncho gehüllt und trug einen stark verschmutzten grauen Hut. Der Steinhaufen stellte sich als eine verkümmerte Hütte heraus, die zum Teil sogar schon in sich zusammengestürzt war. Der Professor räusperte sich, als sie vor ihm standen. Der Indianer verzog keine Miene und schien durch sie hindurchzublicken.

»Guten Tag«, setzte Crichton an. »Verstehen Sie mich?«

Der Mann, den Max alleine aufgrund seines zerfurchten Gesichtes auf mindestens achtzig Jahre schätzte, zeigte keine Reaktion.

Der Professor versuchte es mit Handzeichen, aber auch das brachte kein anderes Ergebnis.

»Vielleicht lebt er nicht mehr?«, fragte Joe, der sich bisher etwas abseits gehalten hatte und ging ein paar Schritte auf den alten Indianer zu. Der zuckte plötzlich zusammen und riss die Augen auf, sprach aber weiterhin keinen Ton. »Okay, er lebt noch.« Joe blieb stehen.

»Wir brauchen Wasser«, sagte Crichton und verdeutlichte seinen Satz dadurch, dass er seine Feldflasche schüttelte und sie sich an den Mund setzte. »Wasser.«

»Das hier vorne scheint ein Brunnen zu sein«, sagte Max und zeigte auf eine kleine ummauerte Öffnung im Boden. »Da liegt auch ein Eimer mit Seil. Wir können ja mal unser Glück versuchen und ...«

»Nein!«

Alle Blicke richteten sich auf den Indianer, der mit lauter Stimme gesprochen hatte und sich nun vom Boden erhob.

»Kein Wasser für euch!« Er starrte sie zornig an. »Geht! Verschwindet!«

»Würden wir gerne, aber wir haben kein Wasser mehr.«

»Dann werdet ihr sterben«, sagte der Indianer leise und lächelte erleichtert.

»Was ist daran so lustig?«, knurrte Joe.

»Die Wüste ist mein Freund, aber euch mag sie nicht.«

»Das beruht auf Gegenseitigkeit.«

»Bitte«, setzte Crichton erneut an. »Wir möchten Ihnen keinen Ärger bereiten. Geben Sie uns etwas Wasser und wir werden Sie sofort wieder verlassen.«

Der alte Mann schaute sie aus seinen kleinen Augen heraus an und überlegte einen Moment.

»Fünfzig Dollar!«

»Aber, das ist doch ...«

»Sechzig Dollar!«

Crichton hob die Hand. »Schon gut!« Er griff in seine Hosentasche, holte einige zerknüllte Dollarnoten hervor und zählte die Scheine.

»Ich habe fünfunddreißig Dollar. Wer hat noch Geld dabei?«

Max setzte seinen Rucksack ab und kramte darin herum, Jody zuckte mit den Schultern, aber Joe zog noch eine Zehn-Dollar-Note aus seiner Tasche.

»Fünfundvierzig«, sagte er und gab dem Professor das Geld.

»Und ich habe hier auch noch was«, sagte Max. »Damit sind es sechzig.«

Mit den Banknoten in der Hand schritt der Professor auf den Indianer zu, der ihn mit unbewegter Miene ansah.

»Sechzig Dollar. Dürfen wir uns jetzt bitte etwas Wasser nehmen?«

Der alte Indianer sah Crichton prüfend an und ließ seinen Blick dann zu Joe wandern. Nachdem er diesen eine Weile angesehen hatte, wandte er seinen Kopf zu Max.

»Was ist mit ihm passiert? Er ist verletzt.« Mit strengem Gesicht zeigte er auf den verbundenen rechten Arm und die Schulter.

»Er ist in einen Canyon gestürzt«, sagte Jody.

»Und bin dort in eine Springflut geraten«, ergänzte Max, schwach lächelnd mit Schweißperlen auf der Stirn.

Der Indianer erwiderte nichts, sondern sah wieder den Professor an, der ihm immer noch die sechzig Dollar hinhielt.

»Bitte«, wiederholte Crichton erneut mit eindringlichem Blick.

»Ihr seid zu viert«, antwortete der Indianer und machte eine lange Pause. »Es wäre euch ein Leichtes, euch einfach das Wasser zu nehmen. Wie sollte ein alter Mann wie ich euch daran hindern?« Ein listiges Aufblitzen seiner Augen verriet seine Freude, als er das Geld von Crichton entgegennahm. »Labt euch an der Quelle, so viel ihr mögt und füllt eure Flaschen auf. Im Umkreis von Hunderten Yards ist dies die einzige Quelle, die ihr finden werdet.«

»Vielen Dank.«

Jody und Joe gingen auf den kleinen Brunnen zu, mit ihren Feldflaschen in den Händen. Max wollte ihnen folgen, aber seine Beine versagten ihm plötzlich den Dienst und er fiel zu Boden. Ike lief als Erster zu ihm und bellte aufgeregt.

»Max«, rief Jody erschrocken und eilte sofort zu ihrem Freund. »Alles in Ordnung?« Sie legte ihm eine Hand auf die Stirn. »Du glühst ja!«

»Es ... geht gleich wieder, keine Sorge«, sagte Max mit belegter Stimme. »Ich brauche nur eine kleine Pause.«

Ehe Jody etwas sagen konnte, war der alte Indianer neben sie getreten und blickte zu Max herab. Dann kniete er sich neben ihn hin und sah ihn prüfend an.

»Euer Freund wird die Wüste nicht lebend verlassen. Es sind mehr als drei Tagesmärsche, bis ihr die nächste Siedlung erreichen werdet.«

»Sie haben ein sonniges Gemüt«, sagte Max heiser und versuchte zu lachen.

»Bringt ihn zu meinem Hogan in den Schatten.« Der Indianer deutete auf seine Behausung. Joe und Jody zogen Max wieder auf die Beine und stützten ihn auf dem Weg zu der kleinen Hütte, die aus Steinen, Erde und einigen Holzbalken erbaut war. Neben dem Eingang ließen sie ihn nieder und lehnten ihn mit dem Rücken an die Mauer. In der Zwischenzeit war der alte Ureinwohner in seinen Hogan gegangen und kam mit einem kleinen Tongefäß in der Hand wieder heraus.

»Trink das«, sagte er zu Max und hielt ihm die schlanke Flasche hin.

»Was ist das? Selbst gemachte Medizin?«

»Wasser. Gutes Wasser. Jetzt trink.« Die Stimme des Indianers duldete keinen Widerspruch.

Max blickte dem Alten fragend in die Augen, nahm aber schließlich die tönerne Flasche und trank. Der Geschmack des Wassers darin war etwas eigentümlich und hatte eine leichte metallische Note. Aber sofort nachdem Max es geschluckt hatte, fühlte er sich erfrischt wie selten zuvor und als ob eine schwere Last von ihm abfiel.

»Danke. Es geht mir tatsächlich schon viel besser«, sagte er erstaunt und stand vom Boden auf.

»Willst du nicht lieber noch sitzen bleiben und dich ausruhen?«, fragte Jody mit besorgtem Blick und legte ihm erneut die Hand auf die Stirn. Ihre Augen wurden groß. »Fühlt sich völlig normal an.«

»Wir sind jetzt auch im Schatten. Es war nur ein kleiner Schwächeanfall, nichts weiter. Aber jetzt geht es mir wirklich viel besser. Mir fehlte wohl nur etwas Wasser. Ich fühle mich wie neugeboren.« Er reichte dem Indianer das Tongefäß mit einem Lächeln zurück. »Vielen Dank, Sir.«

»Mein Name ist Qaletaqa«, entgegnete der Alte und ging mit der Tonflasche zurück in die Hütte.

Max sah ihm hinterher und zuckte mit den Schultern.

»Wollen wir jetzt unsere Flaschen auffüllen? Das Wasser hier ist hervorragend, glaubt mir.« Er zwinkerte Jody zu.

»Offensichtlich.«

Sie machten sich daran, alle Feldflaschen zu befüllen, und tranken dabei auch reichlich von dem Wasser. Max übergoss Ike mit dem Inhalt einer Flasche, was der Hund sich gerne gefallen ließ, und beim anschließenden Schütteln seinerseits Max nass spritzte.

»Lassen Sie den Unfug«, tadelte Crichton Max, der seine Flasche erneut auffüllte und einen Schluck trank.

»Hm, schmeckt ganz anders als das Wasser, das unser neuer Freund mir zu trinken gegeben hat.«

»Wahrscheinlich hat er es mit seinem eigenen Körpersaft verfeinert«, sagte Joe mit breitem Grinsen.

Jody verzog das Gesicht und boxte Joe gegen den Arm.

»Das ist ekelhaft. Sag so was nicht.«

»Jawohl Ma'am!«

»Und nenn mich nicht so, sonst lernst du mich von einer anderen Seite kennen!«

»Das willst du nicht, Joe, glaub mir«, lachte Max.

»Dir scheint es ja wirklich wieder prächtig zu gehen«, sagte Jody und sah ihn mit einer Mischung aus säuerlicher Strenge und Erleichterung an.

»Tut es auch. Was auch immer es war, was er mir da gegeben hat, es hat geholfen.«

»Ihr müsst jetzt gehen«, erklang die Stimme des Indianers in Max' Rücken. Lautlos hatte er sich zu ihnen gesellt und stand mit vor der Brust verschränkten Armen da, während er über sie hinweg zu den Bergen blickte.

»Der Wind hat gedreht. Es wird nicht lange dauern und ein weiterer Sturm zieht auf. Bis dahin solltet ihr versuchen, die Berge zu erreichen.«

Ike schnüffelte neugierig an den Mokassins des alten Mannes und war kurz davor, sein Bein zu heben, ehe ihn der Professor schnell mit dem Fuß zur Seite schob.

»Ja, Sie haben recht. Es ist besser, wir ziehen jetzt weiter. Haben Sie nochmals vielen Dank für Ihre Hilfe.«

»Ganz besonders dafür, dass Sie diesem Kerl hier geholfen haben«, sagte Jody und legte ihre Hand auf Max' Schulter.

»Wir brauchen den Geist der Güte, um mit unseren Taten an den Himmel heranzureichen«, sagte Qaletaqa ruhig. »Geht jetzt. Ich wünsche euch eine gute Reise.« Er wandte sich um und marschierte, ohne sich umzublicken, in seinen Hogan zurück.

»Also, dann sollten wir wohl weitergehen«, sagte Joe und hob seinen Rucksack auf.

»Welche Richtung wollen wir jetzt einschlagen?«

»Geradewegs auf die Berge zu, schlage ich vor. Wenn unser indianischer Freund recht hat und tatsächlich ein neuer Sturm aufzieht, müssen wir dort ankommen, bevor es beginnt.«

Schnell waren sie abmarschbereit. Max, der sich immer noch voller Energie fühlte, ging mit großen Schritten voran.

Qaletaqa stand im Türrahmen seiner Behausung und sah den Fremden noch lange hinterher, bis ihre Silhouetten sich am Horizont auflösten. Dann nahm er das Tongefäß in die Hand und trank es in einem Zug leer.

Der Wind der Zeit hat uns also endgültig erreicht, dachte er und war verwundert darüber, dass er tatsächlich Erleichterung bei diesem Gedanken verspürte. *Die Prophezeiung erfüllt sich.*

NEUNZEHN
SPURENSUCHE

MIT EINEM UNBEHAGLICHEN Gefühl ging Jonathan Haywood am Ende der Gruppe, der außer ihm und den drei Brüdern, nur noch der Mann namens Jeff angehörte, der unentwegt vor sich hin fluchte. Ihr Aufeinandertreffen mit den Spaniern hatte drei Leben gekostet. Thadmore Beagle hatte sich dabei auch noch eine Schussverletzung am linken Arm zugezogen. Im Gegenzug hatte er einen der Spanier getötet, während die Frau und der zweite Mann entkommen konnten, mit der Karte, die sie Beagle entrissen hatte, kurz bevor der Sandsturm sie erreicht hatte.

Haywood blieb stehen und trank einen Schluck. Keiner der anderen Männer schien zu bemerken, dass er ihnen nicht weiter folgte. Kurz spielte er mit dem Gedanken, sich einfach abzusetzen und diesen Albtraum hinter sich zu lassen, aber dann würde er auch die Chance auf Cíbola verpassen. Er schraubte die Feldflasche zu und lief einige Schritte, bis er wieder zur Gruppe aufgeschlossen hatte.

»Verdammt, Thadmore«, maulte Hank. »Wie lange willst du uns noch so vorantreiben? Ich brauche eine Pause, hörst du?«

»Meinetwegen bleib hier und lass deinen Kadaver verfaulen. Dann brauche ich mir dein Gejammer wenigstens nicht mehr anzuhören.« Thadmore Beagle drehte sich nicht einmal herum, sondern hielt den Blick immer auf die Spuren gerichtet, denen sie nun schon seit einigen Stunden folgten. »Wenn wir die Spur verlieren, dann werden wir diese Kerle nie wieder finden.«

»Vielleicht wäre das auch das Beste. Die haben uns bisher nichts als Unglück gebracht«, meldete sich Jeff zu Wort.

»Das einzige Unglück hier ist, dass ich mit Hornochsen wie euch gestraft bin!« Thadmore Beagle stoppte abrupt und schirmte seine Augen mit der Hand gegen die Sonne ab. »Dahinten ist irgendwas.«

»Wo? Ich kann nichts erkennen«, sagte Phil, der ruhigere der drei Brüder.

Sein älterer Bruder zog ein Fernglas hervor und schaute damit in Richtung der Berge.

»Auf elf Uhr. Eine Indianerhütte. Und sie scheint sogar noch einen Bewohner zu haben.« Mit einem Lächeln ließ er das Fernglas wieder sinken und blickte zu Boden, wo die Fußspuren exakt in diese Richtung führten. »Wir sollten der Rothaut einen Besuch abstatten.«

Nach einer halben Stunde kamen sie bei der Hütte an, die Haywood sofort als Hogan erkannte, ein traditionelles Wohnhaus der Navajos. Vor der Tür hockte ein in einen verschlissenen Poncho gekleideter Mann, der einen staubgrauen, breitkrempigen Hut trug und den Kopf zu Boden gesenkt hielt. Einige Meter vom Hogan entfernt entdeckte Haywood eine Wasserstelle, die ebenfalls nicht der Aufmerksamkeit von Hank Beagle entgangen war.

»Hey, Thad, hier gibt es Wasser!« Sofort marschierte er darauf los.

»Das ist mein Brunnen«, erklang eine gebrechliche Stimme und der Indianer hob den Kopf.

Hank hielt kurz inne, blickte zu dem alten Navajo und ging dann lachend weiter zu dem Brunnen. Unterdessen machte Thadmore ein paar Schritte auf den Indianer zu und kniete sich vor ihm hin.

»Guten Tag, Alterchen. Hast du zufällig schon einmal Besuch gehabt heute?«

»Warum fragst du mich Dinge, bei denen du die Antwort schon kennst?«, erwiderte der Alte mit unerschrockenem Blick.

»Ich will wissen, wohin sie gegangen sind.«

»Und ich will, dass ihr verschwindet und nicht ungefragt von meinem Wasser trinkt!«

Hinter Thadmore lachten Jeff und Phil laut auf.

»Die alte Rothaut reißt das Maul ganz schön weit auf. Willst du dir das gefallen lassen?«, fragte Jeff.

»Das ist mein Land, mein Eigentum. Ihr habt kein Recht, hier einzudringen und euch Dinge zu nehmen, die euch nicht gehören.«

»Ich werde dir zeigen, was ich alles tun kann, wenn es mir gefällt.« Thadmore packte den Alten mit der rechten Hand am Hals und zog ihn auf die Beine. »Jetzt erzähle mir, was ich wissen will.«

Der Indianer verzog keine Miene, sondern starrte Thadmore Beagle ohne Angst an.

»Lass mich mal machen.« Hank war mit einem gefüllten Wassereimer neben seinen Bruder getreten. »Ich kann bei so was besser mit Menschen umgehen als du«, sagte er mit bedrohlichem Unterton.

Thadmore sah seinen Bruder kurz an, ließ den Indianer los und machte einen Schritt zur Seite.

»Also, du dreckige Rothaut. Fangen wir noch mal von vorne an. Wo sind die Leute hingegangen, die dich vorhin besucht haben?«

Der Alte blickte stoisch in das Antlitz des breitschultrigen Mannes vor sich.

»Hat man Worte? Der Kerl ist wirklich stur«, lachte Hank. Dann verpasste er dem alten Mann ansatzlos einen Faustschlag in den Magen. Mit einem halb erstickten Schmerzensschrei sackte der nach vorne gekrümmt in sich zusammen. »Möchtest du mir jetzt etwas erzählen, Rothaut?«

Der Indianer hockte auf den Knien, die Hände auf seinen Bauch gepresst und wippte leicht hin und her. Haywood konnte sehen, wie sich die Lippen des Mannes bewegten. Hank nahm den Hut des Alten in die Hand und setzte ihn sich lachend auf. Dann hob er den Wassereimer hoch und kippte den Inhalt über den Indianer.

»Hier hast du dein kostbares Wasser. Rede endlich.« Als keine Reaktion kam, trat Hank den Alten wütend mit dem Fuß in die Seite. Ächzend stürzte der Indianer zu Boden. Bevor Hank nachsetzen konnte, ging Thadmore dazwischen.

»Also, Alterchen. Warum sagst du uns nicht einfach,

wohin sie gegangen sind und ersparst dir weitere Schmerzen.«

»Lassen Sie ihn.« Haywood hatte genug mitangesehen. »Das führt doch zu nichts. Wir sehen die Spuren doch noch. Falkenburg und die anderen sind zu den Bergen gegangen. Wohin sollten sie auch sonst gehen in dieser Einöde?«

Thadmore sah ihn mit geringschätzigem Blick an.

»Noch sehen wir die Spuren, ja. Aber das wird sich bald ändern. Der Untergrund wird felsiger werden und dann? Außerdem ziehen sich diese verdammten Berge über Meilen hin. Wir könnten da Monate suchen und nichts finden. Deswegen will ich wissen, in welche Richtung sie gegangen sind.«

»Und dafür müssen Sie diesen hilflosen Mann verprügeln?«

»Vielleicht sollten wir uns lieber an Sie halten«, knurrte Hank drohend.

Haywood schluckte, wich aber nicht zurück. Er beugte sich zu dem alten Indianer und half ihm, sich wieder aufzurichten. Mit unergründlichem Ausdruck sahen ihn die Augen des Mannes an.

»Sagen Sie uns einfach, wohin sind die anderen gegangen, um Ihretwillen«, sagte Haywood ruhig.

»Heute ist ein guter Tag, um zu sterben«, erwiderte der Indianer mit fester Stimme.

»Schöne letzte Worte«, sagte Hank und stieß Haywood zur Seite. »Dann will ich dir deinen Wunsch erfüllen!«

»Lass das«, ging Thadmore dazwischen. »Wir werden hier niemanden töten! Auch keine Rothaut.« Er wandte sich an Haywood. »Wir werden es auf Ihre Art versuchen und folgen den Spuren, so lange wir sie sehen können. Danach sind Sie dafür verantwortlich, den richtigen Weg zu finden.« Der Blick, den Thadmore ihm dabei zuwarf, ließ Haywood einen Schauer über den Rücken laufen. »Füllt eure Wasserflaschen auf und dann marschieren wir weiter!«

Besorgt blickte Haywood zu Hank Beagle, der ihm noch einen finsteren Blick schenkte, bevor er sich daranmachte, seine Flaschen aufzufüllen. Er zuckte zusammen, als der alte Indianer plötzlich seine Hand ergriff.

»Wenn du verzweifelt bist, halte dich an der Sonne fest.«

Stirnrunzelnd blickte er den Indianer an, der seine Hand wieder losließ.

»Kommen Sie schon, Haywood. Wir haben keine Zeit zu verlieren!«

Schnell stand er auf und füllte auch seine Flasche bei dem Brunnen auf. Dann folgten sie den Spuren weiter in Richtung der Berge. Haywood hoffte, dass Thadmore Beagle sich irrte und sie die Fährte nicht verlieren würden. Die Sonne begann, sich langsam hinabzusenken.

Qaletaqa blieb noch auf dem Boden sitzen, bis es dunkel wurde. Als er sich erhob, spürte er den Schmerz in seinem Körper. Er ging langsam in seine Hütte und nahm sich sein bereits fertig gepacktes Bündel. Daraus zog er eine weitere Tonflasche hervor, die er komplett leer trank und dann achtlos zu Boden warf. Mit einem Feuerstein erzeugte er Funken, um trockenes Holz in seiner Kochstelle zu entflammen. Nach einem Augenblick hatte sich ein kleines Feuer entfesselt. Qaletaqa nahm einige brennende Scheite und setzte damit alles in seinem Hogan in Brand, bevor er mit seinem Bündel hinausschritt und seinen letzten Marsch antrat, in Richtung der Berge ziehend, wo sein Schicksal sich erfüllen würde.

ZWANZIG
AUFGEBEN

DIE SONNE WAR BEINAHE am Horizont versunken und färbte den Himmel über der Steinwüste und den Bergen in ein kräftiges Rot. Max reichte Joe seine linke Hand und ließ sich von ihm den Felsabsatz hinaufhelfen.

»Danke dir«, schnaufte Max und sah sich um. Vor ihnen erhoben sich mächtige Steinwände, die steil aufragten und ein weiteres Vorankommen umöglich machten.

»Höher werden wir nicht kommen«, sagte Crichton und wischte sich den Schweiß von der Stirn. »Wir werden uns jetzt entscheiden müssen, in welche Richtung wir uns wenden, um an den Bergen entlang nach einem Weg zu suchen.«

»Ich bin dafür, dass wir uns nach Westen weiter bewegen«, sagte Max. »Pat war auch der Meinung, dass es wahrscheinlich in der Nähe der Grenzen zu Nevada und Utah noch eine Menge unentdeckte Indianersiedlungen geben muss.«

»Außerdem kommen wir in dieser Richtung am ehesten zurück zur Zivilisation«, sagte Joe. »Man kommt sich hier ja vor wie auf dem Mond in dieser einsamen Steinwüste.«

»Einverstanden. Dann lassen Sie uns schnell weitergehen, solange wir noch etwas Licht haben. Bald müssen wir uns einen Platz für die Nacht suchen.« Crichton hob Ike auf seinen Arm. Mit seinem gebrochenen Bein konnte er sich auf dem teils schrägen, glatten Untergrund der Felsplatte, auf der sie sich nun befanden, nicht mehr gefahrlos fortbewegen.

Über die Ausläufer der Mesa zogen sie weiter an deren Rand entlang. Es dauerte nicht mehr lange und die Sonne verschwand vollends, was sie früher als erwartet dazu zwang, halt zu machen. Sie suchten sich ein Nachtlager direkt am Fuß des Tafelbergs, wo einige Felsspalten ihnen einigermaßen Schutz vor unangenehmen Überraschungen boten. Trotzdem wagten sie es nicht, ein Feuer zu entzünden, was ihnen aber mangels Brennmaterial ohnehin schwergefallen wäre. Sie teilten Nachtwachen ein und Max übernahm gleich die erste Wache. Eingehüllt in eine dünne Decke und mit einer Taschenlampe in der Hand, deren Licht von der Decke abgeschirmt wurde, las Max zum wiederholten Male in Patricks Aufzeichnungen über Cíbola. Die Karte von Hernando, die der Professor abgezeichnet hatte und die nun etwas verschwommen aussah, hatte er daneben gelegt.

»Cíbola, eine Stadt, die unermesslichen Reichtum versprach, aber deren Land noch ein viel größeres Versprechen in sich barg«, sprach Max leise beim Lesen vor sich hin. Die Worte hatte Patrick aus einem Teil des

Berichts des Mönchs Marcos de Niza übersetzt. Bisher hatte Max sich, wie alle anderen auch, immer nur auf den ersten Teil des Satzes konzentriert, der auch in allen anderen Berichten und Erzählungen über Cíbola der einzige war, der immer Erwähnung fand. Cíbola, die Stadt aus Gold. Wo selbst die Straßen mit dem edlen Metall gepflastert sein sollten. Was aber war mit dem Land? Max schaltete die Taschenlampe aus und blickte auf die vom Mondschein erhellte Landschaft. Eine trockene Steinwüste, in der vereinzelte Kakteen und vertrocknete Grasbüschel zu sehen war. Nicht gerade das gelobte Land, das ein Versprechen für die Zukunft enthielt.

Ein grässliches Geräusch in seinem Rücken ließ ihn zusammenzucken. Es dröhnte von den Felswänden laut wider. Max drehte sich um und sah zu Joe, der halb sitzend, an die Wand gelehnt schlief und die Lautstärke seines Schnarchens sogar noch steigerte.

Das sollte uns wenigstens alle wilden Tiere vom Leib halten, dachte Max und grinste sich eins. *Und ich schlafe garantiert nicht bei der Wache ein.*

Aber nach einer kurzen Zeit hatte sich Joes Schnarchen wieder gelegt und Max wurden die Lider schwer. Seine Armbanduhr zeigte kurz vor Mitternacht an, es wurde Zeit, Jody zu wecken, damit diese die nächste Wache übernehmen konnte. Seufzend stand Max auf und wollte zu den Schlafenden hinübergehen, als sich aus der Felswand plötzlich einige Schatten lösten und auf ihn zukamen. Er blieb wie versteinert stehen. Die dunklen Silhouetten traten aus dem Schatten des Berges ins Mondlicht und Max erkannte drei Indianer. Sie hielten

Messer und kleine Beile in den Händen und kamen lautlos auf ihn zu. Max ließ seine Decke zu Boden fallen, spürte aber im selben Moment die Klinge, die ihm von hinten an den Hals gesetzt wurde.

Die anderen drei wandten sich jetzt den Schlafenden zu. Max wollte noch einen Warnschrei ausstoßen, aber die Klinge wurde ihm noch fester an den Hals gedrückt und der Mann hinter ihm zischte ihm einen Laut ins Ohr, den er zwar nicht verstand, dessen Bedeutung aber sehr wohl. Sei still! Es blieb ihm nichts übrig, als mit anzusehen, wie seine Freunde mit Leichtigkeit im Schlaf überwältigt und dann neben ihn geführt wurden. Sie mussten sich nebeneinander hinknien. Keiner sagte etwas. Dann näherte sich einer der Indianer, er hielt ein großes Messer in der Hand, das er Jody an den Hals legte und mit einem schnellen Schnitt ihre Kehle öffnete. Max stieß einen entsetzten Schrei aus.

»Hey, alles gut, Schlafmütze!«

»W-was?« Max blinzelte Joe an, dessen Grinsen er auch im fahlen Licht des Mondes gut erkennen konnte. »Ich habe einen Traum gehabt ...«

»Komm zu dir und leg dich lieber da drüben schlafen. Sei froh, dass Ike mich aufgeweckt hat, auf dich ist ja kein Verlass.« Joe klopfte ihm auf die Schulter.

Max blickte genau zu den Felswänden und kniff die Augen zusammen. Aber keine verräterischen Schatten waren zu sehen. Erleichtert atmete er tief durch.

»Danke Joe. Tut mir leid.«

»Alles gut. Jetzt ruh dich aus.«

Vorsichtig breitete Max sich neben Jody aus und legte seinen Arm um sie. Im Halbschlaf griff sie nach seiner

Hand und drückte sie fest. Für den Rest der Nacht blieb er von Albträumen verschont.

Am nächsten Morgen wurden sie noch vor den ersten Sonnenstrahlen von Professor Crichton geweckt.

»Aufwachen, keine Müdigkeit vorschützen! Wir haben heute noch einiges vor uns.«

Max streckte sich, der Schmerz in seinem rechten Arm und der Schulter war zurückgekehrt und auch seine von der Sturzflut im Canyon malträtierten Rippen verursachten ihm höllische Schmerzen.

»Geht es?«, fragte Jody, als sie seinen gequälten Gesichtsausdruck bemerkte.

»Es muss. Wenn ich erst mal wieder in Bewegung komme, geht es bestimmt besser.«

Nach einem kargen Frühstück machten sie sich auf den Weg und gingen weiter am Fuß des Tafelberges entlang. Auch Ike lief wieder munter auf drei Beinen voraus und scheuchte hin und wieder eine Eidechse auf, die aber stets vor dem Hund zu entkommen wusste.

»Ich sage es nicht gerne, aber es liegt im Bereich des Möglichen, dass auch Hernando von Marcos de Niza getäuscht worden ist, ebenso wie Coronado«, sagte der Professor, nachdem sie schon wieder mehr als drei Stunden unterwegs waren. Er hielt die selbst gezeichnete Karte in der Hand und betrachtete sie mit zweifelndem Blick. »Wir hätten schon längst etwas entdecken müssen. Wenn wir noch weiter nach Norden kommen, erreichen wir die ersten Ortschaften der Navajos.«

»Patrick war sich sicher, was Cíbola betraf. Und auch

Hernando hat in seinen Briefen an Melchior Diaz keinen Zweifel daran aufkommen lassen, dass es Cíbola wirklich gibt. Und wir können doch jetzt nicht einfach aufgeben.«

»Wie lange wollen wir denn noch weitersuchen, Max? Ehrlich gesprochen, ich fürchte um Ihre Gesundheit, wenn wir noch weitere Tage in der Wüste verbringen. Und Ike müsste auch bald zu einem Tierarzt mit seinem gebrochenen Bein.«

»Da hat der Professor nicht ganz unrecht, Max«, sagte Jody. »Wir könnten doch erst einmal abbrechen und später, wenn du wieder fit bist, zurückkehren und weitersuchen.«

»Und was ist mit Haywood und seinen schießwütigen Begleitern?«

»Die werden es sicherlich nicht schaffen, Cíbola zu finden, nicht ohne die Karte.«

»Selbst wir schaffen es ja nicht, die Stadt zu entdecken – mit Karte«, fügte Joe lakonisch hinzu.

Max sah sich um. Zu seiner Linken war nur die Wüstenlandschaft zu sehen und rechts von ihm befanden sich die steil aufragenden Steinwände der Mesa. Resigniert ließ er seinen Rucksack vom Rücken gleiten und setzte sich vorsichtig daneben in den Sand.

»Lassen Sie den Kopf nicht hängen, Max. Auch wenn wir diesmal keinen Erfolg hatten, bedeutet es doch nicht, dass die Nachforschungen von O'Malley sinnlos gewesen sind. Denken Sie nur an den Brief von Hernando Colón. Der alleine ist schon eine sensationelle Entdeckung.«

Max nickte und tastete mit der linken Hand seine Rippen ab.

»Also gut. Wir werden die Suche unterbrechen,

vorerst. Es hat wohl wenig Sinn, wenn wir so weitermachen. Ohne ausreichend Vorräte und mit Haywood und den anderen im Nacken.«

Jody setzte sich zu ihm und lächelte ihn an.

»Nimms nicht so schwer. Du hast doch alles versucht und sogar dein Leben riskiert, nur um zu beweisen, dass Pat recht hatte.«

»Aber es ist mir nicht gelungen«, sagte er bitter.

»Diesmal nicht.« Joe legte ihm die Hand auf die Schulter. »Beim nächsten Mal sieht es anders aus. Wir werden wiederkommen, versprochen.«

»Vielen Dank, Joe.«

»Hey, dafür sind Freunde doch da.«

»Dann sollten wir uns jetzt auf den Weg machen. Mit etwas Glück könnten wir bis zum Abend die ersten Indianersiedlungen erreichen.« Professor Crichton sah sich suchend um. »Wo ist Ike?«

»Eben war er noch hier«, sagte Jody.

»Ike!« Crichton ging ein paar Schritte, aber von dem Dachshund war nichts zu sehen.

»Hier vorne sind seine Spuren«, sagte Joe und deutete auf die kleinen Fußspuren im Sand.

»Ja, aber die gehen kreuz und quer. Er muss wieder etwas gejagt haben und dabei ...« Max stoppte, als er ein leises Winseln hörte. »Habt ihr das gehört?«

»Nein, was denn?«

»Sssh!« Er legte den Finger an den Mund und lauschte angestrengt. Erneut vernahm er ein entferntes Winseln. Sein Blick ging zu einem hoch gewachsenen Ocotillo, der direkt vor der Felswand wucherte. Bei dem abgestorben wirkenden Strauch waren ebenfalls einige

Pfotenabdrücke von Ike im Boden zu erkennen. Dann erklang weithin hörbar ein lautes Aufjaulen.

»Ist er etwa in der Felswand?«, fragte Jody und lief wie die anderen auch zu dem Ocotillo hin. Sie drückte die trockenen Zweige zur Seite, die knackend abbrachen. Hinter dem Strauch, direkt am Boden war eine kleine Öffnung zu erkennen, gerade groß genug für einen Hund von Ikes Größe.

»Da muss er hineingelaufen sein«, sagte Crichton.

Jody legte sich flach in den Sand und leuchtete mit ihrer Taschenlampe in das Loch hinein.

»Ich sehe seine Spuren. Das Ganze ist größer, als es aussieht.« Sie steckte die Taschenlampe weg und begann, mit den Händen den Sand von der Öffnung wegzuschieben.

»Warte, ich helfe dir.« Joe packte den Ocotillo knapp über dem Boden und zerrte daran, bis er ihn mitsamt den Wurzeln komplett herausgezogen hatte. Nun war der Zugang zu dem Loch freigelegt und zu viert schafften sie es schnell, den Durchlass so weit zu vergrößern, dass ein Mensch hindurchpasste.

»Ich gehe rein«, sagte Max.

»Oh nein, das wirst du nicht«, sagte Jody und sah ihn streng an. »Ich werde gehen. Ich bin die schmalste von uns, also keine Widerrede!«

Max blickte seiner Freundin in die entschlossenen Augen.

»In Ordnung, aber sei vorsichtig.«

»Das könnte ein Schlangennest sein«, sagte Joe besorgt, während er in die kleine Höhle hineinleuchtete.

»Ist es aber nicht«, erwiderte Jody entschieden und

legte sich auf den Bauch. »Bis gleich«, sagte sie und schob sich mit dem Kopf voran in die Öffnung hinein. Schnell war sie komplett im Berg verschwunden. »Hier hinten geht es nach links weiter«, rief sie ihnen zu. »Ein richtiger Tunnel und er wird immer breiter.«

»Warte, wir kommen dir nach«, rief Max.

»Ike«, rief Jody mit lauter Stimme, aber es gab keine Antwort. Sie verschwand aus Max' Sichtfeld.

»Schnell, wir müssen ihr hinterher«, sagte er und robbte ebenfalls durch die Öffnung. Der Schmerz, der ihm durch Schulter und Arm schoss, beachtete er nicht und kroch weiter durch den schmalen Durchlass, der sich schon nach wenigen Metern zu einer kleinen Höhle erweiterte. Ihm folgten der Professor und zum Schluss Joe, der sich allerdings erst noch mehr Platz verschaffen musste, um überhaupt durch die Öffnung zu passen.

Max wartete nicht, sondern versuchte, so schnell es ihm möglich war, seiner Freundin zu folgen.

»Jody, warte auf mich«, rief er in den Tunnel, in den er jetzt gelangte und er in gebückter Haltung entlanggehen konnte. Der Lichtkegel seiner Taschenlampe glitt über die Wände, die ähnlich glatt waren wie die vom Wasser ausgewaschenen Felsen im Slot-Canyon. »Jody?« Er bekam keine Antwort und beschleunigte seinen Schritt. Der Tunnel stieg leicht an und machte eine Wendung nach rechts. Sprachlos blieb Max stehen, als er in zehn Metern Entfernung ein Licht sah. Ein Ausgang aus dem Tunnel heraus. Und auf den Weg dorthin waren schmale Stufen in den felsigen Untergrund geschlagen worden. Dann bellte Ike und er hörte ein Aufstöhnen von

Jody. Er vergaß jegliche Schmerzen, stürmte die kleine Treppe hinauf und sprang aus der Öffnung heraus.

Wie vom Donner gerührt stand er da.

Mehrere Indianer standen um ihn herum, sie hielten Speere und Bögen mit aufgelegten Pfeilen auf ihn gerichtet. Sein Blick ging nach links, wo Jody auf dem Boden kauerte. Ein Indianer stand hinter ihr und hatte ihr ein Messer an die Kehle gesetzt.

EINUNDZWANZIG
CÍBOLA

BESCHWICHTIGEND HOB MAX DIE HÄNDE, aber auch er wurde von mehreren Indianern gepackt und zu Boden gedrückt. Er schrie laut auf, als sie seinen rechten Arm griffen und nach hinten drehten.

»Max, was ist bei Ihnen los?«, ertönte die Stimme des Professors aus dem Tunnel.

Kurz darauf erschien auch Crichton in dem Ausgang und blickte verwirrt um sich.

Einer der Indianer sagte etwas und sofort wurde der Professor von mehreren Männern brutal zur Seite gezerrt. Dann ging ein hochgewachsener Ureinwohner auf Crichton zu und sprach ihn an.

»Ich kann Sie nicht verstehen«, gab der zurück. »Wir möchten Ihnen nichts tun.«

Der Indianer sah mit versteinerter Miene auf Crichton hinab und verpasste ihm eine schallende Ohrfeige.

»Hey, verdammt, lass das, du feiger Bastard«, schrie

Max, woraufhin sich der Indianer zu ihm umwandte. »Ja, dich meine ich!«

Der kräftige Mann, dessen freier Oberkörper mit einigen Symbolen in weißer Farbe bemalt war, kam zu ihm. Er baute sich vor Max auf und sagte einige Worte. Darauf erklang als Antwort ein einziger lauter Schrei aus den Kehlen der anderen Indianer. Ein Messer blitzte in seiner Hand auf, das er über Max' Kopf hob. Der Indianer umfasste den Messerknauf mit beiden Händen und murmelte ein paar Worte.

»Max«, rief Jody erschrocken zu ihm, als sie erkannte, was der Indianer vorhatte.

Aber bevor dieser die Klinge in Max' Schädel rammen konnte, erschien Joe heftig atmend in dem Durchgang und blickte verwirrt auf die Szenerie.

»Was in drei Teufels Namen ...?«

Die Indianer reagierten anders, als sie es noch bei Max oder Crichton getan hatten. Die Männer, die mit den Bögen und Speeren dastanden, wichen erschrocken einige Schritte zurück. Der Mann, der mit dem Messer vor Max stand, wandte sich um und ging auf Joe zu, der die Fäuste hochhob und Kampfpositur einnahm. Aber dann warf sich der Indianer vor Joe auf die Knie und auch die anderen, die immer noch Jody, Crichton und Max festhielten, gaben sie plötzlich frei, gingen in die Knie und senkten ihre Köpfe.

»Wow, so einen Eindruck habe ich selten auf Leute gemacht«, sagte Joe erstaunten Auges, während er zu Jody trat und ihr aufhalf.

Das laute Bellen von Ike ließ sie aufschrecken. Hinter den knienden Indianern war ein weiterer Mann aufgetaucht. Er trug Ike auf dem Arm. Qaletaqa lächelte milde und setzte Ike auf dem Boden ab, wo dieser sofort auf den Professor zustürmte.

»Willkommen, meine Freunde«, sagte der alte Indianer und breitete seine Arme aus. Dann sprach er einige Worte in einem indianischen Dialekt, woraufhin sich die anderen Indianer erhoben und mit ehrfurchtsvollen Blicken, die sie Joe zuwarfen, zurückzogen. »Willkommen in Cíbola!«

Sprachlos blickte Max zu Jody und dann zu den anderen. Er sah sich um. Sie befanden sich in einer breiten Schlucht, einem Canyon, der sich nach oben hin verengte und nur wenig Licht hinunterließ, außer, die Sonne stand so hoch am Himmel, wie sie es jetzt gerade tat.

»Cíbola?«, fragte er Qaletaqa skeptisch.

»Ja, dies ist es doch, was ihr gesucht habt, nicht wahr?«

Keiner gab darauf eine Antwort. Unsicher blickten sie einander an.

»Ich sehe hier aber keine Stadt«, sagte Joe schließlich.

»Folgt mir«, sagte der alte Indianer. »Habt keine Angst, niemand wird Hand an euch legen.«

»Das wirkte vor wenigen Augenblicken aber noch ganz anders«, erwiderte Max und blickte grimmig zu dem Indianer hinter Jody, der sein Messer wieder wegsteckte.

»Vergebt ihnen. Es war meine Schuld, ich war etwas zu spät dran. Aber mit dem Erscheinen eures Freundes hat sich alles von selbst geklärt.« Er blickte zu Joe. »Jetzt kommt.«

Sie folgten den Indianern langsam durch die

Schlucht. Einige von ihnen blieben bei der Tunnelöffnung zurück.

»Wir sind denen völlig ausgeliefert«, flüsterte Jody Max ins Ohr.

»Ich weiß. Aber was bleibt uns jetzt anderes übrig, als ihnen zu folgen? Hoffen wir, dass der Alte uns nicht anlügt und sie uns wirklich unbehelligt lassen.«

Der Canyon verengte sich zusehends und wurde schließlich so schmal, dass sie in einer langen Reihe hintereinandergehen mussten. Aber dann, urplötzlich, bot sich ihnen ein grandioses Bild. Derweil die Indianer weitergingen, blieben Max und die anderen staunend stehen und ließen ihre Augen über das Unglaubliche streifen, was vor ihnen lag. Der schmale Canyon mündete in ein enormes Tal, in dessen Mitte ein kleiner Fluss sich sein Bett gegraben hatte und der für grüne Wiesen auf beiden Seiten seines Ufers sorgte. Einige Kinder fuhren mit Kanus auf dem schmalen Gewässer hin und her und lachten laut vor Freude auf, als sie sich gegenseitig mit ihren Paddeln nass spritzten. Cíbola machte den Eindruck eines idyllischen Garten Edens auf Max, inmitten einer ansonsten kargen Wüsten und Steinlandschaft. Er konnte sich gut vorstellen, das Cíbola auf Estebán den Eindruck eines Wunders gemacht haben musste, als er den Ort betrat.

Das eigentliche Wunder hingegen war in den steilen Felswänden zu beiden Seiten des Tals zu sehen. Unter großen Felsüberhängen, Abri genannt, waren dort Häuser zu erkennen. Max zählte fünf Abris, auf denen sich Gebäude befanden. Es waren einfache Bauten, alle quaderförmig errichtet, mit kleinen quadratischen Fenstern. Manche waren sogar mehrere Stockwerke hoch. Das natürliche Felsdach, unter dem die Häuser errichtet worden waren, wurde von teils natürlich entstandenen, mächtigen Felssäulen gestützt. An einigen Stellen hatten die Bewohner Cíbolas große hölzerne Stützbalken unter den Abris aufgestellt.

»Unglaublich«, flüsterte Jody. »Patrick hatte recht. Cíbola existiert wirklich!«

»Aber ich sehe nirgends die mit Gold gepflasterten Wege. Ich sehe überhaupt nichts Goldenes«, sagte Joe, während er die Felshäuser betrachtete.

»Kommt weiter«, rief Qaletaqa ihnen zu, als er bemerkte, dass sie wie angewurzelt dastanden und das geheime Tal bestaunten.

Sie folgten seiner Aufforderung und gingen über den fruchtbaren Boden zu den ersten Steinhäusern auf der rechten Seite. Eine lange Treppe war dort in den Stein geschlagen, die direkt in das größte Haus auf dieser Seite führte. Dieses Bauwerk unterschied sich mit seiner kreisrunden Form von allen anderen in Cíbola.

»Das ist eine Kiva«, staunte Professor Crichton. »Eine Art Zeremonienraum für die Indianer. In jedem Pueblo gab es solche Kivas.«

Der alte Indianer ging die Stufen zu der großen Felsnische alleine hinauf, während die übrigen Indianer am Fuß des Aufgangs warteten. Als Joe an ihnen vorbeiging und die Treppe emporstieg, verneigten sie sich und stimmten einen eigentümlichen Singsang an.

»Warum machen die das?«, fragte Jody nervös, als sie die Kiva erreichten.

»Weil euer Freund der Wiedergekehrte ist. Sie halten

ihn für einen Gott«, gab Qaletaqa mit einem hintergründigen Lächeln zurück.

»Ein Gott?«, fragte Max ungläubig. »Dann haben sie ihn noch nie schnarchen gehört, das kommt nämlich direkt aus der Hölle.«

Der Indianer antwortete nicht, sondern ging durch das breite Portal in das Innere des runden Bauwerks.

»Was muss ich da hören? Ich bin ein Gott?«

»Bilde dir darauf jetzt bloß nichts ein.«

Joe hob mahnend seinen Zeigefinger.

»Maximilian, achte bitte auf deine Wortwahl oder ich muss dich opfern lassen. Zumindest ein paar Teile von dir.« Lachend ging er weiter und folgte dem Indianer in das zeremonielle Gebäude.

»Nimms nicht so schwer, Max. Bei unserer nächsten Entdeckung darfst du der Gott sein«, neckte Jody ihn und folgte Joe.

»Was sagen Sie dazu, Professor? Die spinnen hier doch alle, oder?«

»Ich bin mir da nicht so sicher, Max. Dieser Dialekt, den die Indianer vorhin gesprochen haben ... ich habe so was noch nie gehört. Und die Art und Weise, wie die Leute hier gekleidet sind und wie sie leben ...« Er hielt inne und ging dann ebenfalls in die Kiva, gefolgt vom hinkenden Ike.

Mit einem Stoßseufzer betrat Max das Rundhaus. Bei dem Anblick, der sich ihm in dessen Inneren bot, musste er sich zusammenreißen, damit ihm sein Unterkiefer nicht auf den Boden fiel. Innerhalb des von außen trotz seiner Größe unscheinbaren Steinhauses war alles aus purem Gold. Der Fußboden, die Wände, die Decke –

alles glänzte golden. Ein kurzer Durchgang führte in einen großen, kreisrunden Raum, in dessen Mitte ein rechteckiger Altar stand oder ein Opfertisch. Vor dem Altar war eine Feuerstelle im Boden angelegt und direkt darüber, in der Decke, konnte Max den Luftschacht erkennen. Ein kleines Feuer erhellte den Raum und ließ die goldenen Wände und Decken glänzen. Hinter dem Altar ragte ein schmaler, kreisrunder Sockel aus dem Boden, auf dem sich eine kleine goldene Götzenfigur befand, wie Max sie schon häufiger bei indigenen Völkern gesehen hatte. Jedoch nicht in einer Ausführung wie dieser. Der Götze, der komplett aus Gold gefertigt war, hatte zwei riesige rote Edelsteine als Augen eingesetzt bekommen, Rubine, wie Max vermutete. Die grinsende Figur entblößte ebenfalls einige Zähne, die weiß erstrahlten und höchstwahrscheinlich Diamanten waren.

»Wer ist der kleine Kerl da?«, fragte er Qaletaqa. Der sah ihn streng an.

»Das ist Tawa, der Sonnengott. Er wacht über Cíbola.«

Max löste seinen Blick von dem Idol der Indianer und sah sich weiter um.

Links und rechts von dem goldenen Quader standen zwei riesige Statuen, ebenfalls aus purem Gold. Eine der Figuren stellte einen Indianer dar, mit einem langen Speer in der Hand. Die andere Statue wies zu Max' erstaunen eine gewisse Ähnlichkeit mit Joe auf. Mit verblüfften Blick betrachtete Joe sein goldenes Abbild.

»Okay, dieser Estebán war wirklich ein verdammt gut aussehender Kerl, das muss ich schon sagen«, sagte er breit grinsend, worauf Max nur die Augen verdrehte.

Qaletaqa, der nun keinen Hut mehr trug, hatte sich hinter den Altar gestellt und sein langes, fast weißes Haar hing ihm über die Schultern. Er breitete die Arme aus.

»Tretet näher, meine Freunde«, sagte er mit sanfter Stimme.

»Was ist das hier?«, fragte der Professor.

»Dies ist das goldene Herz Cíbolas. Der Grund, warum alle weißen Männer immer so verrückt wurden, wenn der Name unserer Stadt genannt wurde.« Qaletaqa sah sich um. »Das Gold, alle wollen es haben, aber es ist nicht der wahre Reichtum dieses Ortes.«

»Na, wenn das kein Reichtum ist, dann weiß ich auch nicht«, sagte Joe leise zu Max.

»Du«, sagte der Indianer mit lauter Stimme und zeigte auf Joe. »Tritt vor.«

»Ich? Aber ich möchte lieber hier stehen bleiben.«

»Jetzt hab dich nicht so, Eure Gottheit« sagte Max und schob Joe ein Stück nach vorne.

»Lange haben wir auf dich gewartet«, sagte Qaletaqa und sah Joe dabei fest in die Augen. »Dass du wiederkehrst und mit deinem Erscheinen den Untergang unserer Welt einläutest.«

Joe drehte sich um und blickte zu Max, der nur mit den Schultern zuckte.

»Wie meinen Sie das?«, fragte Joe den Alten.

»Dir werden weitere Männer folgen. Sie werden das Herz von Cíbola herausreißen und uns damit alle dem Untergang preisgeben.«

»Oh, das ... ich verspreche Ihnen, dass dies nicht meine Absicht ist.«

Qaletaqa lächelte milde.

»Natürlich nicht. Du hast ein gutes Herz, wie deine Freunde auch. Das spüre ich. Aber unsere Zeit hier ist bald vorbei.«

»Können Sie jetzt vielleicht mit diesem Humbug aufhören und uns einfach sagen, was Sache ist?«, brach es aus Jody heraus. Überrascht blickten der Professor und Max sie an. »Entschuldigung, aber ist doch wahr!«

»Die junge Squaw hat recht. Ihr verdient es, die ganze Geschichte zu erfahren.« Der Indianer ging um den goldenen Altar herum und begab sich in einen Nebenraum. Dort war nur noch der Fußboden aus Gold. Mehrere große Feuerschalen erhellten den Raum, sorgten aber gleichzeitig für eine hohe Temperatur. An den Wänden, die aus rotem Stein gefertigt waren, konnte Max Zeichnungen erkennen.

»Es ist jetzt mehr als vierhundert Jahre her, dass Estebán erstmals unsere Stadt betrat.« Qaletaqa zeigte auf eine der in den Stein geritzten Figuren. »Er stolzierte wie ein König in unsere Stadt, war unverschämt, laut und beleidigte unsere Anführer, indem er ihnen sagte, sie müssten sich den weißen Männern unterwerfen. Dafür wurde er getötet.« Der Indianer ließ seine Hand über die Wand zum nächsten Bild gleiten. »Aber die Tochter des Häuptlings hatte Mitleid mit ihm. Sie erweckte Estebán von den Toten. Als er die Augen aufschlug und das Antlitz der jungen Frau erblickte, war Estebán ein anderer.«

»Moment bitte, nur damit ich das richtig verstehe: Estebán wurde getötet und wieder zum Leben erweckt? Oder ist das nur eine Umschreibung für irgendein Ritual oder Ähnliches?«, fragte Max.

»Es ist, wie ich sagte. Aber die Geschichte geht noch weiter. Estebán verließ uns wieder und traf sich mit einem Mönch. Er schaffte es, diesen davon zu überzeugen, niemanden den Weg nach Cíbola zu zeigen, und kehrte dann zu uns zurück.«

»Das muss Marcos de Niza gewesen sein«, flüsterte Jody zu Max. »Aber wieso hat er dann erzählt, dass Estebán tot war, wenn er doch wusste, dass er noch lebt?«

»Weil Estebán an das Mitgefühl des Mönchs appellierte«, sagte Qaletaqa und lächelte Jody traurig an. »Dieser Mönch war ausgesandt worden, um im Namen seines Gottes von Frieden und Liebe zu predigen. Aber was er hier, in dieser für ihn Neuen Welt mit ansehen musste, hat ihn tief in seinem Glauben erschüttert. Die Männer, mit denen er unterwegs war, töteten und folterten im Namen seines Gottes. Sie brandschatzten, vergewaltigten die Frauen und töteten Kinder. Als Estebán ihm von Cíbola und seinem Wunder berichtete, traf der Mönch eine Entscheidung.« Der Indianer seufzte. »Bis zum heutigen Tage hielt sich die Version, die der Mönch an die Spanier übermittelte. Er opferte dafür sogar sein Ansehen, weil er nach dem Misserfolg der Expedition des Coronado in Ungnade fiel und fortan als Lügner galt.« Qaletaqa blickte wieder auf das große Wandbild. »Estebán hingegen blieb in Cíbola. Nie wieder verließ er uns und lebte lange Jahre glücklich und zufrieden mit der jüngsten Tochter des Häuptlings zusammen. Bis zu seinem Tod.«

»Klingt nach einem gelungenen Happy End für ihn«, scherzte Joe, aber der alte Indianer beachtete ihn nicht.

»Vor seinem Tod sagte Estebán voraus, dass er einst

wiederkehren werde, dann, wenn das Ende Cíbolas bevorstehe.« Mit durchdringendem Blick sah Qaletaqa zu Joe.

»Was schauen Sie mich so an? Ich bin garantiert nicht Ihr zurückgekehrter Estebán, nur weil ich zufällig auch dunkelhäutig bin!« Joe hob abwehrend die Hände.

»Aber die Indianer da draußen glauben es«, sagte Max und sah Joe an. »Aber warum halten sie dich deswegen gleich für einen Gott?«

»Ein jeder, der es schafft, aus dem Reich der Toten zu den Lebenden zurückzukehren, gilt als Gott. Sonst wäre diese Wiederkehr nicht möglich.«

»Moment, haben Sie nicht gerade erzählt, das Estebán getötet worden ist und die Tochter des Häuptlings hat ihn zurück ins Leben geholt. Wie hat sie das gemacht? War sie eine Zauberin oder so was?«

Qaletaqa sah sie ernst an.

»Ich will es euch zeigen. Folgt mir.«

Sie verließen das Haus und stiegen die Treppe wieder hinab in das Tal. Immer noch standen die Indianer da und blickten ehrfürchtig auf Joe.

»Wie kommt es, dass dieser Canyon bisher noch nicht entdeckt worden ist?«, fragte Max den Indianer.

»Dieser Berg gilt allen Indianern als heilig. Nie wurde er bestiegen. Und auch die Weißen setzten nie einen Fuß in diese Gegend. Außerdem gibt es Wächter, die darauf achten, dass niemals jemand hierherfindet.«

»Sie meinen Wächter wie Sie?«

»Ja. Das war meine Bestimmung. Ich lebe schon sehr lange in der Wüste, darauf bedacht, dass nie jemand nach Cíbola kommt.«

»Aber uns haben Sie ziehen lassen.«

»Eure Herzen sind rein und ihr seid in seiner Begleitung.« Qaletaqa deutete auf Joe.

»Habt ihr ein Glück, dass ihr mich habt«, lachte Joe. »Das wird dich in Boston aber mehr als nur eine Runde kosten, Max.«

Sie gingen bis zum Ende des Tals, wo der Fluss aus den Felsen hervorsprudelte. Etwas abseits des Flusslaufs hatte sich ein kleines Bassin gebildet, das ebenfalls von der Felsquelle gespeist wurde. Um dieses Becken hatten die Indianer eine Mauer aus Gold errichtet. Diese sichelförmige Einfassung reichte an beiden Seiten an die Felswand heran, von der aus unablässig neues Wasser das Becken speiste. Die Goldmauer war nicht hoch und ging Max bis zur Hüfte. Qaletaqa blieb davor stehen und sprach mit würdevoller Stimme: »Dies hier ist der wahre Schatz Cíbolas, meine Freunde. Das Leben. Nicht das Gold, das ihr hier gesehen habt.«

»Sie meinen das Wasser? Davon fließt hier doch eine ganze Menge.« Jody zeigte auf den Fluss, der in ihrem Rücken entlangmäanderte.

»Dieses Wasser hier ist anders. Als wir Estebán damals dieses Wasser zeigten und ihm erklärten, dass er deswegen von den Toten zurückgekehrt war, nannte er es die Quelle des Lebens.«

Professor Crichton und Max sahen sich bei den letzten Worten des Indianers verwirrt an.

»Habe ich das richtig verstanden? Sagten Sie gerade, dass Sie dabei waren, als Estebán hier war?«

Qaletaqa drehte sich langsam zu ihnen um und in seinen Augen war ein kurzes Auflodern zu sehen.

»So ist es. Ich war damals noch ein junger und ungestümer Krieger. Jetzt bin ich ein sehr alter Mann. Alt und müde.«

»Sie müssten über vierhundert Jahre alt sein, wenn das, was Sie sagen, stimmt.«

»Die Quelle der ewigen Jugend«, sinnierte Crichton leise und strich mit der linken Hand über seinen Bart.

»Wie Sie an mir sehen können, ist es mit der ewigen Jugend nicht weit her«, erwiderte Qaletaqa mit fröhlicher Stimme. »Aber genau diese Worte hat Estebán damals auch benutzt. Er sagte, es sei ein Mythos, eine Geschichte, die man sich in der alten Welt schon lange erzählte. Das Wasser aus diesem Becken hält einen nicht jung, aber es verlängert das Leben um viele, viele Jahre. Es kann Schmerzen und Krankheit lindern.« Bei seinen letzten Worten blickte er zu Max.

»Wollen Sie mir sagen, dass das Wasser, das Sie mir zu trinken gegeben haben ...?«

»Es stammt von hier, genau. Ich habe immer einen großen Vorrat davon bei mir gehabt, anders hätte ich die Jahre in der Wüste kaum überstanden.«

»Bedeutet das, dass ich jetzt ebenso lange leben werde wie sie?«

»Nein.« Der Indianer schüttelte den Kopf. »Zur Schmerzlinderung eignet es sich hervorragend, aber das lange Leben ist nur möglich, wenn man jeden Tag davon trinkt.«

»Aber es kann Tote wieder zum Leben erwecken. Wie ist das möglich?«, fragte Jody.

»Das weiß niemand. Es ist auch nur ein einziges Mal geschehen.«

»Bei Estebán.«

Qaletaqa nickte. »So ist es. Nie zuvor und niemals wieder danach ist es geglückt, einen Toten zurück aus dem Reich des Schattens zu den Kindern der Sonne zu holen.«

»Deswegen galt Estebán bei Ihren Leuten als Gott.«

»Ja, auch er wurde sehr alt. Aber er starb vor zweihundert Jahren, seine Gebeine haben wir oben auf dem Plateau der Erde übergeben.« Der Indianer wies mit der Hand die Felswände hinauf.

Max beugte sich derweil über die kleine Goldmauer und blickte in die Senke, wo sich das Wasser sammelte. Auf dem Grund konnte er dunkles Gestein schimmern sehen. Auf einmal sah er Ike auf das Bassin zu humpeln. Der Dachshund hatte sich durch einen schmalen Spalt zwischen der Goldmauer und der Felswand gezwängt und begann, in Seelenruhe von dem Wasser zu trinken. Da er sich dabei nach vorne beugen musste und dies nur mit dem rechten Vorderlauf machen konnte, geriet er ins Straucheln und rutschte in das Becken. Jetzt bemerkte auch die anderen, dass sich Ike auf der anderen Seite der Einfassung befand. Crichton wollte hinübersteigen und den Hund aus dem Wasser helfen, aber Qaletaqa legte ihm die Hand auf die Brust.

»Warte einen Moment.«

Max beobachtete Ike, der zuerst nur mit seinen drei gesunden Beinen herumstrampelte, um sich über Wasser zu halten, nach wenigen Sekunden jedoch alle vier Gliedmaße benutzte, eine Runde schwamm und schließlich wieder aus dem Wasser herauskam. Er schüttelte sich, bellte fröhlich und sprang dann mit einem Satz aus dem

Stand auf die Mauer hoch. Sein linkes Bein war wieder völlig geheilt.

»Das ist doch nicht möglich«, sagte Crichton mit großen Augen.

»Die Macht der Quelle wirkt bei jedem, ob Mensch oder Tier«, erwiderte der Indianer mit ruhiger Stimme.

»Habt ihr nie Angst gehabt, dass dieses Becken austrocknet?«, fragte Joe.

»Wovor sollten wir Angst haben? Dieser Quell dient schon seit Hunderten von Jahren als Grundlage unseres Volkes. Aber nun wird es bald damit vorbei sein.« Qaletaqas Stimme klang nicht traurig oder verbittert, als er dies sagte.

»Nur weil Joe hier aufgetaucht ist? Er ist nicht der wiedergeborene Estebán, das ist abergläubischer Unsinn«, sagte Jody.

»Mag sein. Aber er ist hier. Und euch folgen noch andere Männer. Ich konnte sie nicht daran hindern. Es wird nicht mehr lange dauern und Cíbola wird zerstört werden.«

»Was? Halt, hier wird gar nichts zerstört«, sagte Max. »Wir brauchen diesen Ort, um zu beweisen ...« Er verstummte, als das Echo eines Schusses immer wieder von den Wänden des Canyons zurückgeworfen wurde.

»Zu spät«, sagte Qaletaqa und schloss seine Augen. »Es hat bereits begonnen.«

ZWEIUNDZWANZIG
VERFOLGUNG

FASSUNGSLOS STARRTE Paloma Ruiz auf das Stück Papier in ihrer Hand. Ihre Unterlippe zitterte vor Wut, die langsam, aber sicher ihren ganzen Körper zum Beben brachte. Sie las den Text von Hernando Colón erneut und betrachtete danach die Zeichnung. Oder besser das, was davon noch übrig war, denn der Großteil der feinen Linien war zu einem einzigen dunklen Fleck ineinandergelaufen.

»Das darf nicht wahr sein«, sagte Rodrigo, der ihr von hinten über die Schulter schaute. »Dafür hat Juan sein Leben gelassen, für dieses unnütze Stück Papier. Wir werden Cíbola niemals finden.« Mit einem Ausdruck des Missfallens drehte er sich weg und spuckte aus.

»Wir werden jetzt nicht aufgeben, Rodrigo. Es mag sein, dass die Karte keinen Wert mehr für uns hat. Aber ganz sicher kennen die Amerikaner den Weg. Deswegen haben die anderen sie auch am Leben gelassen, weil sie ihnen den Weg weisen sollten.«

»Paloma, deine Hartnäckigkeit in allen Ehren, aber wie willst du sie nach diesem verdammten Sturm wiederfinden? Wir können froh sein, wenn wir es überhaupt lebendig heraus aus dieser Wüste schaffen.«

Sie drehte sich um und betrachtete die Umgebung. Nichts als endlos scheinender Sand war zu sehen, dazu vereinzelt einige Kakteen und vertrocknete Sträucher.

»Ich bin überzeugt, dass sie weiter zu diesen Bergen ziehen werden.« Sie zeigte auf den Horizont, wo ein langer Gebirgszug sich von der Ebene abhob.

»Wir werden dabei draufgehen, wenn du wirklich dorthin gelangen willst.«

»Ich gehe mit dir oder ohne dich.« Sie faltete den Brief von Colón zusammen und steckte ihn ein. »Jahrelang habe ich auf diese Chance gewartet, endlich den Schatz meiner Vorfahren rechtmäßig in Besitz zu nehmen. Keine Wüste wird mich davon abhalten, mein Eigentum zu erreichen!« Mit diesen Worten schritt sie voran, auf die Bergkette zuhaltend.

»Paloma, warte auf mich, verdammt noch mal«, fluchte Rodrigo. »Es wird bald dunkel werden.«

»Und was dann? Hast du etwa Angst?«, lachte sie gehässig. »Komm mit, dann passe ich auf dich auf!«

Schnaufend und durch den Sand stolpernd, folgte Rodrigo ihr.

Als sie am nächsten Morgen nach einer kurzen Pause weitergingen, schien es fast so, als ob der Abstand zu den Bergen sich um keinen Meter verringert hatte. Rodrigo sagte nichts mehr, sondern trottete ihr schweigend hinterher. Die Stunden vergingen, ohne dass sie eine Spur von den Amerikanern fanden. Als der Nachmittag fast vorüber war und die Sonne sich langsam senkte, kamen auch Paloma Zweifel, ob sie es überhaupt noch schaffen konnten, die Amerikaner zu finden. Wenig später war der Tag vorüber und es folgte schnell die Dunkelheit.

»Bist du immer noch so optimistisch?«, fragte Rodrigo und öffnete seine letzte Wasserflasche.

»Es darf nicht so enden«, sagte sie matt und sank auf die Knie. Ihre Augen brannten. »Nicht so. Wir sind so dicht davor, ich kann es spüren. Die Stadt muss hier sein.«

»Ohne die Karte werden wir zwei Jahre herumirren. Niemand kann Cíbola finden, das hat die Zeit bewiesen.«

Paloma wusste darauf nichts zu erwidern. Ihre letzte Hoffnung darauf, die legendäre Stadt zu finden, war dahin.

»Was ist das?« Rodrigo blickte an Paloma vorbei und kniff die Augen zusammen. Paloma folgte seinem Blick.

»Das ist Feuer«, sagte sie und sprang auf die Beine.

»Meinst du, es sind die Amerikaner? Sollten die wirklich so dumm sein und hier ein Feuer machen, wo es jeder sehen kann?«

»Es ist mir verdammt noch mal egal, warum und wieso. Aber wir werden da jetzt hingehen!« Verloren geglaubte Kraft strömte durch Palomas Glieder. »Das ist unsere einzige Chance, die uns noch bleibt.« Mit großen Schritten stürmte sie voran, dem tanzenden Lichtschein in der Ferne entgegen.

Als sie es nach einem kräftezehrenden Marsch nach zwei Stunden erreichten, erkannte Paloma schnell, dass niemand bei dem Feuer war. Die letzten Flammen züngelten sich um einen Holzbalken, der aus einem Steinhaufen herausragte.

»Das war wohl eine Art Hütte«, sagte Rodrigo und sah sich suchend um, mit gezogener Pistole in der Hand.

Paloma ging auf die Überreste der Behausung zu. Direkt davor sah sie ein kleines Tongefäß im Staub liegen. Sie hob es auf und betrachtete es genauer.

»Hast du was gefunden?«

»Nur eine kleine Amphore, nichts von Bedeutung.« Sie schleuderte die Tonflasche gegen den Steinhaufen, wo sie zerbrach.

»Schau mal, hier ist ein Brunnen«, sagte Rodrigo und hob einen Eimer vom Boden auf, der direkt neben einem Loch mit einer Steinumrandung lag.

»Und verdammt viele Spuren«, stellte Paloma erfreut fest. »Wir haben wohl doch noch Glück und bekommen, was uns zusteht.«

Sie warteten die Dunkelheit ab und zogen beim ersten Licht des Tages weiter in Richtung der Berge und folgten den Spuren, die nicht verweht worden waren. Als sie den Fuß des Berges erreichten, wurde der Untergrund felsiger und die Spuren verschwanden.

»Wohin jetzt?«

»Ich weiß nicht genau«, sagte Paloma und sah die steil aufragenden Bergwände hinauf bis zu dessen Tafelkuppe. »Auf gar keinen Fall sind sie geklettert. Halte Ausschau, ob du nicht doch noch irgendwelche Spuren entdeckst.«

Während Rodrigo der Aufforderung nachkam,

entdeckte Paloma ein paar schemenhafte Gestalten, die sich ebenfalls am Fuß des Berges bewegten.

»Runter!«, zischte sie ihren Begleiter an.

»Was ist los?«

»Dahinten sind sie!« Sie zeigte nach links.

Rodrigo legte sich flach auf den Boden und zog ein Fernglas aus seinem Rucksack.

»Das sind diese anderen Mistkerle, die Juan auf dem Gewissen haben«, knurrte er. »Sie haben uns nicht entdeckt und scheinen ebenso ratlos zu sein wie wir.«

»Gut. Aber wenn die hier auch sind, werden die anderen Amerikaner ebenfalls nicht weit weg sein.«

»Fragt sich nur, wer sie zuerst findet.«

»Nein. Es geht darum wer entschlossener ist, Rodrigo. Und das werden wir sein!«

Sie blieben noch eine Weile liegen und beobachteten die fünf Amerikaner, die anscheinend einer Spur folgten und sich immer dicht am Fuße des Berges nach Westen bewegten. Erst als die Männer fast außer Sichtweite waren, erhoben Paloma und Rodrigo sich wieder und nahmen die Verfolgung auf.

»Verflucht!«, schimpfte Rodrigo beim Blick durch sein Fernglas.

»Haben Sie uns bemerkt?«

»Nein, schlimmer. Sie sind verschwunden!«

»Das kann nicht sein, die können sich nicht einfach in Luft aufgelöst haben.«

»Und doch sind sie weg.« Er reichte Paloma das Fernglas.

»Es gibt nur eine Möglichkeit«, sagte sie schließlich nach einer Weile. »Sie müssen in den Berg gegangen sein.

Komm schnell. Mein Gefühl sagt mir, dass wir kurz davor sind, unser Ziel zu erreichen!«

Beflügelt von der Aussicht auf das Gold Cíbolas, lief Paloma leichtfüßig voraus, während Rodrigo ihr schwer atmend folgte. Sie gelangten an eine Stelle, wo ein niedergerissener Ocotillo im Sand lag. Am Fuß des Berges war ein schmaler Durchlass zu sehen und deutliche Spuren, dass sich dort mehrere Männer hineingezwängt hatten.

»Mach dich bereit, Rodrigo«, sagte Paloma mit eiskalter Stimme. »Jetzt wird abgerechnet!«

DREIUNDZWANZIG
KAMPF UM CÍBOLA

DEM ERSTEN SCHUSS folgten noch viele weitere. Durch den schmalen Canyon hallten die Schüsse im Stakkatotakt ins Tal, wo sich Qaletaqa daran versuchte, die wenigen Frauen und Kinder zu sammeln und in Sicherheit zu bringen.

»Gibt es noch einen Weg hinaus?«, fragte Max den Indianer, während dieser immer wieder laute Rufe ausstieß und die Einwohner Cíbolas zu sich heranwinkte.

»Ja, es gibt einen steilen Pfad, der die Felsen hinauf zum Plateau führt.« Qaletaqa zeigte auf die gegenüberliegende Felswand. »Aber wenn wir dort hinaufgehen, sind wir vollkommen ungeschützt. Wir werden es nicht schaffen zu entkommen, sondern mit Cíbola untergehen.« Max folgte dem Blick des Indianers, der zur Quelle ging, die aus dem Felsen sprudelte.

»Es gibt hier eine Falle, nicht wahr?«

»Ja. Wir haben sie schon vor langer Zeit errichtet, als

die Spanier noch aktiv nach Cíbola suchten. Die Gier nach Gold wird unsere Feinde ins Verderben stürzen.«

Weinend und wehklagend kamen einige alte Frauen zu Qaletaqa gelaufen. In ihren Gesichtern konnte Max sehen, dass auch sie wussten, was für ein Schicksal ihnen bevorstand.

»Wir müssen etwas tun«, sagte er an Joe gewandt.

»Und was schlägst du vor? Sollen wir sie mit Steinen bewerfen? Wir haben nichts, um uns zu verteidigen«, erwiderte Joe.

Gellende Todesschreie hallten durch das Tal. Aus dem schmalen Canyon sah Max einige Indianer herausrennen. Sie brachen plötzlich zusammen, als ihnen Hank Beagle in den Rücken schoss.

»Halten Sie sich bereit, Ihre Leute aus dieser Todesfalle herauszuführen«, sagte Max an Qaletaqa gewandt. »Wir werden für Ablenkung sorgen!«

»Was hast du vor?«, fragte Jody besorgt.

»Wir können nicht zulassen, dass Haywood und seine Schurkenbande hier ein Gemetzel anrichten. Es ist unsere Schuld, dass sie hier sind, also müssen wir unseren Fehler auch wiedergutmachen.«

»Aber Joe hat recht, wir haben nichts, um mit ihnen fertigzuwerden.«

»Doch, das haben wir. Steine. Goldene Steine«, lächelte Max. »Kommt mit. Wir müssen die Kiva mit dem Herz aus Gold vor ihnen erreichen! Professor, Sie bleiben bei Qaletaqa und helfen ihm, die Leute in Sicherheit zu bringen.«

Ehe Crichton einen Einwand vorbringen konnte, lief Max mit Jody und Joe los in Richtung des ersten Hauses.

Mittlerweile hatten auch Haywood und Thadmore Beagle das Tal betreten und sie ebenfalls längst gesehen. Aber Max und seine Freunde erreichten die Stufen der Steintreppe, die zu der großen Kiva hinaufführte, und gelangten ins Innere des mit Gold ausstaffierten Bauwerks.

»Und was machen wir jetzt? Ich hoffe, du hast einen Plan, Max«, schnaufte Joe und stellte sich seitlich neben den Eingang, damit er Haywood und dessen Begleiter sehen konnte.

»Wir müssen nur ihre Aufmerksamkeit lange genug auf uns ziehen, damit Qaletaqa mit seinem Volk fliehen kann.«

»Du hast mich wohl falsch verstanden. Das ist kein Plan, das ist Selbstmord!«

Max achtete nicht auf Joes Einwand und lief zu der goldenen Statue von Estebán.

»Helft mir mal, vielleicht lässt sich dieser Kerl hier bewegen.« Er und Jody stemmten sich gegen die große Goldfigur, die sich jedoch um keinen Millimeter verrücken ließ.

»Vergiss es, Max, dieses Ding bekommen wir niemals bewegt«, sagte Jody. »Lass es uns lieber bei der Indianerstatue versuchen, die ist ein gutes Stück kleiner.«

Joe ging von der Tür fort und half Max und Jody, den goldenen Häuptling zu bewegen. Gemeinsam gelang es ihnen, aber die Statue kam ins Wanken und kippte schließlich nach vorne zu Boden. Der linke Unterarm, in dem die Figur den langen Goldspeer hielt, brach ab.

»Immerhin ist er jetzt etwas leichter«, keuchte Max.

»Kommt, wir müssen ihn nach draußen tragen, zur Treppe hin.«

Zu dritt schafften sie es, die mindestens einhundert Kilo schwere Goldfigur aus der Kiva zu tragen. Sie stellten die Statue am Treppenabsatz auf. Eine Kugel schlug wenige Meter unterhalb von Max in den Felsen ein.

»Falkenburg! Es ist vorbei! Ich habe gewonnen, Cíbola gehört mir«, brüllte Jonathan Haywood mit sich überschlagender Stimme zu ihm hinauf. Er stand mit triumphierendem Blick und ausgebreiteten Armen inmitten mehrerer toter Indianer. Thadmore Beagle stand mit seinen zwei Brüdern dicht hinter ihm und bedachte den Archäologen mit einem abschätzigen Blick, was Haywood jedoch entging. »Kommen Sie drei dort runter, mit erhobenen Händen. Ich verspreche, dass Ihnen nichts geschieht, Sie haben mein Wort.«

»Ich glaube nicht, dass Sie uns etwas versprechen können, Haywood«, schrie Max zurück. »So wie ich das sehe, haben auch Sie bald ausgedient! Ist es nicht so, Beagle?«

Haywood drehte sich irritiert herum und sah den arglistig grinsenden Brüdern ins Gesicht. »Wir haben eine Abmachung«, sagte er mit schriller Stimme, als Thadmore Beagle auf ihn zuging.

»Glauben Sie wirklich, wir lassen zu, dass Sie hiernach an die Öffentlichkeit gehen und mit dieser Entdeckung herumprahlen?« Beagle stieß mit seinem Fuß gegen einen auf dem Bauch liegenden toten Indianer und drehte ihn herum. Haywood blickte mit panischem Gesicht auf die Leiche.

»Was ... was haben Sie jetzt mit mir vor?«

»Ich könnte Ihnen jetzt sagen, dass wir Sie noch brauchen und Sie sich keine Sorgen machen müssen, solange Sie kooperieren, aber eigentlich ...« Thadmore brach den Satz ab und hob seine Schrotflinte. Er richtete den Lauf auf das Gesicht des Archäologen.

»Aber ... Sie können doch nicht ...«

Sogar aus der Höhe des Abri konnte Max erkennen, wie Haywood blass wurde. Auch wenn er seinen ehrgeizigen Kollegen nicht leiden konnte, so wollte er nicht untätig zusehen, wie diesem ins Gesicht geschossen wurde.

»Beagle«, schrie er laut. »Lassen Sie den Blödsinn. Sind für heute nicht schon genug Menschen gestorben?«

»Was kümmert es Sie, wenn ich diesem Kerl das Hirn wegpuste?«, gab Thadmore zurück. »Machen Sie sich keine Sorgen, Falkenburg, Sie und Ihre Freunde sind als Nächstes dran.«

»Das würde ich an Ihrer Stelle nicht tun. Denn alleine werden Sie aus Cíbola nicht ein einziges Gramm Gold herausbringen.«

Im Gesicht von Thadmore Beagle konnte Max Zweifel erkennen.

»Was meint er damit, Haywood?« Er machte einen Schritt auf den vor Angst wie versteinert wirkenden Archäologen zu und drückte ihm den Gewehrlauf auf die Brust.

»I-ich ... w-weiß es n-nicht ...«, presste dieser stotternd hervor.

»Sehr gut, Jonathan. Knicken Sie jetzt nicht ein. Sagen Sie dem Kerl kein Sterbenswort«, rief Max hinunter. Aus dem Augenwinkel konnte er sehen, wie am Ende des Talkessels, Qaletaqa mit den Überlebenden und Professor Crichton bereits bei der Steintreppe angekommen waren, die hoch zur Kuppe der Mesa führte.

»Wenn Ihnen am Leben dieser Made hier etwas liegt, dann werden Sie mir jetzt erklären, warum wir das Gold hier nicht rauskriegen.«

»Denken Sie doch mal nach, Beagle! Die Indianer hatten Jahrhunderte lang Zeit, sich die perfekte Falle auszudenken, für den Fall, dass eine goldgierige Ratte wie Sie hier einfallen sollte.«

»Aber Sie wissen, wie man die Falle umgehen kann?«

»Sieht ganz so aus, oder?« Max klopfte der goldenen Indianerstatue auf die Schulter und lächelte selbstgewiss. »Ich kann es Ihnen sagen, aber erst lassen Sie Haywood und meine Freunde aus dem Canyon ziehen. Ich bleibe bei Ihnen!«

»Max, das kannst du nicht tun«, flüsterte Jody ihm zu, während Joe ihn mit hochgezogenen Augenbrauen fragend ansah.

»Bleibt ganz ruhig, vertraut mir«, gab er zwischen den Zähnen zurück, ohne die Lippen zu bewegen.

Unten besprach sich Beagle mit seinen Brüdern.

»Wo ist das Gold? Oben bei Ihnen?«, schrie er schließlich.

»Ja. Es ist alles hier. Das Gebäude hinter mir ist zum Bersten damit gefüllt. Aber nur ein falscher Handgriff und alles ist für Sie verloren!«

»In Ordnung, Falkenburg. Sie haben gewonnen. Ich lasse Ihre Freunde gehen und auch diesen Kerl hier.« Beagle ließ die Schrotflinte sinken. »Ihre Freunde können jetzt herunterkommen und das Tal verlassen. Sie bleiben, wo Sie sind!«

Jody sah Max flehend an.

»Ich weiß, was ich tue. Ihr geht jetzt«, sagte er ihr und zwinkerte ihr aufmunternd zu.

»Wehe du kommst nicht nach, dann komme ich zurück und hole dich«, sagte Jody todernst und gab ihm anschließend einen langen Kuss.

»Die Zeit läuft«, rief Beagle von unten.

Joe und Jody gingen die Stufen hinab. Als sie unten ankamen, drehte sich Jody nochmals zu Max um, ehe sie von Beagle und seinen Brüdern zur Seite gedrängt wurden.

»Gehen Sie jetzt und nehmen Sie den hier mit.« Thadmore stieß Haywood auf sie zu. Joe fing den verängstigten Mann auf. Langsam wichen sie von der Treppe zurück und bewegten sich dann rückwärts in Richtung des Durchgangs. Weder Hank Beagle, der Joe die ganze Zeit mit finsterem Blick anstarrte, noch ein anderer der Männer versuchte, sie daran zu hindern. Thadmore Beagle stieg derweil die Stufen hinauf, gefolgt von seinem Bruder Phil und Jeff. Als sich schließlich auch Hank umdrehte und die Treppe hinaufstieg, atmete Jody erleichtert durch. Aber sie zuckte im nächsten Augenblick zusammen, als eine Frauenstimme durch das Tal schallte.

»Wir haben auch noch ein Wörtchen mitzureden. Immerhin befinden wir uns hier auf meinem Grund und Boden«, schrie Paloma Ruiz mit fester Stimme. »Niemand verlässt Cíbola!« Die Spanierin stand wenige Meter vor dem Durchgang und hielt ihre Pistole auf Joe gerichtet, während der Mann neben ihr mit seiner Waffe in Richtung der Beagles zielte.

»Sie sind zu spät gekommen. Cíbola gehört uns und niemand anderem«, gab Thadmore mit donnernder Stimme zurück.

»Das werden wir ja sehen. Ich werde nicht zögern, die drei hier zu erschießen, wenn Sie mir nicht geben, was mein ist«, rief sie Max zu.

Ehe Max reagieren konnte, wurde der erste Schuss abgegeben. Hank Beagle feuerte auf die Spanierin, verfehlte sie aber deutlich. Dafür zielte der Begleiter von Paloma Ruiz besser, die Kugel aus seiner Waffe traf Phil Beagle im Bein. Der geriet ins Straucheln und rutschte die Treppenstufen hinunter. Sein Kopf prallte dabei mehrfach hart auf die Steinstufen und als er unten neben seinem Bruder aufschlug, blieb er mit gebrochenem Genick leblos liegen.

»Phil!« Hank feuerte mehrmals auf die Spanier und auch sein Bruder Thadmore schoss auf die Eindringlinge. Joe rannte mit Jody zur Seite weg, um dem einsetzenden Kreuzfeuer zu entgehen. Max wollte die Treppe hinunterrennen, wurde aber von Thadmore Beagle gestoppt.

»Sie gehen nirgendwo hin! Zurück!« Er drängte Max wieder auf den Felsvorsprung hinauf. »Ich will das Gold!« Max blickte an ihm vorbei und sah, wie Jody und Joe nur noch wenige Meter von dem rettenden Durchgang entfernt standen, vor dem aber immer noch die beiden Spanier standen und auf Hank Beagle feuerten, der am Fuß der Treppe die Stellung hielt. Dann hallte auf einmal die Stimme von Jonathan Haywood laut durch das Tal.

»Sie fliehen! Die Indianer fliehen!« Haywood hatte sich mit Einsetzen der Schießerei nach hinten abgesetzt und hatte jetzt freie Sicht auf die Felswand, wo sich in einer langen Schlange die Menschen auf dem schmalen Pfad nach oben vorarbeiteten.

»Wenn diese Bastarde entkommen, wird keiner von uns das Gold Cíbolas lange in Händen halten«, rief Thadmore der Spanierin zu.

»Darum kümmere ich mich später!« Paloma Ruiz feuerte auf Beagle, die Kugel schlug nur knapp neben diesen in die goldene Indianerstatue ein.

»Verdammtes Miststück!«

Max nutzte die Ablenkung von Beagle, um sich auf ihn zu stürzen. Er umklammerte die Schrotflinte mit beiden Händen und versuchte, sie ihm zu entreißen. Von hinten sprang ihn jedoch Jeff an, der Max einen Arm um den Hals legte und zudrückte. Nach Luft ringend, musste Max das Gewehr loslassen. Beagle verpasste ihm daraufhin einen harten Schlag in den Magen, der Max ein Stück zurückwarf, ebenso wie Jeff, der ihn immer noch im Schwitzkasten hielt. Beide prallten gegen die Goldstatue, die daraufhin ins Schwanken geriet und schließlich nach vorne kippte, direkt gegen Jeff, der Max loslassen musste und mit aller Kraft versuchte, die massive Statue zurückzudrücken. Aber sie war zu schwer. Jeff stieß einen gellenden Schrei aus, als er mit dem goldenen Indianer im Arm die Steinstufen hinunterstürzte. Unten rettete sich Hank mit einem Hechtsprung zur Seite, ehe die Statue ihn niederreißen konnte. Jeff lag bäuchlings auf der Figur und schien die rasante Abwärtsfahrt unverletzt überstanden zu haben. Erst als er versuchte aufzustehen, registrierte er, dass sich der Stumpf des abgebrochenen linken Armes des Standbilds tief in seinen Magen gebohrt hatte. Sein Blick, in dem sich zuerst noch Überraschung und Verwirrung zeigten, entspannte sich schnell und er sackte schlaff über der Goldfigur zusammen.

Die Spanier nutzten die Verwirrung und stürmten voran, direkt auf Hank Beagle zu. Der wurde von einer Kugel aus dem Lauf der Pistole von Paloma Ruiz am Oberkörper getroffen, aber er schaffte es noch, weiterzulaufen und hinter einem Felsen Deckung zu finden.

»Komm, Jody, das ist unsere Chance«, sagte Joe und zog sie mit sich auf die Beine. Er lief auf den Durchgang zu, der nun frei war.

Als Max sah, dass Jody und Joe in Sicherheit waren, machte er auf dem Absatz kehrt und lief in die Kiva, ehe Thadmore Beagle reagieren konnte. Im großen Raum schnappte Max sich den auf dem Boden liegenden Goldspeer, der von der Indianerstatue abgebrochen war, und hockte sich hinter den großen Altar. Das Feuer vor dem Opfertisch war schon beinahe erloschen und der Raum hüllte sich in eine diffuse Düsterheit.

»Falkenburg, kommen Sie heraus«, hörte er die Stimme von Thadmore Beagle, als dieser die Kiva betrat. Beim Anblick der ungeheuren Menge Gold, stieß er ein entgeistertes »Grundgütiger!« aus, gefolgt von einem irrsinnig klingenden Lachen. »Ich bin reich!«

»Irrtum! Ich bin reich«, hörte Max die kalte Stimme der Spanierin durch den Raum widerhallen. Ein lauter Knall folgte, dann stürzte Thadmore Beagle auf den goldenen Altar und blickte Max, der immer noch in seiner Deckung hockte, mit geweiteten Augen über den Rand hinweg an, bevor sein Blick brach.

Max umklammerte den goldenen Speer fester, als er die Schritte der Spanier näher kommen hörte. Das Feuer war nun fast vollständig heruntergebrannt und genügte nicht mehr, um den Raum zu erhellen. Hinter dem Altar saß Max fast völlig im Dunkeln. Das war seine einzige Chance. Von beiden Seiten hörte er die Schritte der Frau und des Mannes näher kommen, es konnte sich nur noch um Sekunden handeln.

Er fällte eine Entscheidung.

Mit Schwung stieß er sich von dem Altar ab und machte eine Rolle über die linke Schulter. Im selben Moment sprangen die zwei Spanier zu beiden Seiten des Altars hervor. Max reagierte blitzschnell und schleuderte den goldenen Speer auf den größeren der beiden Schatten, der sich neben dem Altar abzeichnete. Ein erstickter Aufschrei des Mannes folgte, als der Speer sich durch dessen Hals bohrte. Mit letzter Kraft feuerte der Spanier blindlings in den Raum, bevor er zusammenbrach. Aber Max sprang auf die Beine, hechtete mit Anlauf über den Altar und stürmte aus der Kiva heraus. Mit Schwung prallte er gegen Joe und riss diesen mit sich zu Boden.

»Au, was zur Hölle treibst du hier? Ich habe euch doch gesagt, ihr sollt euch in Sicherheit bringen!«, sagte Max und hielt sich den rechten Arm.

»Wir wollten dir zu Hilfe kommen«, erklang Jodys Stimme hinter ihm.

Joe rappelte sich wieder auf und half Max beim Aufstehen.

»Danke, schnell, wir müssen hier weg. Keine Zeit für

Erklärungen!« Max griff nach Jodys Hand und wollte loslaufen, als plötzlich Paloma Ruiz in der Tür der Kiva auftauchte und ihre Waffe auf sie richtete.

»Hier geht niemand irgendwo hin.« Die Augen der Spanierin schienen Funken zu sprühen, als sie Max hasserfüllt ansah. Ihr Finger krümmte sich um den Abzug.

Max sah die Kugel wie in Zeitlupe auf sich zufliegen, als er plötzlich einen Stoß in die Seite bekam. Zu seinem Entsetzen musste er mit ansehen, wie die Kugel, die für ihn bestimmt war, in Jodys Brustkorb eindrang. Einen Augenblick stand Jody noch aufrecht da und blickte ihn mit großen Augen an. Sie sagte noch »Ich liebe dich« und fiel dann nach vorne, direkt in seine Arme.

VIERUNDZWANZIG
DIE QUELLE DES LEBENS

MAX HÖRTE NUR NOCH das Blut in seinen Ohren rauschen, als er Jodys Körper auffing. Er vergaß alles, was um ihn herum geschah. Dass Paloma Ruiz auf seinen Kopf zielte, bemerkte er ebenso wenig wie die spektakuläre Rettungsaktion durch Joe, der aus dem Stand auf die Spanierin zusprang und sie zu Boden riss, in dem Moment als sie abdrückte. Die Kugel flog nur Zentimeter über Max' Kopf hinweg. Aber von all dem bekam Max nichts mit. Er starrte mit tränengetrübtem Blick auf Jody und presste seine rechte Hand auf die Wunde in ihrem Brustkorb. Ein Lächeln erschien auf Jodys Gesicht. Aus weiter Ferne hörte er eine Stimme seinen Namen rufen, immer wieder. Aber er reagierte nicht. Erst als eine große Hand ihn ungestüm an der Schulter packte und durchrüttelte, fand er wieder zurück ins Hier und Jetzt.

»Max, komm zu dir, verdammt!« Joe schüttelte ihn nochmals durch.

»Sie ist tot, Joe«, presste Max mit tränenerstickter

Stimme hervor und blickte ungläubig auf Jodys friedliches Gesicht. Joe erwiderte nichts, sondern drückte mit seiner Hand nur leicht seine Schulter. Max hob den Kopf und blickte zum Ende des Tals. »Die Quelle!«

Aufgeregt versuchte er, aufzustehen und Jody auf seine Arme zu legen, aber seine Verletzung am rechten Arm und der Schulter machte es ihm unmöglich, sie zu tragen. Mit einem Schmerzensschrei sank er wieder auf die Knie.

»Was hast du vor?«

»Wir bringen Jody zur Quelle, Joe. Vielleicht können wir sie noch retten!«

»Max, das ist doch ...« Joe stockte, als er in das zu allem entschlossene Gesicht von Max sah. Er kannte diese Mimik nur zu gut. »Okay, ich nehme Jody. Nimm du die Waffe.« Er hielt ihm die Pistole der Spanierin hin.

Mit verwirrtem Blick registrierte Max erst jetzt, dass Paloma Ruiz bewusstlos vor der Kiva lag. Mit grimmigem Blick nahm er die Waffe entgegen und stand auf, als Joe sich Jody auf die Arme lud. Max machte einen Schritt auf die bewusstlose Frau zu und blickte auf die Waffe in seiner Hand.

»Max!«

Für einen Wimpernschlag dachte er daran, es einfach zu tun und die Pistole abzufeuern, aber schließlich senkte er die Waffe, steckte sie in den Gürtel und drehte sich um.

»Schnell, Joe, wir dürfen keine Zeit mehr verlieren!«

Sie hasteten die Stufen hinab und wandten sich dann nach rechts in Richtung der Quelle. Max blickte zur rechten Wand, wo die letzten Überlebenden der

Einwohner Cíbolas gerade vom Pfad auf das Plateau der Mesa kletterten. Ganz oben auf der Kante sah er Professor Crichton stehen, der mit hoch erhobenen Händen über seinem Kopf winkte und dann immer wieder nach unten deutete. Zu spät verstand Max, dass der Professor ihn warnen wollte, als Jonathan Haywood aus seinem Versteck auf ihn zusprang und zu Boden riss. Joe, der ihm ein Stück voraus war, blieb stehen und drehte sich zu ihm um.

»Lauf weiter, Joe, ich regele das hier«, rief Max ihm zu, während er Haywood mit seinem rechten Knie einen harten Stoß in den Magen verpasste. Doch der schmächtige Archäologe ließ sich dadurch nicht beeindrucken. Sofort war er wieder über Max und schlug wie von Sinnen auf ihn ein. Mehrere Faustschläge trafen Max im Gesicht.

»Sie haben alles kaputt gemacht«, kreischte Haywood. »Cíbola ist mein Traum gewesen. Aber Sie wollten es für sich haben! Dafür werden Sie jetzt bezahlen.«

Verwirrt blickte Max auf den Mann, der auf ihm saß und zu Boden drückte. Sein Gesicht veränderte sich. Einige Sommersprossen waren jetzt auf seinen Wangen zu sehen. Die schwarzen, strähnigen Haare von Haywood verwandelten sich in wuschelige rote Haare und auf einmal blickte er in das Gesicht seines Freundes Patrick O'Malley.

»Du hast alles zerstört! Weil du mir nie etwas gegönnt hast!«

»Nein, das ist nicht wahr, Pat«, schrie Max. »Ich wollte dir nie im Weg stehen ...« Ein weiterer harter

Schlag brach ihm die Nase. Blut lief ihm in den Mund und er hustete. »Es tut mir alles so leid, Pat, furchtbar leid!«

»Spar dir deine Entschuldigungen. Ich habe mein Leben für dich gegeben und was hast du je für mich getan, außer mich kleinzuhalten?«

»Ich ... ich ...« Sein Kopf wurde von einem Faustschlag zur Seite geworfen.

»Immer hast du nur an dich gedacht. Meine Freundschaft hat dir nie etwas bedeutet!«

Max drehte seinen Kopf ruckartig wieder zurück. Er blickte jetzt wieder in das fratzenartig verzerrte Antlitz von Jonathan Haywood und schaffte es gerade noch, einen weiteren Schlag abzuwehren, indem er seinen linken Arm hochriss.

»Unsere Freundschaft hat mir sehr wohl etwas bedeutet. Ich war unendlich dankbar für jeden Moment, den wir zusammen geteilt haben«, stieß Max schluchzend hervor. Haywood sah ihn irritiert an. Diesen Moment nutzte Max, warf sich mit aller Kraft zur Seite und beförderte Haywood von sich herunter. Schnell holte er mit der linken Faust aus, erwischte Haywood damit direkt am Kinn und knockte ihn aus.

Stöhnend rappelte Max sich wieder auf und blickte noch einmal auf den bewusstlosen Archäologen. »Das war für dich, Pat.« Er lief weiter zur Quelle, wo Joe mit Jody bereits angekommen war. Jody lag nun direkt im Gras neben der aus Gold errichteten Umrandung des Bassins.

»Alles in Ordnung, Max?«, fragte Joe, als er bei ihnen ankam. »Ich dachte gerade, du hättest nach Pat gerufen.«

»Habe ich wohl auch.« Mit einem großen Schritt stieg er über die kleine Mauer und beugte sich zum Wasser hinab. Mit zur Schale geformten Händen schöpfte er etwas von dem lebensspendenden Nass heraus und ging damit zurück. Er kniete sich neben Jody hin und träufelte vorsichtig etwas Wasser in ihren Mund. Einen Augenblick lang hielten Joe und er den Atem an, aber nichts geschah. Max ließ auch noch die restliche Flüssigkeit aus seinen Händen auf Jody rieseln. Trotzdem zeigte sich keine Regung bei ihr.

»Atme, verdammt noch mal, hörst du?«, schrie Max sie verzweifelt an. Er packte sie an den Schultern und zog sie ein Stück nach oben. Jodys Kopf schlackerte kraftlos zur Seite.

»Max«, sagte Joe leise. »Es funktioniert nicht. Der alte Indianer hat doch erzählt, dass es überhaupt nur ein einziges Mal funktioniert hat, einen Toten wieder ins Leben zurückzuholen.«

»Es muss funktionieren«, murmelte Max und drückte Jody fest an sich. Mit einem lauten Schrei stand er auf und zog Jody mit sich hoch. Das pochende Brennen in seiner rechten Körperhälfte ignorierte er.

»Was hast du vor?«

Max antwortete nicht. Er hievte Jody mit letzter Kraft über die Mauer und stürzte dann zusammen mit ihr in das Becken hinein. Als das Wasser über ihm zusammenschlug, hörte er Joe rufen, aber es verstummte sofort und wich einem sirrenden Geräusch. Das Wasser war angenehm kühl. Als er die Augen aufschlug, sah er, wie Jodys Haar schwebte, und es im Hintergrund zu leuchten begann. Das schwarze Gestein, das sich auf dem Grund des Bassins befand, glühte förmlich. Die Schmerzen in seinem Arm und der Schulter waren von einem Moment auf den anderen verschwunden. Auch seine gebrochene Nase pochte nicht mehr. Dann schlug Jody ihre Augen auf und blickte ihn an. Sein Herz wollte vor Freude zerspringen und noch unter Wasser schrie er laut ihren Namen, verschluckte sich dabei aber so heftig, dass er auftauchen musste.

»Max! Alles in Ordnung?«, fragte Joe besorgt.

Er drehte sich suchend mehrmals herum.

»Wo ist sie?«

Da tauchte Jody neben ihm aus dem Wasser auf. Sie sagte kein Wort, sondern schloss ihn sofort in ihre Arme.

»Unglaublich«, raunte Joe mit großen Augen.

»Ich liebe dich«, sagte Max unter Tränen, während er Jody fest an sich presste.

»Das weiß ich doch«, gab Jody lachend zurück und küsste ihn.

»Sehr rührend, wirklich! Aber jetzt steigen Sie bitte aus dem Wasser«, erklang die Stimme von Paloma Ruiz und ließ ihre Köpfe herumfahren.

Die Spanierin stand neben Jonathan Haywood und hielt ihre Pistole in der Hand, die Max beim Kampf mit dem Archäologen wieder verloren hatte. Max stellte sich vor Jody und ging langsam voran aus dem etwas mehr als hüfthohen Wasserbecken heraus.

»Nehmen Sie das Gold, aber lassen Sie uns gehen«, sagte er ruhig.

»Gold? Wie es scheint, haben Sie mir soeben den wahren Schatz von Cíbola gezeigt.« Paloma Ruiz lächelte kalt. »Dafür bin ich Ihnen dankbar. Ich habe immer gewusst, dass es bei Cíbola um mehr als nur um Gold geht. Vor Jahren bin ich in der Biblioteca auf verschollene Aufzeichnungen des Mönchs Marcos de Niza gestoßen. Darin schrieb er, dass hinter den goldenen Mauern der Stadt ein noch viel größerer Schatz verborgen sein sollte. Etwas, das der Beweis von Gottes Liebe sein sollte. Ich hätte mir nicht im Traum vorstellen können, dass er damit die Quelle der ewigen Jugend meinte.«

»Das mit der Jugend ist relativ«, brummte Joe, aber Paloma Ruiz beachtete ihn nicht.

»Treten Sie bitte vor die Mauer«, sagte sie an Max und Jody gerichtet. »Ich will doch nicht, dass ihr Blut die Quelle noch mehr besudelt und außerdem würden Sie dann wahrscheinlich sofort wieder aus dem Wasser emporsteigen.« Sie lachte gehässig. »Dieses Spiel würde mir dann doch zu lange dauern.«

Max sah Jody ernst an. Sie nickte ihm zu und fasste ihn an der Hand, als sie gemeinsam über die Mauer stiegen.

»So gefällt mir das schon besser.«

»Haywood! Wollen Sie einfach so zusehen, wie sie uns kaltblütig abknallt?«, fragte Max den Archäologen, der unsicher neben der Spanierin stand.

»Wir haben eine Abmachung«, gab Paloma Ruiz zurück. »Er bekommt den Ruhm für die Entdeckung Cíbolas und ich die Quelle. Und ein klein wenig Gold.« Sie grinste maliziös.

»Die Quelle? Wollen Sie die etwa mitnehmen?«, spottete Jody. »Es ist nichts Besonderes an diesem Wasser.«

»Sie werden verstehen, dass ich dies etwas anders sehe, nach dem, was gerade passiert ist.«

»Vielleicht sollten Sie nicht nur stur nach vorne sehen«, sagte Max mit einem Lächeln auf den Lippen.

Ehe Paloma Ruiz den Sinn seiner Worte vollends erfassen konnte, verpasste Professor Crichton ihr einen harten Schlag in den Nacken, der sie zu Boden gehen ließ. Ike ließ ein zufriedenes Bellen erklingen.

Keuchend stützte Crichton sich auf seinen Oberschenkeln ab, während Joe sich pfeilschnell die Pistole schnappte, die der Spanierin aus der Hand gefallen war.

»Ich glaube, das Blatt hat sich gewendet«, sagte Max zufrieden an Haywood gerichtet.

Ein lautes Donnern ließ sie alle zusammenzucken.

Hank Beagle lag hinter einem großen Felsbrocken. Sein Brustkorb hob und senkte sich schnell, die Schusswunde in seiner linken Schulter brannte wie die Hölle. Aber er hatte verfluchtes Glück gehabt. Nur wenige Zentimeter tiefer und er hätte keinen Grund mehr gehabt, sich über Schmerzen Gedanken zu machen. Er hörte eine Frauenstimme und beugte sich leicht zur Seite, damit er um den Felsen herumblicken konnte.

Diese verdammte Schlampe!, ging es ihm durch den Kopf, als er die Spanierin in Begleitung des Archäologen Haywood gehen sah. Die beiden versuchten, sich möglichst unauffällig zum Ende des Tals zu bewegen, wo Hank den Nigger und seine Freunde bei der Quelle, die aus der Felswand sprudelte, stehen sah.

Seinen nächsten Gedanken, nämlich die schwarzhaarige Hexe einfach von hinten abzuknallen, verwarf er. Das würde nur die anderen zu ihm führen und er hatte nicht mehr die Kraft, sich dieser Auseinandersetzung zu stellen. Stattdessen mühte er sich auf die Beine, schlich langsam um den Felsbrocken herum und lief dann zu der Steintreppe, die zu dem runden Bauwerk auf dem Felsvorsprung führte und vor deren Beginn sein Kumpel Jeff tot in den Armen eines goldenen Indianers lag. Als er die Treppe hinter sich gelassen hatte, war er schweißgebadet, sein Hemd klebte an seinem Oberkörper. Hank biss die Zähne zusammen und betrat das runde Haus. Sein Atem stockte, als er die Unmengen an Gold erblickte, mit denen das gesamte Innere des Bauwerks ausgekleidet war. Dann fiel sein Blick auf seinen Bruder Thadmore, der halb über einen riesigen Goldquader gestreckt dalag. Auf der Oberfläche des goldenen Tisches hatte sich eine beachtliche Blutlache gebildet. Hank verzog keine Miene beim Anblick des Toten.

»Also, Thad, dann werde ich mal beenden, was du nicht geschafft hast«, sagte er leise, während er seinen Blick durch den Raum schweifen ließ. Beim Anblick der riesigen Goldstatue auf der linken Seite pfiff er laut durch die Zähne. »Nicht schlecht, aber leider zu schwer.« Dann erspähte er den Goldsockel, der sich kurz vor der hinteren Wand befand und auf dem eine kleine Götzenfigur aufgestellt war, ebenfalls aus purem Gold, aber die Augen strahlten ihn rotleuchtend an. Und das strahlend helle Lächeln der plumpen und hässlichen Goldstatuette ließ Hank für einen Augenblick jeglichen Schmerz vergessen.

»Hallo, du hübscher kleiner Mistkerl.« Er schritt um

den Goldquader herum, den sein Bruder immer weiter vollblutete, und stellte sich mit schweißnassen Händen vor den Sockel. »Komm zu Onkel Hank!« Mit beiden Händen packte er die Figur, die nur wenig größer war als eine Flasche Jack Daniels, aber dafür umso schwerer und mit Sicherheit um einiges kostbarer war. Mit beinahe liebevollen Blick betrachtete er das hässliche Antlitz des goldenen Götzen. »Mit dir wird meine Zukunft eine goldene werden.« Er lachte laut und drehte sich zu seinem toten Bruder um. »Sieh ihn dir an, Thad, meinen neuen besten Freund. Genauso hässlich wie du, genauso tot, aber für mich um einiges wertvoller!« Er ließ ein Triumphgeheul folgen, das er jedoch unterbrach, als in seinem Rücken der Boden zu vibrieren begann. Als er sich umdrehte, sah er gerade noch, wie der Sockel der Figur im Fußboden versank. Dann setzte das Beben ein, erst nur ganz leicht, aber es steigerte sich schnell. Hastig machte Hank kehrt und wollte hinauslaufen, doch die riesige Goldstatue neben dem Altar kam plötzlich ins Wanken und stürzte auf ihn. Unter dem immensen Gewicht wurde er auf dem Boden fixiert. Hank spürte, wie ihm die schwere Figur den Oberkörper zerdrückte und er langsam zu ersticken drohte. Als er nach oben blickte, sah er ein letztes Mal in die toten Augen seines Bruders Thadmore, die ihn zu verspotten schienen. Dann wurde es dunkel um Hank Beagle.

Der Blick von Max und den anderen ging in Richtung der

Kiva, von der aus das gewaltige Donnern zu kommen schien.

»Ist es das, was ich denke, dass es ist?« Joe sah Max besorgt an.

»Ich fürchte ja«, gab Max mit ernster Miene zurück.

»Was denken Sie denn, was es ist?«, fragte Haywood mit angsterfüllter Stimme.

»Unser Ende, Sie Idiot«, fauchte die auf dem Boden kniende Paloma Ruiz ihn an.

Mit ohrenbetäubendem Getöse zerbrachen die gewaltigen Säulen, die als Stütze auf den Abris standen, als sich dort gleichzeitig riesengroße Felsbrocken aus dem hinteren Teil der Felsüberhänge lösten, direkt auf die Säulen zurollten und diese mit einem mächtigen Aufprall zerschmetterten. Das tiefe Grollen, welches sich durch das ganze Tal zog, schwoll zu immenser Lautstärke an, als die Felsüberhänge in sich zusammenstürzten und alle Häuser von Cíbola unter sich begruben. Innerhalb weniger Sekunden wurde die jahrhundertealte Stadt ausgelöscht. Und mit ihr Max' Hoffnung darauf, Patricks letzten Traum wahr werden zu lassen.

Aber auch der schmale Durchgang, durch den sie das Tal betreten hatten, wurde unter Geröllawinen verschüttet. Ihnen blieb als einziger Ausweg aus dem Tal nur noch der schmale Pfad in der rechten Felswand, die aber auch schon am Beben war. Ganz oben, auf der Kante der Mesa, erblickte Max die Silhouette von Qaletaqa, der die Hand zu einem letzten Gruß über den Kopf hob, bevor er verschwand.

»Oh mein Gott«, schrie Haywood mit vor Panik weit aufgerissenen Augen. »Die Felswand, sie bricht auf!«

Max drehte sich herum und sah, wie sich in der Felswand, aus der die Quelle für den Fluss und das Bassin entsprang, blitzartig ein feines Gewirr an schmalen Rissen bildete, die sich jedoch schnell vergrößerten.

»Lauft!«, schrie er gegen das gewaltige Getöse an. »Lauft um euer Leben!«

Max griff nach Jodys Hand und rannte los, Joe und der Professor ebenfalls, genauso wie Jonathan Haywood und auch Paloma Ruiz. Alle liefen sie auf die Felswand mit dem geheimen, schmalen Pfad zu, der auf das Plateau der Mesa hinaufführte. Hinter ihnen stürzten die ersten riesigen Steinbrocken aus der langsam immer weiter aufreißenden Wand heraus und brachten die Quelle des Lebens mit einem mächtigen Aufprall für immer zum Versiegen. Dann folgte ein großer Schwall Wasser, der sich in das Tal ergoss.

»Das schaffen wir nie«, schrie der Professor, der ein paar Meter zurückgefallen war.

»Sie bestimmt nicht, aber ich!« Paloma Ruiz trat Crichton beim Überholen in die Kniekehle und brachte ihn damit zu Fall. Die Spanierin war flink und rannte in einem hohen Tempo an Joe vorbei und setzte sich an die Spitze. Haywood überholte den am Boden liegenden Crichton ebenfalls, ohne weiter auf ihn zu achten.

Max stoppte und ließ Jodys Hand los.

»Lauf weiter, ich kümmere mich um den Professor!«

»Vergiss es, ich lasse dich nie wieder irgendwo zurück«, brüllte sie über die Lautstärke des tosenden Wassers, das in das Tal schoss, und lief gemeinsam mit ihm zu Crichton. Als sie dem Professor unter die Arme griffen und ihn auf die Beine zogen, verzog er das Gesicht vor Schmerzen.

»Ich kann nicht auftreten. Bringen Sie sich selbst in Sicherheit.«

»Ich bin nicht für diese Art Späße aufgelegt«, erwiderte Max. »Stützen Sie sich auf mich, schnell.«

Aber noch ehe sie weiterlaufen konnten, umspülte der schnell steigende Wasserpegel ihre Füße. Dann folgte ein letztes, tiefes Dröhnen, ein letztes Aufbäumen der Felswand, ehe sie unter dem Druck des Wassers förmlich zerbarst. Hunderttausende Liter Wasser schossen mit urwüchsiger Gewalt in das Tal hinein.

Max und Jody sowie Crichton, den sie in ihre Mitte genommen hatten, wurden von der ersten großen Welle erfasst und mitgerissen. Sie wurden von dem Strudel auf einige der aufgetürmten Felstrümmer zugespült, die einst ein Teil Cíbolas waren. Max schaffte es, sich dort an einem Felsstück festzukrallen und Jody und den Professor, die an ihm hingen, ebenfalls mit aus dem Wasser ein Stück nach oben zu ziehen.

»Schnell, wir müssen versuchen weiter hinaufzuklettern«, schrie Jody, als das Wasser schnell immer weiter stieg.

»Es hat keinen Sinn, es steigt zu schnell«, rief Crichton. »Und selbst wenn wir ganz nach oben auf den Gipfel dieses Trümmerhaufens kommen, wird uns das Wasser dort hinwegreißen.«

»Einen besseren Plan habe ich nicht.«

Auf einmal blickte der Professor sich suchend um.

»Wo ist Ike?«

»Ich fürchte, diesmal hat er es nicht geschafft. Ebenso

wie Joe«, sagte Max und sah zu der Felswand, wo er Paloma Ruiz und mit einigem Abstand hinter ihr auch Jonathan Haywood entdeckte, aber keine Spur von seinem Freund. »Jody hat recht, wir müssen versuchen, höher zu kommen. Also kommen Sie, Professor, wir schaffen das!« Er streckte Crichton seine Hand entgegen. Aber der sah mit ungläubigem Blick an ihm vorbei und deutete stumm mit der rechten Hand auf das Wasser. Max drehte sich um und sah eines der Kanus, in denen er vorhin die Kinder auf dem Fluss spielen gesehen hatte, wie es in halsbrecherischem Tempo auf sie zukam. Joe saß darin und kämpfte mit einem kleinen Paddel in den Händen mit aller Kraft gegen die starke Strömung an. Irgendwie schaffte er es, direkt bei ihrer Felsinsel anzulanden.

»Braucht ihr eine Mitfahrgelegenheit?«

Ohne zu zögern, kletterten Max, Jody und Crichton in das Kanu, das unter ihrem Gewicht bedenklich Tiefgang bekam, aber sich noch über Wasser hielt. Außer Joe war noch ein struppiges Etwas an Bord.

»Ike!« Crichton griff sich den Dachshund und setzte ihn auf seinen Schoß.

»Was jetzt?«, fragte Max.

»Dort hinten, auf der linken Seite, ist einer der Felsüberhänge nur zum Teil abgebrochen, siehst du es?« Joe zeigte mit der linken Hand dorthin. »Wenn wir es dahin schaffen, können wir über den Felsvorsprung ganz nach oben gelangen, in Sicherheit.«

»Na dann, worauf warten wir noch?«, fragte Jody. »Lasst es uns versuchen.«

»In Ordnung, haltet euch fest und versucht mit allem,

was ihr habt, gegen die Strömung anzukämpfen«, sagte Joe und stieß sie wieder von dem Trümmerhaufen ab, der auch schon fast komplett überspült war. Sofort wurde ihr Kanu wild hin und her geworfen. Einige Male standen sie kurz vorm Kentern, aber immer gelang es ihnen in letztem Augenblick, noch die Balance zu halten.

»Das Wasser muss doch irgendwann mal wieder sinken«, sagte Jody. »So viel kann es einfach nicht geben.«

»Ja, aber wenn der Wasserspiegel wieder sinkt, kommen wir hier wahrscheinlich gar nicht mehr aus diesem Tal heraus«, entgegnete Max, vor Anstrengung keuchend, während er mit beiden Armen im Wasser ruderte, um Joe zu helfen, das Kanu auf Kurs zu bringen. »Sieh doch, der Pfad in der rechten Felswand ist schon komplett weggespült worden. Diesen Felsvorsprung zu erreichen, ist unsere einzige Chance hier herauszukommen!«

Sie befanden sich jetzt auf einem großen See, inmitten des Tafelberges. Die Strömung wurde weniger, aber ebenso sank der Wasserspiegel wieder hinab.

»Rudert schneller«, rief Max. »Gleich sind wir da, aber der Pegel sinkt zu schnell!«

Joe pflügte mit seinem Paddel durch das Wasser, während Max und Jody versuchten, ihn mit ihren Händen zu unterstützen, indem sie sich links und rechts über die Seitenwand des Kanus lehnten und durchs Wasser schaufelten.

»Max, wir sind gleich da. Versuch, dich dort irgendwo festzuhalten«, schrie Joe und führte ein paar weitere kräftige Paddelschläge aus.

Die herabhängende Kante des Felsüberhangs lag kurz

vor ihnen, sie war jedoch schon einen halben Meter oberhalb der Wasseroberfläche. Und der Abstand wuchs weiter an. Max richtete sich auf und packte mit beiden Händen zu und krallte sich in den Felsvorsprung.

»Schnell, klettert hinauf!«

Jody half dem Professor, über Max' Rücken als Erster auf die schräg herunterhängende Felsplatte zu gelangen, dann reichte sie ihm Ike hoch und kletterte als Nächstes hoch.

»Jetzt du, Joe«, forderte Max seinen Freund auf.

»Nein, geh du. Ich bin größer. Ich komme nach.« Joe stellte sich neben Max und fasste an den Felsen, an den Max kaum noch heranreichen konnte. Er stieß sich aus dem Kanu ab und zog sich nach oben, wo Jody und Crichton ihm unter die Arme griffen und hochhievten. Dann gab es ein weiteres Grollen. Der Felsüberhang vibrierte.

»Er bricht gleich vollends ab, Joe, komm jetzt!«

Mit Schwung sprang Joe nach oben und schaffte es auf die Steinplatte, die daraufhin ruckartig noch ein Stück schräger wurde und nach unten hin absackte.

»Schnell lauft hoch, zum Rand!«, schrie Max.

Auf allen vieren krabbelten sie alle nach oben, Stück für Stück der Rettung näher. Das Knirschen im Gestein nahm zu. Joe schob Crichton von unten an und der Professor war der Erste, der es in Sicherheit auf das Plateau der Mesa schaffte. Ike folgte ihm mit einem leichtfüßigen Sprung.

Max und Jody gelangten gleichzeitig nach oben, dann gab es einen donnernden Knall, als der Felsen endgültig abriss und in die Tiefe sank. Joe, der zu dem Zeitpunkt knapp unterhalb der rettenden Kante war, sprang zeitgleich hoch, war aber noch zu tief, um an den Vorsprung zu gelangen. Im letzten Augenblick, bevor er hinab ins Wasser stürzte und damit keine Chance mehr hatte, das Tal lebend zu verlassen, packte Max Joes linken Arm mit beiden Händen.

»Ich hab dich!«

»Ja, aber wie lange?«, schrie Joe hinauf, als er sah, wie Max mit seinem Oberkörper immer weiter über die Kante rutschte.

»Keine Angst, ich lass dich nicht los!«

Da packten ihn Jody und Crichton und zogen an ihm, bis er mit Joe so weit hochkam, dass dieser sich mit der rechten Hand am Vorsprung festhalten und schließlich nach oben ziehen konnte. Schwer atmend blieben alle eine Weile auf dem Rücken liegen, während unter ihnen das Wasser immer weiter sank und nach wenigen Stunden nur ein flacher See davon übrig blieb.

FÜNFUNDZWANZIG
ABSCHIED

SIE UMRUNDETEN DIE BREITE SCHLUCHT, die tief unter ihnen lag und wo noch vor wenigen Stunden ein einstmals blühendes Tal gelegen hatte. Von Cíbola war nichts übrig geblieben. Die Stadt war unter tonnenschwerem Gestein und Geröll begraben. In einigen Jahren, wenn Wüstengras, Kakteen und Ocotillos aus dem Geröll hinauswuchsen, würde die Narbe in der Mesa vergessen werden und Cíbola endgültig ins Reich der Legenden einziehen.

Schließlich erblickten sie das kleine Lager, das die geretteten Einwohner Cíbolas aufgeschlagen hatten. Qaletaqa kam ihnen entgegen.

»Ich habe nicht geglaubt, euch noch einmal wiederzusehen, meine Freunde. Aber es freut mich sehr.«

»Was werdet ihr jetzt machen?«, fragte Joe und blickte an dem Indianer vorbei zu den wenigen Männern, Frauen und Kindern, die sich um ein großes Lagerfeuer gesetzt hatten.

»Leben«, gab Qaletaqa zur Antwort. »Wir werden uns den anderen Stämmen hier im Reservat anschließen. Mir war immer klar, dass es eines Tages dazu kommen würde. Dies wird meine letzte Aufgabe sein, bevor ich von dieser Erde verschwinde.«

»Eine gute Entscheidung.« Crichton nickte dem alten Indianer zu.

»Bevor ihr geht, möchte ich euch noch Geschenke geben.« Er reichte ihnen einen Stoffbeutel, der voll mit kleinen Tongefäßen, einigen Beilen und Messern sowie einigen kleinen Bildtafeln aus Stein war.

»Was ist das?«

»Das letzte Vermächtnis eines einstmals großen und stolzen Volkes. Ich bin mir sicher, dass es bei euch in guten Händen ist.«

»Aber wollt ihr es denn nicht verwahren und euren Kindern vermachen?«

Mit nachdenklichem Blick sah Qaletaqa zu seinem Volk hinüber.

»Nein, es ist besser, wenn bei ihnen die Erinnerung an Cíbola bald verblasst. Schon die nächste Generation wird nichts mehr von uns wissen. Es wird sein, als hätte es nie existiert. Und das hat es doch auch nie, oder?« Er zwinkerte sie an.

»Nein«, erwiderte Max, »das hat es nie. Aber dafür ein weitaus älteres, kunstfertigeres Volk. Und deren Andenken werden wir bewahren.« Er hob eine der kleinen Bildtafeln aus dem Beutel.

»Danke!« Der Indianer nickte ihm zu. »Bevor ihr geht, habe ich noch eine Frage, möchtet ihr euren Feinden Lebewohl sagen?«

»Unseren Feinden …?«

Dann erblickte Max sie. Paloma Ruiz und Jonathan Haywood, die beide gefesselt etwas abseits der Einwohner Cíbolas auf dem Boden saßen.

»Sie sind uns in die Arme gelaufen.«

»Was habt ihr mit ihnen vor?«

»Im Laufe der Jahrhunderte habe ich viele böse Menschen gesehen, die Mitglieder unseres Volkes getötet haben. Manches Mal haben wir grausame Rache geübt. Aber niemals hat es die Toten wieder lebendig gemacht. Wir werden ihnen kein Haar krümmen, sondern dafür sorgen, dass sie nie wieder jemandem schaden können«, sagte Qaletaqa. »In der nächsten größeren Ortschaft im Reservat, Kayenta, gibt es Polizei, denen werden wir sie übergeben.«

»Das ist wohl die beste Entscheidung«, stimmte Crichton ihm zu.

»Nun ist es an der Zeit, endgültig Abschied zu nehmen und einander Lebewohl zu sagen.«

Qaletaqa reichte ihnen einen ledernen Wasserschlauch und erklärte ihnen, wie sie am schnellsten vom Tafelberg hinunter und zur nächsten Ortschaft gelangen konnten. Außerdem drückte er ihnen die sechzig Dollar in die Hand, die sie ihm für die Benutzung seines Brunnens gegeben hatten, mit dem Hinweis, dass sie es besser gebrauchen könnten als er.

Es war mitten in der Nacht, als sie erschöpft in einer kleineren Siedlung der Navajos ankamen. Die Indianer waren hilfsbereit und boten ihnen einen Schlafplatz für die Nacht an, ehe sie sie am nächsten Morgen mit einem klapprigen Pick-up aus dem Reservat herausfuhren und sie in die kleine Stadt Holbrook mitnahmen. Max gab den Indianern dafür die sechzig Dollar.

SECHSUNDZWANZIG
PATRICKS VERMÄCHTNIS
BOSTON, EINIGE WOCHEN SPÄTER

ZUFRIEDEN SCHAUTE Max auf die Bühne, die in der großen Aula des Colleges extra für diesen Anlass aufgebaut worden war. Jody umfasste seine linke Hand und drückte leicht zu. Auch sie sah glücklich aus. Auf dem Podium setzte Joe gerade zu seinem Schlussmonolog an.

»... und so ist es uns schließlich gelungen, dank der intensiven Vorarbeit von Dr. O'Malley, zu beweisen, dass es die Anasazi-Indianer waren, die für die Gründung der meisten Bauten in dieser Region verantwortlich waren, wie unsere Funde eindeutig dokumentieren, wie Sie sich auch gleich selbst überzeugen können, wenn wir die Ausstellung eröffnen.« Joe hielt einen Moment inne. »Abschließend bleibt nur noch zu sagen, dass die Ausgrabungen, die demnächst starten werden, in enger Zusammenarbeit mit der Navajo Nation stattfinden werden. Das Elliott College hat hierzu ein eigenes Referat speziell für diesen Part ins Leben gerufen, bei dem besonders unsere

Studenten an diesen Ausgrabungen teilhaben werden. Das Ganze wird unter dem Namen O'Malley-Kolloquium laufen, zu Ehren des verstorbenen Dr. Patrick O'Malley, ohne den diese Funde niemals möglich gewesen wären.«

Lang anhaltender Applaus dröhnte durch die voll besetzte Aula. Max applaudierte am lautesten und mit einem überglücklichen Lächeln blickte er zu Jody, die neben ihm stand und ebenfalls klatschte.

»Patrick hätte es sicher gefallen«, sagte sie. »Auch wenn wir nichts über Cíbola erzählen konnten.«

»Unter diesen Umständen wäre Pat das sicher mehr als recht gewesen«, erwiderte Max. »Und die Einrichtung einer eigenen Forschungsabteilung unter seinem Namen ist bestimmt ein guter Ausgleich dafür.«

Sie erhoben sich von ihren Sitzen, als die Besucher aus der Aula in den Ausstellungsflügel des college-eigenen Museums geführt wurden. Joe kam von der Bühne zu ihnen und löste seinen Krawattenknoten ein wenig, um den obersten Knopf seines Hemds zu öffnen.

»Na, wie fandet ihr es?«

»Hervorragend«, lobte Jody.

»Pat hätte es gemocht, ganz sicher.«

Dekan Harris kam in seinem Rollstuhl zu ihnen.

»Ausgezeichneter Vortrag, Dr. Carter.« Er blickte zu Max. »Viel los in dem Reservat, nicht wahr?«

»Ach, es ging eigentlich.« Max deutete auf die Kratzer in seinem Gesicht. »Ich war nur unaufmerksam und bin einen kleinen Abhang hinuntergestürzt.«

»Natürlich«, sagte der Dekan in einem wissenden Tonfall. »Wie immer. Aber schön, dass es alle heil überstanden haben. Ich habe heute übrigens einen Anruf von Dr. Haywood bekommen.«

»Ach, wirklich? Was wollte er denn?«, fragte Max mit gespieltem Interesse.

»Er kündigt seine Anstellung bei uns mit sofortiger Wirkung.« Harris sah Max durchdringend an.

»Sie wissen nicht zufällig, worin dies begründet ist?«

Max zuckte mit den Schultern.

»Tut mir leid. Ich kannte den Mann ja kaum.«

Harris verzog den Mund leicht, musterte ihn genau und nickte ihm schließlich zu. Dann legte er die Hände an die Räder und rollte langsam davon.

»Wir sehen uns gleich noch in der Ausstellung, hoffe ich doch sehr?«

»Aber selbstverständlich«, rief Max ihm hinterher.

Joe grinste ihn zufrieden an.

»Also haben die Indianer unseren Freund Haywood wohl seine Freiheit geschenkt. Ich bin gespannt, ob wir je wieder von ihm hören werden.«

»Ich hoffe nicht«, sagte Jody, dann sah sie überrascht an Max vorbei und tippte ihn leicht an. Er drehte sich um und sah, wie Patricks Eltern zu ihnen kamen.

»Das war wirklich ein schöner Vortrag, den Sie da für Patrick gehalten haben«, sagte Shannon O'Malley an Joe gerichtet. »Man könnte fast den Eindruck bekommen, dass Patrick Sie auf dieser Expedition begleitet hätte, so oft, wie Sie ihn erwähnt haben.« Ein Lächeln huschte über ihre Lippen. »Das hätte ihm mit Sicherheit gefallen, wenn er das gehört hätte.«

»In gewisser Weise war Pat die ganze Zeit bei uns,

Mrs. O'Malley«, sagte Max. »Und er wird es auch in Zukunft immer sein.«

»Es ist schön und tröstend zugleich, dass ich weiß, dass mein Sohn nicht nur für mich und meinen Mann in der Erinnerung weiterlebt. Ich danke Ihnen allen.«

Patricks Vater sagte kein Wort, sondern nickte ihnen nur zu, als sie weiter zu den Ausstellungsräumen gingen.

»Ich hätte jetzt viel lieber einen Whiskey, anstatt mich zur Ausstellung zu begeben«, sagte Joe, als sie unter sich waren.

»Geht mir genauso«, sagte Max. »Aber das muss leider noch warten, bis wir bei Teddy sind.«

»Ach was«, sagte Jody. »Ihr habt euch jetzt schon einen Schluck verdient.« Sie zog ihren Rock ein Stück nach oben und holte einen silbernen Flachmann hervor, den sie sich mit einem Strumpfband am Bein befestigt hatte. Sie reichte ihn Max.

»Du steckst immer noch voller Überraschungen«, sagte er staunend.

»Deswegen bist du ja auch so verrückt nach mir«, erwiderte Jody grinsend.

Max schraubte den Deckel auf und nahm einen Schluck.

»Mmh, irischer Whiskey, Patricks Lieblingsmarke.«

»Ja, ich dachte, es wäre genau der passende Whiskey für diesen Anlass.«

Max reichte Joe den Flachmann weiter, der auch einen Schluck trank.

»Guten Durst«, erklang die Stimme von Professor Crichton hinter Max' Rücken. Er kam, auf einen

Gehstock gestützt, langsam angehumpelt. »Ist noch ein Schluck für mich dadrin, Mr. Carter?«

»Aber sicher doch.«

Crichton nahm die silberne Taschenflasche entgegen und hob sie hoch.

»Slainté! Auf einige der fähigsten Archäologen, die ich jemals ausgebildet habe! Es ist mir immer eine Freude, wenn ich mit ihnen zusammen unterwegs sein kann.« Er lachte in die Runde und trank.

EPILOG

STAATSGEFÄNGNIS SANTA FE, NEW MEXICO

DIE VERSTOHLEN LÜSTERNEN Blicke der beiden Männer aus ihrer Nachbarzelle beunruhigten Paloma Ruiz nicht. Viel mehr Sorge bereitete ihr die Aussicht auf eine lebenslange Haftstrafe. Noch befand sie sich im Trakt für die Untersuchungshaft, aber sobald der Haftrichter seine Entscheidung treffen würde, wäre ihr Schicksal besiegelt. Und dann wären solche Kerle, wie ihre zwei reizenden Zellennachbarn, noch ihr geringstes Problem. Sie streckte sich auf ihrer Pritsche aus und starrte an die Decke.

Die verfluchten Indianer hatten sie der Polizei übergeben und obwohl ihr niemand etwas beweisen konnte, wurde sie allein aufgrund der Aussage des alten Indianers in das Gefängnis von Santa Fe gebracht. Der Archäologe Haywood hatte mehr Glück. Er wurde von den Indianern laufen gelassen.

Das Klimpern eines Schlüsselbunds ließ sie aufschrecken. Vor ihrer Zellentür stand ein Wärter und suchte gerade nach dem passenden Schlüssel für ihren Kerker.

»Besuch für dich«, sagte der Wächter knapp und öffnete die Gittertür.

Mit fragendem Blick erhob sich Paloma von ihrem Bett und schritt zur Tür. Der Wächter packte sie rüde an der Schulter und stieß sie nach links.

»Mach schon hin, ich hab nicht den ganzen Tag Zeit«, blaffte sie ein anderer Gefängniswärter an, der an der Tür zum Zellentrakt auf sie wartete. Der führte sie einen langen Gang entlang, vorbei an weiteren Zellen, deren Insassen sie mit finsteren Mienen musterten.

»Hey, Baby, du darfst auf dem Rückweg gerne mal auf ein Stößchen vorbeikommen«, rief ihr einer der Häftlinge zu.

»Halt die Klappe, Bobby«, schnauzte der Wärter ihn an und trieb sie voran. Sie traten aus dem Trakt in einen dunklen Gang, an dessen Ende nur eine einzige Tür war. Dahinter befand sich ein ungemütlicher Raum mit grauen Wänden, bei denen der Putz schon abbröckelte. In der Mitte stand ein kleiner Holztisch mit zwei Stühlen. Auf einem dieser Stühle saß ein Mann mit Glatze, den Paloma noch nie in ihrem Leben gesehen hatte. Er trug einen teuer aussehenden Anzug, der ihm extra auf den fülligen Leib geschneidert worden war. Als er sie sah, nickte er ihr zu, was sein Doppelkinn unschön hervortreten ließ. Unsicher drehte Paloma sich um, der Wärter, der sie hergeführt hatte, war auf der anderen Seite der Tür stehen geblieben und verriegelte diese.

»Bitte, nehmen Sie doch Platz, Miss Ruiz«, sagte der Glatzkopf zu ihr.

»Darf ich auch erfahren, mit wem ich das Vergnügen habe?«

»Selbstverständlich. Mein Name ist Berengar Sharkowiak, ich bin Ihr Anwalt.«

»Ich habe nach keinem Anwalt verlangt.«

»Ich weiß. Aber Sie brauchen einen. Einen verdammt guten.«

»Und Sie sind ein guter Anwalt?«

Ein feines Lächeln umspielte die wulstigen Lippen des Mannes.

»Der beste auf meinem Gebiet. Bitte, setzen Sie sich doch.« Er deutete mit der Hand auf den freien Stuhl am Tisch.

Paloma schritt langsam darauf zu und setzte sich dem Anwalt gegenüber, was dieser mit einem zufriedenen Nicken quittierte.

»Wer schickt Sie? Woher wissen Sie überhaupt, wer ich bin? Was wollen Sie von mir?«

»Viele Fragen, Miss Ruiz. Lassen Sie mich als Erstes vorwegschicken, dass wir durch einen gemeinsamen Feind miteinander verbunden sind.« Die Augen des Anwalts verengten sich zu Schlitzen. »Max Falkenburg.«

»Ich bin ganz Ohr.« Paloma lehnte sich nach vorne.

»Ich bin im Auftrag eines mächtigen Mannes hier, Miss Ruiz. Wenn Sie sich entscheiden sollten, für uns zu arbeiten, kann ich Sie schnell hier rausholen.«

»So, so. Wie schnell wäre denn ›*sehr schnell*‹?«

»Sie würden mich sofort begleiten«, erwiderte Sharkowiak ungerührt.

»Für wen arbeiten Sie?«, fragte sie misstrauisch nach.

»Alles zu seiner Zeit, Miss Ruiz. Ich bin vonseiten

meines Auftraggebers befugt, Ihnen folgendes Angebot zu machen.« Er nahm seinen Koffer, der neben ihm auf dem Fußboden stand, und stellte ihn auf dem Tisch ab. Mit einem Klacken schnappten die Verschlüsse des Koffers auf und der Anwalt holte eine schmale Mappe heraus, die er ihr reichte.

Paloma nahm die Unterlagen entgegen und überflog die Seiten. Mit einem Lachen warf sie die Mappe danach wieder auf den Tisch. Zum ersten Mal registrierte sie eine Veränderung in der stoischen Miene des Anwalts.

»Wer auch immer sich diesen Scherz erlaubt hat, ich muss sagen, er ist ihm gut gelungen«, lachte Paloma.

»Ich beliebe nicht zu scherzen, Miss Ruiz.«

»Sie wollen mir weismachen, dass das, was da steht, echt ist?«

»Ebendies. Sie haben jetzt«, Sharkowiak hob seinen rechten Arm und sah auf seine goldene Armbanduhr, »genau sechzig Sekunden Zeit, sich zu überlegen, ob Sie das Angebot annehmen möchten oder nicht.«

»Hören Sie, ich bin nicht mit dem Klammerbeutel gepudert worden. Ich erkenne, wenn etwas zu gut aussieht, um wahr zusein! Wer sind Sie, Señor Sharkowiak? Die gute Fee aus dem Märchen? Dafür sind Sie ein Stück zu hässlich geraten, tut mir leid, Ihnen das sagen zu müssen!«

»Noch dreißig Sekunden.« Der Anwalt sah sie mit undurchschaubarem Gesichtsausdruck an. Sie griff noch einmal nach der Mappe und las.

»Das ist fünfmal so viel, wie ich in der Bibliothek verdient habe.«

»Fünfeinhalbmal«, korrigierte Sharkowiak sie. »Noch zehn Sekunden.«

Paloma blickte ihn genau an. Erst jetzt bemerkte sie den kleinen runden Anstecker, den er auf dem Revers seines Jacketts trug. Ein Wolfskopf war darauf abgebildet, mit aufgerissenem Rachen.

»Ich mache es«, sagte sie schließlich.

»Es freut mich, dies zu hören.« Er griff in seinen Koffer und nahm einen Füllfederhalter heraus, den er ihr reichte. »Unterschreiben Sie bitte auf der zweiten Seite, Miss Ruiz. Mit Vor- und Zunamen.«

»Was denn, ich muss nicht mit meinem eigenen Blut unterschreiben?«, erwiderte Paloma spöttisch und ergriff das Schreibgerät. Sharkowiak zog eine Augenbraue hoch, sagte aber nichts. Sie blätterte auf die zweite Seite des Vertrags und unterschrieb auf der gestrichelten Linie. Der Anwalt nahm den Federhalter und die Mappe zurück und legte beides in den Koffer hinein. Dann nickte er dem Wärter zu, der sie die ganze Zeit durch die Glasscheibe in der Tür beobachtet hatte. Ein Summen erklang und die Tür auf der anderen Seite des Raums hinter dem Anwalt schwang auf.

»Lassen Sie uns gehen, Miss Ruiz.« Er stand auf und verließ den Raum.

Bass erstaunt sah Paloma sich um. Der Kopf des Wärters hinter der Scheibe war verschwunden. Schnell folgte sie Sharkowiak nach draußen und wenige Augenblicke später standen sie vor dem Gefängnis in der heißen Sonne New Mexicos, inmitten einer staubigen Wüstenlandschaft.

»Und wie geht es jetzt weiter?«

»Nur Geduld.« Der Blick des Anwalts ging nach Westen, wo Paloma eine kleine Staubwolke erkennen konnte, die sich ihnen schnell näherte. Sekunden später hielt ein schwarzer Cadillac bei ihnen an. »Steigen Sie bitte im Fond ein, Miss Ruiz.« Sharkowiak öffnete die Beifahrertür und stieg ein.

Für einen Augenblick zögerte Paloma und dachte sogar kurz daran, einfach wegzulaufen. Aber was würde ihr das bringen? Also stieg sie ebenfalls in den Wagen ein und sofort gab der Fahrer Gas. Es war ein blonder Hüne, der mit dem Kopf beinahe gegen das Dach der Limousine stieß, und dessen Hemd kurz davor stand, von seinen Muskeln zerrissen zu werden.

»Hat alles gut geklappt, Sharky, wie ich sehe«, sagte der Fahrer und musterte sie mit Blick in den Rückspiegel. Die stahlblauen, eiskalten Augen jagten ihr unwillkürlich einen Schauer über den Rücken.

»Wo fahren wir jetzt hin?«

»Zum Flughafen.«

»Und weiter?«

»Wir fliegen nach Deutschland, Kleines«, sagte der Fahrer grinsend.

»Nennen Sie mich nicht so! Für Sie bin ich Señora Ruiz«, zischte Paloma wütend.

»Aber gerne doch, Señora Ruiz«, erwiderte der Fahrer ruhig.

»Und wer sind Sie?«

»Gero von Steinheim. Wir werden in Zukunft öfter miteinander zu tun haben, Miss Ruiz, deswegen nennen Sie mich gerne Gero.«

»Was passiert in Deutschland?«, wollte sie von Sharkowiak wissen.

»Dort befindet sich Ihr neuer Arbeitsplatz, Miss Ruiz. Es wird Ihnen dort gefallen, ganz sicher.«

»Willkommen bei FENRIS«, fügte Gero von Steinheim hinzu und ließ ein lautes Lachen folgen.

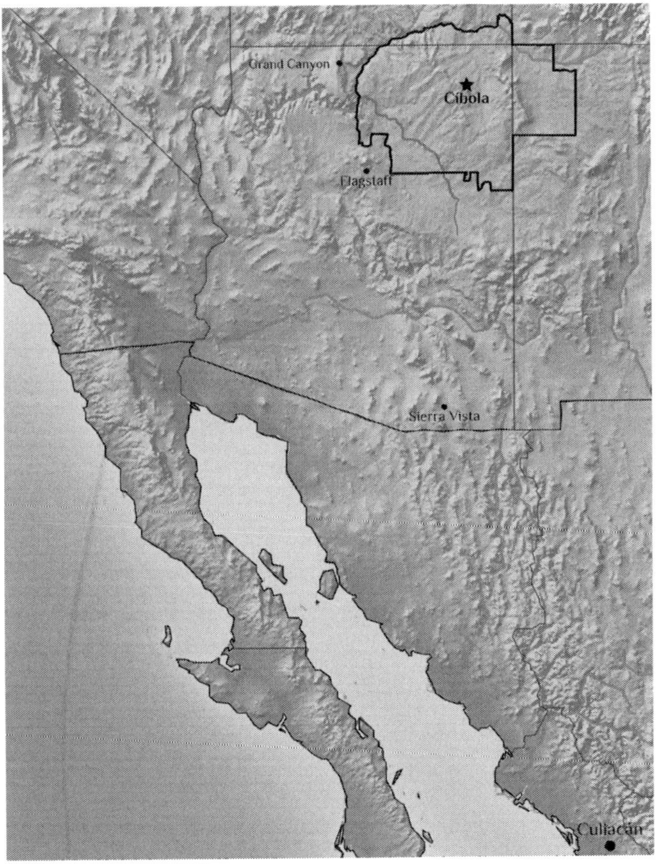

Karte mit Navajo Nation & Cíbola

FAKTEN, HINTERGRÜNDE & FIKTION

Die Recherche ist seit jeher ein elementarer Bestandteil der Geheimakte-Bücher gewesen und immer der Part, der mir neben dem eigentlichen Schreiben am meisten Spaß bringt. Diesmal war es etwas schwerer, in Bezug auf Cíbola geeignetes Material zu finden, denn im deutschsprachigen Raum ist die Legende eher unbekannt, besonders im Vergleich zu anderen Sagen und Mythen, wie zum Beispiel Excalibur.

Doch die wenigen gesicherten Fakten bildeten einen ausreichenden Grundstock, aus dem heraus ich meine Geschichte entwickeln konnte.

Cíbola

Die sagenhafte Stadt aus Gold, meist stellvertretend genannt, wenn es um die Legende der „Sieben Städte aus Gold" geht. Der Mythos der Sieben Städte reicht zurück bis ins 8. Jahrhundert, wo die Sieben Städte noch auf einer Insel mit Namen „Antillia“ liegen sollten. Der Sage nach wurden die Sieben Städte durch den vor den vorrückenden Mauren geflohenen Erzbischof von Porto und sechs seiner Gefolgsleute gegründet. Die genaue Lage der Insel wurde naturgemäß nie bekannt, im Laufe der Jahrhunderte wurde die Legende mehrfach umgedeutet. Im Jahre 1367 tauchte Antillia das erste Mal auf einer Landkarte des Italieners Francesco Pizzigano auf. Danach folgten weitere Darstellungen der Insel in anderen Karten, die sie fast immer mehrere Hundert Kilometer westlich der Azoren zeigten und etwa in der Größe Portugals darstellten. Im 15. Jahrhundert versuchten mehrfach Seeleute, Antillia zu erreichen. Aber die Legende wandelte sich und die geheimnisvolle Insel wanderte immer weiter nach Westen, verschwand von den Landkarten und tauchte schließlich auf dem nordamerikanischen Kontinent wieder auf, in Form der Legende von den Sieben goldenen Städten von Cíbola.

Als die letzten Überlebenden der Expedition von Pánfilo de Narváez von Florida bis zur Westküste Mexikos kamen und dort von unermesslich reichen Städten erzählten, bekam die Legende neue Nahrung. Der Vizekönig Neuspaniens sandte einen der Überlebenden, den Sklaven Estebán, als Führer für die Expedition des Mönchs Marcos de Niza erneut in das unentdeckte Land. Während Estebán auf dieser Reise den Tod fand, berichtete der Mönch von der vermeintlichen Goldstadt Cíbola, deren Namen er auf seiner Reise von den Indianern gehört hatte.

Eine weitere Expedition, die größte ihrer Art bis dahin, wurde von Francisco Vasquez de Coronado angeführt. Aber er eroberte nur einige Pueblo-Dörfer der Indianer. Ein Pueblo trug tatsächlich den Namen Cíbola und noch heute existiert in Arizona ein kleiner Ort unter diesem Namen, nahe dem Colorado River. Das legendäre Cíbola jedoch, die Stadt aus Gold, wurde nie gefunden.

In meiner Geschichte habe ich Cíbola in das Indianerreservat der Navajo Nation verortet und dabei einige örtliche Gegebenheiten zugunsten der Dramaturgie geändert.

Neuspanien

Das Vizekönigreich Neuspanien umfasste unter anderem Mexiko, die Bahamas, die Großen Antillen (Kuba, Jamaika, Hispaniola und Puerto Rico). Erster Vizekönig und Gouverneur Neuspaniens war Christoph Kolumbus, der als Regierungssitz Santo Domingo auf Hispaniola wählte. Nachdem Hernan Cortés das Aztekenreich unterworfen hatte und damit den Hauptteil von Mesoamerika, wurde Mexiko-Stadt, das ehemalige Tenochtitlan, die Hauptstadt Neuspaniens und Cortés Generalgouverneur. Ihm folgte 1530 Antonio de Mendoza.

Das Vizekönigreich hatte bis 1820 Bestand, bis der Unabhängigkeitskrieg das bereits bröckelnde Kolonialreich endgültig in die Knie zwang. Im August 1821 wurde die Unabhängigkeit Mexikos mit dem Vertrag von Córdoba endgültig besiegelt.

Marcos de Niza (*ca. 1495 – †1558)

Der Franziskanerpater war der Erste, der von den „Sieben Städten von Cíbola" sprach und diese Nachricht an den Hof des Vizekönigs Antonio de Mendoza brachte.

Gemeinsam mit Estebán, der ihm als Führer diente, war er vorher ausgesandt worden, um die Erzählungen der reichen Indianer, von denen Cabeza de Vaca berichtet hatte, zu überprüfen. Estebán war ihm immer mehrere Tagesreisen voraus und sandte Nachrichten an ihn zurück. Schließlich erhielt Marcos de Niza die Nachricht, dass Estebán von den Einwohnern einer Stadt namens Cíbola getötet worden war, als er sich trotz Warnung dem Ort näherte. Daraufhin bekam es Marcos de Niza mit der Angst zu tun und gelangte selber nicht nach Cíbola. Nur von einem entfernten Plateau aus soll er die Stadt gesehen haben. Er kehrte zurück nach Neuspanien und erstattete dem Vizekönig Bericht. Dieser Bericht war die Grundlage für die Coronado-Expedition, der Marcos de Niza als Führer angehörte und in deren Verlauf er von Coronados Männern beinahe gelyncht wurde, als diese feststellen mussten, dass es außer ein paar ärmlichen Indianer-Pueblos keine goldene Stadt zu erobern gab.

Francisco Vasquez de Coronado (*1510 – †1554)

Der adlige Spross einer Familie aus Salamanca gelangte 1535 nach Neuspanien und wurde 1539 durch seinen

Freund, dem Vizekönig Antonio de Mendoza zum Gouverneur von Neu-Galicien ernannt. Im Jahr 1540 führte er die Expedition auf der Suche nach den Sieben goldenen Städten von Cíbola an. Dabei eroberte er jedoch nur einige Dörfer der Zuñi-Indianer, darunter Hawiku, und einer seiner Hauptleute, García López de Cárdenas, gelangte gar bis zum Rand des Grand Canyons.

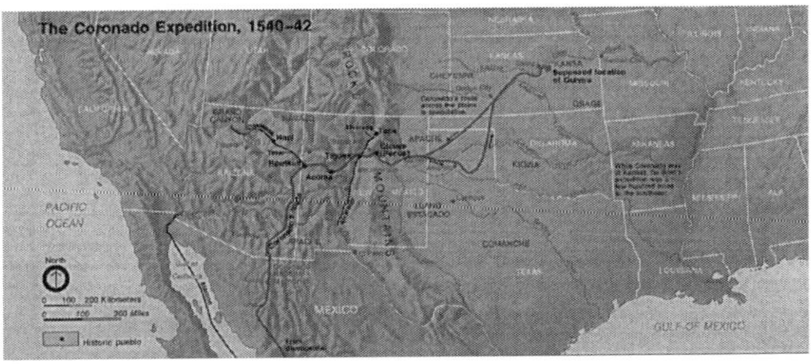

Karte: Coronado-Expedition; Public Domain

Nach dem Misserfolg bei der Suche nach Cíbola wandte sich Coronado einer weiteren Legende zu, von der er bei den Indianern gehört hatte. Das Goldland Quivira. Doch der Führer der Indianer täuschte die Spanier und mehrere Wochen zogen Coronado und seine Männer durch die heutigen US-Bundesstaaten Arizona, New Mexico, Texas, Oklahoma und Kansas. Aber das ersehnte Goldland fanden sie nicht.

Nach der Rückkehr nach Neuspanien fiel Coronado aufgrund der erfolglosen Expedition in Ungnade und 1544 wurde er als Gouverneur abgelöst. Er starb zehn Jahre später in Mexiko-Stadt.

Cabeza de Vaca (*ca. 1490 – †1557/1558)

Der spanische Seefahrer beteiligte sich 1528 an der Expedition von Panfilo de Narváez um die Küste Floridas bis hoch zum Rio Grande zu erforschen. Von den ursprünglich aufgebrochenen fünfhundert Mann überlebten am Ende nur vier. Neben de Vaca selbst waren dies Andrés Dorantes, Alonso del Castillo und Estebán. Über Jahre hinweg schlug sich de Vaca als Händler, Medizinmann und die meiste Zeit als Sklave verschiedener Indianerstämme durch. Die Spanier erwarben sich den Ruf, etwas Besonderes zu sein und auf ihrem Weg nach Neuspanien schlossen sich ihnen Hunderte von Indianern an, die als Nomaden lebten. Im Jahr 1536, acht Jahre nach dem Beginn der Narváez-Expedition, gelangten de Vaca und seine Freunde nach Neuspanien. Ihnen wurde ein heldenhafter Empfang bereitet und sie berichteten dem Vizekönig Antonio de Mendoza von ihrer Reise.

De Vaca kehrte 1537 nach Spanien zurück, war von 1540 bis 1544 Gouverneur von Paraguay und verbrachte seine letzten Lebensjahre verarmt in Sevilla.

Über seine Reise schrieb er ein Buch, „Die Schiffbrüche des Álvar Núñez Cabeza de Vaca“. Die darin enthaltenen Beschreibungen der Indianer und der Natur Nordamerikas sind von höchstem geschichtlichem Wert. Im Jahr 1990 wurde ein Film über de Vacas Abenteuer veröffentlicht: *„Die Abenteuer des Cabeza de Vaca“*.

Estebán (Estebánico) (*? – †1539)

Der Nordafrikaner, der im 16. Jahrhundert von den Spaniern versklavt wurde, gilt als der erste Afrikaner, der Nordamerika bereist hat. Mit seinem Herrn, Andres Dorantes, nahm er an der Expedition von Panfilo de Narváez teil, die katastrophal endete und in deren Verlauf er sich über acht Jahre hinweg seinen Weg nach Neuspanien bahnen musste. Dort wurde er von Dorantes an den Vizekönig Antonio de Mendoza verkauft, der ihn als Führer für die Expedition von Marcos de Niza einsetzte, da Estebán mehrere Indianersprachen beherrschte, die er sich während seiner achtjährigen Odyssee angeeignet hatte und aufgrund seiner Erscheinung und Art von den Indianern geschätzt wurde.

Bei dieser Expedition kamen Estebán auf seinem Weg Erzählungen der reichen Stadt Cíbola zu Ohren. Er übermittelte dies dem ihm folgenden Marcos de Niza, zog aber weiter um die sagenhafte Stadt als Erster zu entdecken. Gemäß dem Bericht von Marcos de Niza wurde Estebán jedoch von den Einwohnern Cíbolas getötet, als er sich entgegen den Warnungen der Bewohner der Stadt näherte.

Es gibt aber auch Legenden, die besagen, dass der Afrikaner die Attacke überlebt hat und bei anderen Indianern in Freiheit weiterlebte.

In meiner Geschichte habe ich Estebán überleben und in Cíbola selbst weiterleben lassen.

Hernando Colón (*15. August 1488 – † 12. Juli 1539)

Der auch unter dem Namen Fernando Kolumbus bekannte uneheliche Sohn von Christoph Kolumbus (Cristobal Colón) wurde vor allem durch die Gründung und Zusammenstellung der *Biblioteca Colombina* bekannt. Diese Bibliothek, die auch heute noch besteht, galt zu ihrer Zeit als eine der wertvollsten und umfassendsten Sammlungen Spaniens und ganz Europas.

Er war wie sein Vater Seefahrer und begleitete diesen auch bei dessen vierter und letzter Reise in die Neue Welt. Später, nach dem Tod von Christoph Kolumbus, reiste Hernando noch einmal dorthin, um seinen Halbbruder Diego, der inzwischen Vizekönig von Hispaniola war, zu unterstützen. Er kehrte allerdings schnell nach Spanien zurück und setzte nie wieder einen Fuß in die Neue Welt. Diesen Fakt habe ich in meiner Geschichte stark abgeändert.

Hernando Colón ist in der Kathedrale von Sevilla bestattet. Im Jahr 2006 wurde ein DNA-Abgleich seiner sterblichen Überreste mit denen seines Vaters vorgenommen und dadurch zweifelsfrei bewiesen, dass auch die Gebeine von Christoph Kolumbus in der Kathedrale von Sevilla begraben sind.

Melchior Diaz (* ca. 1500 – †1541)

Ein Hauptmann der Armee von Francisco de Coronado, der diesen auf der Expedition bei der Suche nach Cíbola begleitete. In meiner Geschichte wird Diaz als Freund von Hernando Colón dargestellt, was frei erfunden ist.

Er starb bei einem Reitunfall während der Expedition und wurde in der Sonora-Wüste begraben. Sein Grab wurde bis heute nicht gefunden.

Navajo Nation Reservat

Es ist das größte Indianerreservat der Vereinigten Staaten und in etwa so groß wie Bayern. Gegründet 1868 und seitdem immer wieder erweitert (zuletzt 1934). Es gibt sowohl eine eigene Regierung als auch ein eigenes Polizeisystem, die Hauptstadt ist Window Rock in Arizona.

Die Lebenssituation ist ähnlich einem Land in der Dritten Welt und dementsprechend leben die meisten der Einwohner in Armut. Die Fläche des Reservats verteilt sich über die Bundesstaaten Arizona, Utah und New Mexico, wobei der größte Teil in der Sandsteinwüste Arizonas liegt und ein Teil des Colorado-Plateaus ist. Die bekanntesten Teile der Navajo Nation sind das Monument Valley, die charakteristischen Tafelberge und die zahlreichen Canyons wie z.B. der Antelope Canyon. Innerhalb der Navajo Nation befindet sich außerdem eine Enklave der Hopi-Indianer.

Max Falkenburg kehrt zurück.

Sommer 2019

GEHEIMAKTE

?

Vielen Dank für den Kauf und das Lesen meines Romans. Ich hoffe, Ihnen hat die Lektüre des Buches gefallen und Sie hatten dabei ein paar (ent)spannende Stunden.

Wer mehr von Max Falkenburg lesen möchte, dem seien die weiteren sechs „Geheimakte"-Romane empfohlen.

Neben der Möglichkeit zum Feedback über eine Rezension bei Amazon freue ich mich darüber hinaus auch über Ihre persönlichen Kommentare zum Buch über meine E-Mail-Adresse:

kontakt@andre-milewski.de

Wer noch mehr über meine anderen Bücher oder über mich erfahren möchte, darf gerne auf meiner Website www.andre-milewski.de vorbeischauen. Dort besteht auch die Möglichkeit, sich für meinen Newsletter zu registrieren, um automatisch über neue Bücher, Gewinnspiele und Messeauftritte informiert zu werden. Außerdem haben **alle** Abonnenten die Chance auf den Gewinn eines Taschenbuchpakets (enthält 3 Titel meiner Wahl)!

Ihr André Milewski

ÜBER DEN AUTOR

André Milewski ist ein aufstrebender Autor von Action-Thrillern. Obwohl er schon immer eine lebhafte Fantasie hatte, entschloss er sich erst 2010 dazu, seinen ersten Roman zu schreiben. Im Dezember 2012 wurde „Geheimakte Labrador" schließlich veröffentlicht.

Seither folgten in regelmäßigen Abständen weitere Romane und im Jahr 2017 wurde das Schreiben schließlich auch zu seiner alleinigen, hauptberuflichen Tätigkeit.

Bisherige Veröffentlichungen:

- Geheimakte Labrador
- Geheimakte Aton
- Geheimakte Uxmal
- Geheimakte Fenris
- Elfenbeinkrieg
- Die Totentafel (Heather Bishop 1)
- Die Nr. 1
- Rückkehr (Heather Bishop 2)
- Geheimakte Inkarrí
- Geheimakte Excalibur
- Die Unerbittliche (Heather Bishop 3)

BÜCHER VON ANDRÉ MILEWSKI

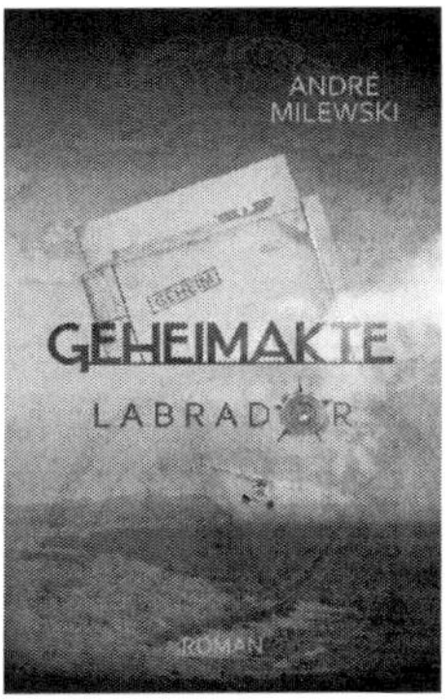

Geheimakte Labrador, Taschenbuch, Seiten: 320
ISBN-13: 978-1481926751

Oslo, 1952:

Der junge Deutsche Max Falkenburg arbeitet als Museumswärter im Wikingerschiffmuseum. Als er den Diebstahl eines geheimnisvollen Medaillons verhindert, findet er sich unvermutet auf der Suche nach Thors legendärem Hammer Mjöllnir wieder.

Gemeinsam mit dem amerikanischen Archäologen Frederick Crichton und seinen Studenten setzt Max alles daran, das mythische Artefakt zu finden. Doch eine Spezialabteilung des russischen Geheimdienstes ist ihnen dicht auf den Fersen und schreckt vor nichts zurück, um den Hammer in ihren Besitz zu bringen.

Die Suche führt Max und seine Freunde über Island nach Grönland und letztlich bis an die Küste Labradors, wo es schließlich zum alles Entscheidenden Kampf um Mjöllnir kommt …

Eine neue Geheimakte wird aufgeschlagen – Max Falkenburg ist zurück!

Geheimakte Inkarrí, Taschenbuch Seiten: 390 *ISBN:* 978-3745087550

Lima, 1954:

Auf Einladung eines spanischen Archäologenteams gelangen der amerikanische Archäologe Professor Crichton und seine Studenten um Max Falkenburg nach Peru. Die Spanier sind dort auf der Suche nach der legendären Inka-Stadt Paititi. Aber schon kurz nach ihrer Ankunft in Südamerika werden die Archäologen das Ziel eines Anschlags.

Der Gefahr trotzend, gelingt es den Forschern, einer der vergessenen Legenden der Inka auf die Spur zu kommen: Dem sagenumwobenen Stab des Inkarrí!

Ihre Expedition führt sie bis in die entlegensten Gebiete der Anden, wo der Mythos seinen Ursprung hat. Doch damit unterschreiben sie ihr eigenes Todesurteil. Denn jedes Geheimnis hat seinen Preis ...

Das Abenteuer geht weiter:

Pyramiden, Mumien, die Sphinx & verborgene Tempel. Das Böse lauert unter dem ägyptischen Wüstensand.

Geheimakte Aton, Taschenbuch Seiten: 320 *ISBN*: 978-3-7450-7118-4

Boston, 1957:

Der junge deutsche Archäologe & Abenteurer Max Falkenburg bekommt unerwartet Besuch von seinem alten Freund Howard, einem CIA-Agenten. Dieser trägt einen Zettel mit mysteriösen ägyptischen Hieroglyphen bei sich, für dessen Übersetzung er Max' Hilfe braucht. Zudem ist er auf der Flucht - vor der CIA.

Als Max feststellt, dass der Name seines Vaters auf dem Zettel erwähnt wird, zögert er keine Sekunde, um das Rätsel zu lösen und begibt sich in Begleitung seiner Freunde Joe und Howard auf den Weg nach Ägypten.

Doch sie sind nicht allein. Verfolgt von der CIA und alten Gegnern, müssen sie feststellen, dass unter dem Sand der ägyptischen Wüste nicht nur geheimnisvolle Tempel verborgen liegen, sondern auch eine uralte, finstere Macht auf ihre Wiedererweckung wartet …

Auf der Jagd nach einem Mythos!

Geheimakte Excalibur, Taschenbuch, 360 Seiten;
ISBN: 978-3746729008

London, 1958

Eine Einladung des British Museum führt den Archäologen Max Falkenburg nach London. Diese Gelegenheit möchte seine Freundin Jody Wellesley nutzen, um ihn ihren Eltern vorzustellen. Aber das Kennenlernen auf dem Familiensitz endet in einem Fiasko und es kommt zum Zerwürfnis zwischen Jody und ihren Eltern. Doch damit nicht genug: In der Nacht wird der Stammsitz der Wellesleys von unbekannten Angreifern attackiert und ihr Vater entführt.

Schnell finden Max und Jody heraus, dass die Entführer einem alten Orden von Assassinen aus Zeiten der Kreuzzüge angehören und es aus einem bestimmten Grund auf ihren Vater abgesehen haben: Er gilt als Hüter des legendären Schwerts Excalibur – die mythische Klinge König Arthurs!

Es entwickelt sich eine tödliche Hetzjagd durch England, bei der es nicht nur darum geht, Jodys Vater zu retten, sondern auch zu verhindern, dass die mythische Waffe in die falschen Hände gerät. Denn Excalibur besitzt eine unheilvolle Macht, die weit über das Vorstellbare hinausgeht …

Ein neues Abenteuer:

Ein uraltes Geheimnis der Maya und ein zu allem bereiter Gegenspieler sind Max Falkenburgs schwerste Prüfung.

Geheimakte Uxmal, Taschenbuch Seiten: 368 ISBN: 978-3-7450-7120-7

Boston, 1961:

Ein zwielichtiger argentinischer Millionär bietet dem Archäologen Max Falkenburg die Leitung einer Expedition in den Dschungel von Yucatán an. Dort wartet laut einer Legende seit Jahrhunderten ein mächtiges Artefakt der Maya auf seine Entdeckung.

Obwohl Max ablehnt, wird er doch schneller in die Angelegenheit verwickelt, als ihm lieb ist - und stellt fest, dass manche Mächte lieber nicht geweckt werden sollten ...

Eine aufregende Jagd beginnt!

Eine atemberaubende und rasante Jagd im Reich der Maya

Geheimakte Fenris Taschenbuch Seiten: 404 *ISBN:*
978-3-7450-7122-1

Boston, 1965:

Für Max Falkenburg könnte es nicht besser laufen: Er wurde zum Professor der Archäologie ernannt und seine Hochzeit mit Jody Wellesley steht kurz bevor. Doch dann holt ihn ein Schatten aus der Vergangenheit unbarmherzig ein und übt fürchterliche Rache. Aber für Trauer wird Max keine Zeit gegeben.

Durch das Vermächtnis seiner Familie dazu gezwungen, begibt er sich auf die Jagd nach einer der gewaltigsten Waffen aller Zeiten. Max muss sich auf den Kampf mit mächtigen und skrupellosen Geheimorganisationen einlassen, um zu retten, was ihm am wichtigsten ist: das Leben seiner Freunde.

Doch noch weitere Überraschungen aus seiner Vergangenheit warten auf Max und verlangen nach Vergeltung. Schließlich führt ihn eine wilde Hatz quer durch Russland, von Sibirien bis St. Petersburg, und letztendlich bis nach Deutschland – zurück auf den Stammsitz seiner Familie: Die Falkenburg!

Aber FENRIS ist entfesselt und schlägt gnadenlos zu …

Ein faszinierender und spannender Abenteuerthriller

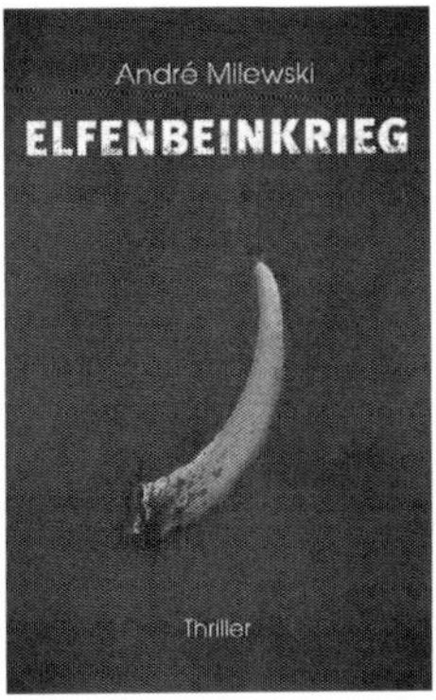

Elfenbeinkrieg, Taschenbuch, Seiten: 284 ISBN-10: 1536957194 ISBN-13: 978-1536957198

Grausam zugerichtete Tote im Hamburger Hafen. Ein leerer Container, der geschmuggeltes Elfenbein enthielt. Dubiose Waffengeschäfte.

Der Ex-Elitesoldat und BKA-Beamte Lukas Horn übernimmt den Fall und muss schnell feststellen, dass dieser internationale Ausmaße hat. Die Spuren führen ihn von Hamburg nach Khartum in den Sudan, wo er schnell auf die Abschussliste der Drahtzieher hinter den schmutzigen Geschäften gerät. Auf sich allein gestellt, nimmt Horn den aussichtslosen, brutalen Kampf auf ...

Eine schonungslose Reise ins dunkle Herz von Afrika.

Erbarmungsloser Kampf um das „weiße Gold“!

Die Totentafel, Taschenbuch, Seiten: 290 ISBN-10: 1543281656 ISBN-13: 978-1543281651

Eins ist die einsamste Zahl.

Das muss auch Detective Heather Rollins von der Mordkommision des NYPD feststellen, nachdem sie aufgrund von Eheproblemen das Revier wechseln musste. Gerade erst auf das neue Revier in der Upper East Side von New York City versetzt, bekommt sie es gleich mit einem mysteriösen Mordfall zu tun. Ein vor dem Metropolitan Museum of Art aufgefundener toter Archäologe gibt den Ermittlern einige Rätsel auf. Bei den Nachforschungen stellt sich mehr und mehr heraus, dass der Mörder will, dass die Polizei etwas für ihn findet. Denn er ist immer noch auf der Suche und wird nicht aufgegeben, ehe er das in Händen hält wonach er sucht: Eine altägyptische Totentafel.

Mit Hilfe eines bekannten Archäologen, will Heather das unglaublich wertvolle Artefakt finden, aber schnell entwickeln sich die Dinge in eine Richtung, die Heather nicht vorhergesehen hat und die sie im Verlauf der Ermittlungen dazu zwingen, wieder mit ihrem gewalttätigen Ex-Mann zusammenzuarbeiten. Und dann verliert der Mörder die Geduld …

Die Nr. 1, Taschenbuch, Seiten: 304 *ISBN*-10: 1547173122 *ISBN*-13: 978-1547173129

Jagd auf die Nr. 1 ...

William Stubbs, einst ein gefeierter Kunstdetektiv in New York, fristet sein Dasein nach dem Scheitern seiner Ehe nun die meiste Zeit rauchend und saufend in einem schäbigen Diner in San Diego.

Als die alljährliche Comic Con startet, bekommt er unverhofft den Auftrag, ein verschwundenes, überaus wertvolles Comicheft zu suchen. Mit reichlich Geld davon überzeugt, nimmt er die Ermittlungen auf und stolpert geradewegs in einen kurz vor der Eskalation stehenden Konflikt zweier verfeindeter Mafiaclans, die San Diego unter sich aufteilen.

Zu seinem Glück bekommt er Hilfe von der Cosplay-Expertin Danielle und dem Besitzer seines Stamm-Diners. Außerdem kreuzt auch noch ein Hollywoodstar seinen Weg, der neben einem gewaltigen Ego auch manch hilfreiches Talent hat ...

Rückkehr, Taschenbuch, Seiten: 296 ISBN-10: 1976527678 ISBN-13: 978-1976527678

Von einem gewissen Punkt an gibt es keine Rückkehr mehr.

Die angehende CIA-Agentin Heather Bishop, ehemals Polizistin beim NYPD, wird zur Rückkehr nach New York gezwungen. Ihr Ex-Mann wurde brutal getötet und noch während Heather versucht, das NYPD bei den Ermittlungen zu unterstützen, überschlagen sich die Ereignisse. Heather wird zum Ziel eines weiteren Mordanschlags, als fast zeitgleich ein geheimes CIA-Gebäude in der Lower East Side gesprengt wird. Inmitten des um sich greifenden Chaos wird Heather klar, dass der Mord an ihrem Ex-Mann mit dem Anschlag in Verbindung steht. Sie stößt auf ein totgeglaubtes Black-Ops-Team, das zurückgekehrt ist und nur eines will: Rache.

Zwischen ihnen und ihrem Ziel steht nur Heather. Aber ihr bleiben nur wenige Stunden, um das Leben von Tausenden zu retten und eine Katastrophe zu verhindern …

Nach "Die Totentafel" der zweite Fall für Heather Bishop.

FSC
www.fsc.org
MIX
Papier aus verantwortungsvollen Quellen
Paper from responsible sources
FSC® C141904

Druck:
Canon Deutschland Business Services GmbH
im Auftrag der KNV-Gruppe
Ferdinand-Jühlke-Str. 7
99095 Erfurt